MISSING 失われているもの Ryu Murakami

SHINCHOSHA

目次

装画CG作成｜村上 龍

装幀｜新潮社装幀室

MISSING
失われているもの

第1章「浮雲」

1

「おれは、お前が、キーボードに打ち込むことは、何となくわかる。なぜかと言えば、おれが生まれてからずっと、お前のデスクの上にいたからだ。おかげで、キーボードの音とか、場所とかで、いろいろとわかるようになった」

　そんな声が聞こえてきた気がして、わたしはびっくりした。猫のタラが床に寝ていて、こちらを見ている。

「何をびっくりしてるんだよ。お前には、昔から、おれの声が届いてたはずだけどな」

　だいいち、メス猫なのに、言葉は男だ。

「猫だから、関係ないんだよ」

　わたしは本当に猫の声を聞いているのだろうか。どうしてわたしが思うことがわかるのだろうか。さっき、こいつは、キーボードを打ち込むことで、理解するのだと言った。いや、口を開いて話しているわけではないから、「言った」というのは正確ではないが、そう伝えてきた。今、わたしはキーボードを打っているわけではない。なのに、こいつは、どうしてわたしが考えていることがわかるのか。

「こいつ、って言うな。せめて、この猫は、って言え」

わたしは、非科学的な人間ではない。無神論者というわけではないが、あの世とか、幽霊とか、霊魂とか、前世とか、あとはスピリチュアル系とか、いっさい苦手だ。だが、こいつは、いや、この猫は、誰か、たとえば死者とかの言葉を仲介しているわけではなさそうだ。

「何をバカなことを言っている。おれは、巫女《みこ》じゃないぞ」

どうして猫が巫女などという言葉を知っているのか。

「まだわからないのか。案外鈍いんだな」

猫の目が赤く光っている。

だいたいこの猫は、もう三歳で、子猫のころから、わたしの書斎でいっしょに過ごしてきたが、言葉を発することなどなかった。いや、今も、言葉を発しているわけではないのだが、要するに、交信してくることなどなかった。まだわからないのか、案外鈍いんだなと、さっき聞こえた。正確には、伝わってきた。ひょっとしたら、と思った。

「そうだ、その、ひょっとしたら、ということだ」

猫は、何も発信していないのかも知れない。おそらくリフレクトしているのだ。わたしが思っていること、考えたことが、猫に反射される形で、わたしに返ってきている。猫の言葉ではない、わたしの言葉なのだ。

「やっと気づいたか。よくあることだよ。別に、おかしくなったわけじゃない。無意識の領域から、他の人間や、動物が発する信号として、お前自身に届く。とくに、思い出したくないこと、自身で認めたくないこと、意識としては拒んでいて、無意識の領域で受け入れていることなど、そんな場合に、お前は、誰か他の人間や動物や、あるいは樹木、カタツムリやミミズでもいいんだが、それらが発する信号として、受けとって、それを文章に書いたりしてきたんじゃないのか。表現者の宿命だ。表現というのは、信号や情報を発することじゃない、信号や情報を受けとり、編集して、提出することだ」

猫のくせに、よく知っている。わたしの考えのリフレクションだから、当然と言えば当然だが、それにしてもロジカルだ。それでは、わたしの無意識の領域で何が起こっているのだろうか。

「ミッシング。まさにそれだ。それでは。お前が、探そうとしているのは、ミッシングそのものなんだ。何かが失われている。ある世界から？　お前自身から？　おそらく両方だろう。お前は、今、何が失われているのかを、知りたいと思っている。確かに、何かが失われている。そして、何が失われているのかを、誰も知らないし、知ろうともしない。それで、お前は、どうすればそれがわかるのか、どこへ行けばいいのか、誰と会えばいいのかも、本当は知っている。以前、お前の背後霊について、どうのこうのと言った女がいただろう。まずあの女を捜すんだな。若い女だった。確か、女優だったかな。風俗嬢だったかな。どちらでもないし、どちらでもあるかも知れない。そのあたりは、お前の専門だ。お前が好きな公園を巡り、いつものように超高層ビルが林立する景色をじっと眺めて、どこへ行けば、あの女に会えるか、考えるんだ」

猫からアドバイスを受けた、そう告白したら、友人たちは何と言うだろうか。おそらく心配して、カウンセリングなどを勧めるかも知れない。だが、わたしは精神のバランスを崩しているわけではない。数年前、体力の衰えとともに、漠然とした不安を覚えるようになり、知人の紹介で若い心療内科医に会った。病気ではありません、と彼は言った。病気ではないと言われると、逆に、それではどうしてこんな漠然とした不安と、憂うつと、疲労と、理由がわからない感傷を抱えるようになったのだろうかと、不可解だった。加齢による体力の衰えとともに、精神力も衰えます、おそらくあなたは普通よりも心身ともに強靭だったために、あるいはあまりに刺激的で、かつ強い動機付けがなされていることをやり続けてきたために、三〇代、四〇代では、衰えていることに気づかなかったのだと思われます、五〇代後半で、急激にそれが訪れたために、とまどっているんですね、ゆっくりと、少しずつだったら、比較的対応も楽なんです、でも、繰り返しますが、うつ病、それにパニック障害など、そういった病気ではありません、他の人と違って、あなたは自身の感情の変化について、自分に嘘をついたり、ごまかしたりしないで、客観的な判断ができてしまうので、不安になる、とも言えるわけです、つまり、強靭さが生む不安というわけです。

そういうことなのかと、とりあえず納得したが、不安や抑うつなど、ネガティブな感情が消えたわけではなかった。ただ、確かに仕事が滞ることはなかった。わたしは、以前と変わらない量と質の文章を書き、作品を作ってきた。仕事の仲間や関係者は、誰もわたしの不調に気づかなかったはずだ。

公園が、わたしのもっとも好きな場所になってから、すでに長い時間が経過した。

「どこへ行けば、あの女に会えるか、考えるんだ」

猫からは、そういった信号が伝わってきた。あの女、あのときそう聞いて、誰なのか、すぐにわかるような気になったが、特定できない。たくさんの女と出会ってきたし、関係性も違った。わたしは公園を歩きながら、記憶を探ろうとしている。木立の間を歩いていて、ふいに何か、匂いが漂ってきた。樹木とか、花とか、枯葉とか、公園内の匂いではない。現実とは切り離された匂いだ。そういったことには、もう慣れた。十数年前に聞いた音楽が、朝起きて顔を洗っているときに突然鮮明に耳の奥で聞こえてきたりする。料理の味や、触感を反芻することもない。音楽と匂いだ。

それにしても、これはいったい何の匂いだろう。性的な匂いではない。ふと地面を見ると、鳥の羽が落ちていた、茶系の色の羽で、泥で汚れてしまっている。羽を眺めていて、匂いの正体に気づいた。少年時代の、夏の匂いだった。正確に言えば、夏の野原で捕まえた昆虫が放つ、鼻を刺すような匂いだ。匂いは、記憶を呼び寄せる。あの女というのは、彼女のことだろうか。彼女が、わたしの背後霊について何かを語ったかどうか、そのことについては思い出せない。だが、彼女は、女優だった。確か、最後に会ったのは三年ほど前で、いっしょに部屋で映画を見た。映画は、成瀬巳喜男《なるせみきお》の『浮雲』だったと思う。そうか、とわたしは木洩れ日を浴びながらつぶやいた。あれは、喪失感だけで成立している映画だった。

2

「ぼくのこと、覚えてる？」
「もちろん。わたしのことは、覚えてますか」

若い女優との再会は、そんな会話ではじまった。

メールアドレスが変わっていなかったので、すぐに連絡がついた。marikoという名前のあとに誕生日の日付。

最初に出会ったのは、十数年前だ。知人の紹介で、彼女はまだ十七歳だった。六本木、瀬里奈本店を右手に見て、狭い通りを右に曲がると、まるでパリの裏路地のような雰囲気の階段があり、その途中に「シェルブール」というレストランがあった。真理子とは、そこで会った。「シェルブール」は、フレンチに懐石料理の要素を取り入れ、洋風小皿料理とでもいうべき独特のジャンルを生み出したレストランで、深夜二時まで営業しているので、とても便利だった。客には有名人が多く、演劇史に残る大女優が、一人、カウンター席で静かにポメロールのワインを飲んでいるのをよく見かけた。すでに六〇代の後半だったはずだが、誰も近づけないようなオーラが漂い、うつむいたときの横顔は鳥肌が立つくらい美しかった。いつも必ず一人きりだったが、決して寂しそうではなかった。ただし、幸福そうにも見えなかった。幸福ではないが寂しくはない、というような女性を見るのははじめてだった。

「シェルブール」は、もう存在しない。真理子と会ってから、そのあとすぐに閉店したのだ。ずっと以前から、「もう、いい加減、閉めたいんだよね」とオーナーから何度となく聞かされていた。経営に行き詰まったとか、そんな理由ではなく、客層が違ってきて、もうやる気がないのだと言っていた。別に文化人とか有名人が好きなわけじゃないんだけどね、ほら、ぼくって業界人が嫌いだからね、もともと他に何もやることがなくて、トモと知り合って、何となくはじめたんで、楽しくない客が来ても、楽しくないからね。

トモというのは、トモカワという名前のシェフだった。ぶっきらぼうな性格で、愛想が悪く、無口だったが、わたしとは妙に気が合った。オーナーも、トモも、ともに大金持ちの息子で、

「シェルブール」は、七〇年代末に、南欧を旅していた食通と料理人志望の二人が意気投合して開店したのだった。これから、どうするんですか、と聞くと、オーナーは、リヨンにアパートメントがあるのでしばらくのんびりすると言い、トモは、丸の内みたいなところでカレー屋でもやろうかと思ったんだけど、それも面倒くさそうなので南の島でも行って和食屋をやろうと思う、そんな風に答えた。トモは、実際にタヒチで和食屋をはじめ、最初のうちは、一度でいいから来てくれよ、というような絵葉書が届いていたが、そのうち連絡が途絶えた。オーナーのほうは、リヨンから、トスカーナに移り、水彩画を描いたりしていたようだが、持病である糖尿病が悪化し、帰国して、二、三年前、親族の方から、亡くなったという知らせを受けた。

「シェルブール」ではじめて会ったとき、真理子は、大人びた顔立ちで、態度も落ちついていたので、思わずワインを勧めたのだが、彼女は未成年だからダメですよ、と知人から注意された。

「相変わらずきれいだね」

「ありがとうございます。でも、わたし、三十歳になったんですよ」

定宿のホテルのカフェで待ち合わせて、近くの公園を歩く。銀杏の落ち葉が日差しに輝き、黄金の絨毯《じゅうたん》のようだった。三十になったのか、と思った。出会ったのが一〇代だったせいだろうか、ずっと「若い女優」というイメージがあった。

「最後に会ったのは、いつだったかな」

「三年前です」

いっしょに『浮雲』を見たよね、と言おうとして、どういうわけか、突然イタリアの古都の敷石の坂道が脳裡に浮かんできた。吹き抜けた風に銀杏の落ち葉が舞うのを眺めているうちに、記憶が刺激されたのかも知れない。数年前からの心身の不調以来、記憶の制御がむずかしくなった。脈絡なく記憶が浮かんでくるわけではなく、脈絡そのものが飛躍する。絨毯のような銀杏の落ち葉が感傷を呼び、「シェルブール」に関する思い出が繰り返され、店がその途中にあった階段を思い起こして、イタリアの古都、おそらくアッシジだと思うが、非常に古い坂道が像を結んだ。


「どうかしましたか」

わたしが黙ったので、真理子がそう聞いた。

「いや、何でもない」

わたしは、一瞬、現実感を失いそうになった。


記憶は、アッシジから再び「シェルブール」に戻っていく。都会には珍しい階段の途中にあって、ネオンの縁取りのある「CHERBOURG」という小さな看板が下がり、渦巻き状の模様ができたオーク材の扉を開けると、オーナーが出迎えてくれて、まずバーに通される。オレンジ色の間接照明が心地よくて、シェリーを飲みながら、同伴者を待つ。バーの壁には、ていねいに額装されたフランスの往年の女優カトリーヌ・ドヌーブの写真がさりげなく飾られている。店名の由来を聞いたとき、トモが教えてくれた。適当だよ、それで、いい歳してミーハーなんだよ、ドヌーブが好きだから、こんな発音しづらい名前つけちゃってさ。ドヌーブの代表作『シェルブールの雨傘』から採ったのだった。だが、ドヌーブの写真があるのはバーだけで、レストランには、カンディンスキーの小品が何点か壁に掛けられていた。本物じゃないよ、とオーナーは言ったが、わからない。バーではいつも、トモが、わたしの好物のコテージチーズのフライを作ってくれる。やがて、同伴者が現れる。

あんな時間はもうない、そう思う。老いたせいではない。あんな雰囲気のレストランが存在しないからだ。「シェルブール」が閉店してしばらくしてから、大切なものを失ったのだと気づいた。あれは確か、日本がはじめてサッカーのワールドカップに出場した年の暮れだった。どうということもない女と、銀座か赤坂で、輪郭がはっきりしない味の、平凡なフランス料理を食べて、そのあとどこかのバーで飲んでいるとき、いきなり別れを告げられた。わかった、とあっさり応じて、そのまま別れたが、タクシーを拾いながら、自分がものすごく酔っていて、さらにひどく酔いたいと願っていることがわかった。誰にだってこんなときはあるし、実際にこれまでにも何度もあったし、人生とはこんなことの連続なのだと、そんな下らないことをつぶやきながら、別の馴染みのバーに行った。どこの何というバーだったのか、覚えていない。カウンター越しにバーテンダーとサッカーの話をしたことだけ、やけに鮮明に覚えている。わたしはフランスにワールドカップを観戦に行っていて、日本の対クロアチア戦の敗戦について、あんなだらしない負け方はないと、他の客から、うるさいから小さな声で話してくれと注意されるほど、声高に、しかも執拗に話し続け、キンキンに冷えたカクテルを作ってくれとバーテンダーに言って、指の感覚がなくなるくらい、酔った。

「六本木」

タクシーにそう告げて、降りたあと見覚えのある路地を歩いていて、建物の陰で二度嘔吐し、やがて懐かしい階段の前に立っていた。午前一時だからまだ開いている、そう思いながら、階段を降りていったが、そこにはネオンの縁取りのある看板はなく、真っ暗だった。客がいなく明かりを落としたのだろう、まだオーナーたちは残っているはずだ、閉店後によくワインの試飲をしていた、ワインは飲みたくないが、冷たいビールを飲んで、トモにコテージチーズのフライを作ってもらい、今夜食べたフランス料理屋の批判をしよう、本当に、最低の味だった、そんなことを考えながら、わたしは扉を叩き、オーナーの名前を呼んだ。やがて、すでに店は閉じられて、もうオーナーもトモもいないということに気づいたとき、涙があふれそうになって自分でもびっくりした。

「わたし、お芝居に出てたんです」

真理子は、そう言って、写真を見せてくれた。珍しく和服を着ている。時代物の芝居だったのだろうか。

「大正時代のお芝居でした」

「そうか。観に行きたかったな。それで、今夜、夕食はどこにしようか」

「できたら、はじめてお会いしたときのレストランに行きたいです」

残念だけど、あの店は、もうないんだよ、そう告げたのだが、真理子は、信じられないことを言った。

「『シェルブール』ですよね。実は、まだあるんですよ。トモさんでしたか、あのシェフの方もいらっしゃいますし、もちろん、あのオーナーさんも、いるんです。わたしが、案内します」

3

「でもね、あの店、『シェルブール』は、本当にもうないんだよ」
そう言いながら、わたしは、真理子のことを、何と呼んでいたのか、忘れていることに気づいた。マリコだっただろうか、マリコちゃん、マリちゃん、マリ、どれも違うような気がしてきた。ニックネームで呼んでいたのかも知れない。これから、何と呼べばいいだろう。
「あるんですよ。場所が、ちょっと説明しにくいんですけど、『シェルブール』、ちゃんとあるんです。今から、行きますか？」

今から、行きますか、と訊ねられたとき、不吉なものが心をよぎった。この女優に付いていってはいけない、どこからか、そんな声が聞こえたようだった。自分の声なのか、それとも別の誰かの声なのかは、わからない。しかも、はっきりと聞こえたわけでもない。聞こえたような感じがしただけだ。

真理子は、わたしの返事を待たず、銀杏の落ち葉を踏みしめて、ゆっくりとした足どりで公園を横切ろうとしている。背後の銀杏の木がしだいに遠ざかっていく。わたしは、真理子のあとを追って歩く。不吉な気分が消えないが、ただの抑うつ感かも知れない、あまり気にしないほうがいい、そう自分に言い聞かせようとする。疲れているときなど、ときどき急に抑うつ感にとらわれる。朝方だったり、夕方だったり、時間帯が決まっているわけではなく、あらゆることがおっくうになり、気分が滅入るのだが、誰にでもその程度の抑うつ感があるものです、心配は不要です、心療内科医からはそう言われた。確かに、気分が沈み意欲が減退するが、仕事はちゃんとできるし、他人とのコミュニケーションなどに支障が出るわけでもない。あなたの場合、危機管理と言いますか、常に最悪の事態を想定しながらこれまで仕事を続けてこられたということが影響していますか、心療内科医はそんなことも言った。神経の、受信機のような部分が、危機の前兆のようなものを見逃さないように、休むことなくスイッチオンになっているのだそうだ。最悪の事態を常に考えることは重要だし、実際にそういった気質に何度も救われた。だが、本来、安堵や休息が必要なときでも、危機の前兆を感知しようとするので、疲労が大きく、いろいろなものを危機に結びつけてしまう傾向が生まれるらしい。要は、気にしすぎ、ということだ。ことさら不安に思う必要はなく、自分の性格、気質としてしょうがないことなのだと受け入れる、それが大事だということだった。

「誰か、わたしたちを見張ってませんか」

真理子がそう言って、背後の銀杏の木のほうをじっと見た。

銀杏の木の陰に、赤いものが見えて、またすぐに消えた。わたしは、見張っている、という真理子の言葉に過剰反応してしまい、動悸がした。わたしは、仕事上、普段からいろいろな女性と会うので、真理子といっしょに歩いているところを誰かに見られてもいっこうに構わない。だが、見張られるというのは尋常ではない。わたしは何度も振り向いて確かめたが、そのあと、赤いものはもう二度と現れることがなかった。

「誰もいないよ」

そう言うと、真理子は、いやだ、本当は誰もいなかったんですよ、といたずらっぽい微笑みを浮かべた。

「ほら、覚えてますか。わたしが二十歳になる前、あれって、ミレニアムの年じゃなかったですかね。ローマに連れて行っていただいたんです」

「覚えてるよ。結局、仕事じゃなくて、プライベート旅行になってしまったときだよね」

一九九九年の暮れだった。わたしは、ローマでテレビ番組に出演することになって、アシスタントレポーターに真理子を使おうとした。だが、スポンサーが酒類業者で、未成年者だった真理子はNGだと代理店に釘をさされた。だがもうそのときは航空券を買いホテルも予約していたので、わたしの個人的な助手ということでローマに連れて行ったのだった。ローマで深い関係になるとか、下心がまったくなかったわけではないが、どういうわけか、真理子に対しては、性的な強い欲求を感じなかった。なぜか、そばにいるだけで満足してしまうのだ。親子以上に年が離れているし、女優と深く関わって何度か痛い目に遭った過去も影響したかも知れない。だが何よりも、真理子がわたしのことを信じ切っているのがわかっていたので、手を出せなかったのだと思う。


「ローマ郊外の、遺跡に行きましたよね」

「うん。あれは、ヴィラ・アドリアーナだよ」

「あのとき、赤いコートの女の人が、ずっとあとを付いてきたの、覚えてますか」

よく覚えてるな、とわたしは苦笑した。あのとき、ヴィラ・アドリアーナには人が少なかった。冬だったし、曇っていて、遅い昼食をとってからでかけたので、すでに夕方で閉園間近だったからだ。わたしは、ヴィラ・アドリアーナが好きで、真理子を連れて行くのは楽しみだった。遺跡は、古代ローマの富裕層の保養地ティボリにあり、半ば朽ちかけた精緻な建築物には独特のロマンチシズムがあって、おそらくキスくらいは許されるのではないかという甘美な読みと期待もあった。

「あの、あなた、あれですよね、ものを書いている人ですよね」

その女は、ぶしつけに話しかけてきた。わたしは、誰もが知っている著名人というわけではないが、よく雑誌などの取材を受けるので、多少は顔を知られている。女は、四〇代前半といったところで、眼鏡をかけ、髪がぼさぼさで、よく目立つ赤いコートを着ていたが、見るからに質が悪く、履いているブーツもひどくくたびれていた。顔はまったく覚えていない。印象に残るような顔ではなかった。

「その人、娘さん？」

女は、真理子の爪先から頭までを、観察するようにじろじろ眺めていた。

「娘じゃないです。あの、もうすぐここは閉園なので、これで失礼します」

わたしは真理子の手を引いて、急ぎ足で、その女から離れようとした。ヴィラ・アドリアーナの敷地は広大で、草地の中に遺跡が点在している。だが、その女は、わたしたちを追跡するように、また、まるでわたしと真理子とのキスを阻止するかのように、あとを付いてきた。その女は、おそらく我慢できなかったのだろうと思う。必死に蓄えた金で安いツアーを予約し、念願の遺跡に入ったとたんに、高そうな衣服に身を包んだ中年男と、非の打ち所がない美女のカップルに出会ってしまった。女の表情には、幸福な人間を許さないという嫉妬心が見え隠れしていた。

どこに行っても、背後に赤いコートが見えた。しつこいですね、と真理子は笑っていたが、わたしは苛立った。キスの可能性が消えてしまったし、ロマンチックな雰囲気も台無しになり、勘弁してくれ、今回の旅行はこんなのばかりだといやになった。わたしは、スペイン広場近くのポストモダン風の超高級ホテルに、真理子とは別々に部屋を取った。もしかしたら、という俗っぽい予感がないわけではなかったが、毎晩頬におやすみのキスをするだけで、それぞれの部屋で寝た。もしかしたら、今日はいっしょに寝ようと誘えば、真理子は拒まなかったかも知れない。だが、わたしは何もしなかった。そして、毎日朝食を、わたしのスイートルームのテラスでいっしょに食べた。ローマ市街が見渡せるテラスでの朝食は格別だったが、二日目に、その日の台本を届けに来た番組スタッフに見られてしまった。女性を部屋に入れているということで、ドアを開けておいたのだが、若い女性スタッフは、すみませんでした、と恐縮して何度も謝った。謝ることなんかないよ、とわたしは言ったのだが、たぶん弁解にしか聞こえなかっただろう。番組のメインの出演者が、スタッフとは別の超高級ホテルに若い女優を連れて泊まり、朝食をいっしょに食べていて、掃除前でベッドが乱れている、別々に寝たのだと本当のことを告げても信じる者は誰もいない。だが、わたしはこれまでも、おそらくこれからも、真理子と深い関係になることはないと思う。ローマに行ったころより、はるかに歳を取ったし、その機会を一度逃すと、セックスという概念と行為がどんどん不自然なものになっていくことを、いやになるくらい熟知している。

「でも」

そうつぶやくように言って、真理子は頬を少し赤くした。

「わたしたちが結ばれたのは、あの赤いコートのおばさんのおかげです」

この女優は何を言っているのだろう、わたしたちは一度もセックスをしていない。手を握って、頬にキスをしただけだ。


「あのおばさんの話で、その夜、盛り上がって、それで、わたしはコロンを買ってもらったのがうれしくて、二人で、たくさんシャンパンを飲んで、わたしは、はじめて抱かれました。だから、今のわたしたちがあるのは、あの赤いコートのおばさんのおかげだと思っているんです」

待ってくれ、とわたしは遮り、おれたちはセックスなんかしていない、そう言ったのだが、真理子は、笑いながら、繰り返した。

「セックス、たくさんしてます」

軽い目まいを感じた。何かが、ねじれている。場所や時間、それに記憶、混在しているファクターが絡まり合い、ねじれている、そんな感覚にとらわれた。だいいち、この女優が連れて行こうとしているのは、今はもう存在しない「シェルブール」なのだ。もしかしたら、この女は、真理子ではないのかも知れない、実在しない女なのかも知れない、わたしははじめてそんな疑いを抱いた。

4

「電車に乗りましょう」

公園の出口に向かいながら、真理子はそう言った。電車？　この近くに駅はないし、わたしがほとんど電車を利用しないのを、真理子は知っているはずだ。このまま駅まで歩くつもりだろうか。「シェルブール」なら、タクシーのほうが便利だ。絨毯のような銀杏の落ち葉を踏みしめ、真理子の後ろ姿を追って歩く。夕暮れの木洩れ日が木々の間から差し込んでいる。異様なことに気づいた。真理子には影がない。わたしの影は、雲間から差し込む陽射しで、花壇のほうに長く伸びているが、遮るものもないのに、真理子の足元には影がなかった。

「おい、ちょっと待てよ」

呼び止めると、はい、と真理子は振り向いた。そのとき急に陽が陰って、地面からすべての影が消えた。淡いオレンジ色に染まった雲が空を覆っている。真理子の影を確かめることができなくなった。錯覚だったのだろうか。木々や街灯の影と重なっていたのかも知れないし、薄日だったので影の輪郭がぼやけていただけかも知れない。

「何ですか」

「電車って、近くに駅はないから、乗ることはできないよ」

「電車はありますよ。ほら」

真理子はそう言って微笑み、すぐ脇にある敷石の小道に視線を向けた。そこにあるものを見て、わたしは現実感を失いそうになった。電車の玩具が横向きに倒れて落ちていたのだ。玩具はブリキで作られていて、彩色がはげ落ち、赤茶けた錆が極小の虫のように全体に付着していた。誰かが捨てたのだろうか。ふいに、画像と言葉が交互に点滅を繰り返すようにして、短いストーリーが浮かんできた。この公園の林には、かなりの数のホームレスが青のビニールシートで小屋を建てて住んでいる。その中の一人が、子どものころの大切な思い出の品として、あるいはレトロなブリキ模型が好きで、あの電車の玩具を持っていたのではないか、そして、彼はおそらくつい最近亡くなってしまった。少しでも価値がありそうな所持品は他のホームレスが譲り受けたが、誰にも興味を持たれなかったあの古いブリキの電車は捨てられてしまった。

わたしには、あるときはとても興味深く心惹かれるが、どういうわけかあるときは恐怖の対象となる、そういったものがたくさんある。小さく縮んだ乗り物、というのもその一つだ。以前深夜に千葉のほうからタクシーで都内に戻ってくる途中、渋滞につかまってしまい、うんざりした表情の運転手が、世間話をはじめた。祖母に三輪車を買ってもらった四歳になる息子が狭い畳の部屋で乗り回すので畳がすり切れて困ると、妻がしょっちゅう文句を言ってノイローゼになりそうだと、ルームミラー越しにこちらを見ながら、そんな話をした。まあ、幼児がやることだから、とわたしは適当に相づちを打ったが、四歳児が家の中で三輪車を乗り回す様子を思い浮かべ、確かに畳はすり切れるかも知れないが、可愛いじゃないかと自然に頬が緩んだ。だが次の瞬間、ルームミラーに映る運転手の顔をみたとたん、裸電球が下がった三畳ほどの狭い畳の部屋が目の前に現れ、そこを三輪車ではなく幼児用の乗用玩具のタクシーに体を埋めた大人の男がぐるぐると回っているという異様な映像が浮かんできた。大人の男は目の前にいるタクシー運転手で、帽子を被った頭や上体のサイズはそのままだが、下半身だけが幼児のように縮み、まるで干からびたように小さくなった素足で一生懸命に玩具のペダルを踏んで、お客さん、確か赤坂でしたよね、この渋滞は終わりそうにないんで次の出口から出て下を行きますか、みたいなことを話しかけてくる。運転手と乗用玩具の影が放射状になって畳に広がり、運転手は必死の形相でペダルを踏んでいるので顔が汗びっしょりだ。その狭い部屋のどこにもわたしの姿はない。だが運転手が話しかけている相手は間違いなくわたしだ。悪夢のような光景だが、夢ではない。現実が変形し、歪曲されて編集されたイメージが湧き上がるとき、わたしはそれを制御することができない。

怪訝そうな顔つきで、真理子がこちらを見ている。わたしは、敷石の小道に落ちていた小さな電車を拾い上げようとしたが、どこにもなかった。

「ここに、電車の玩具が落ちていただろう。誰かが拾っていったのかな」

真理子にそう聞いたが、いえ、わたしは気がつきませんでした、と首を振った。さっき真理子は、電車は確かにあると小道を示した。そこには赤錆びたブリキの玩具の電車が落ちていたのだが、わたしの記憶のほうが曖昧になっている。幼児用の乗用玩具に乗るタクシー運転手のイメージを反芻している間に、意識が錯綜したのかも知れない。参ったな、またか、とわたしは声に出さずにつぶやいた。刺激的なイメージにとらわれて記憶が曖昧になるとき、目の裏側に浮かんでくる不思議な光の束がある。いつも光の束は三本で、形はさまざまだが、放射状に広がり、きちんと並んでいることが多い。

三本の光の束は、やがてさまざまなものを映し出すスクリーンとなる。スクリーンが現れると、現実から微妙に切り離される。現実が消えてしまうわけではなく、たとえば誰かに話しかけられたり、何かを質問されたりしても、応対は可能だ。スクリーンの奥から人の声は聞こえるし、スクリーンの向こう側に現実の風景が透けて見える。だが、スクリーンが特別に光り輝く場合があって、そのときは、わたしはスクリーンの内側に閉じ込められるような感覚に陥る。しかしいずれにしろ別の世界に入りこむとか、そういった神秘的なことではない。この三本の光の束は、わたしが物心ついたときにはすでにあった。幼いころ、画家で、美術教師だった父は、市街地から離れた森の中にアトリエを建て、わたしは学校に上がるまでそこで暮らした。四方を小高い丘に囲まれた狭い平地に建つ山小屋風の家で、わたしは、広大な遊び場で、虫や鳥や樹木や果実に触れながら育った。だが、その遊び場は、夜になると漆黒の闇となった。ある夜のことだ。いつものように母に背負われ、家に向かって山道を進んでいたとき、わたしは、祖母から聞いたことを思いだした。祖母は、熱心な仏教徒で、あるとき、戦死した叔父の遺影が置かれた仏壇を背にしながら、世界には二つの種類があるのだと、わたしに教えたのだった。生きている人々が住む「この世」と、死んだ人たちがいる「あの世」があり、その二つの世界を行き来できる特別な人が極めて少数だが存在する、祖母はそんなことを言った。

わたしは、母の背中で、今自分がいるところは、「この世」と「あの世」のどちらなのだろうかと考えた。母に聞いてみようかと思ったが、ここは死者が住む世界だと言われたらどうしようと怖くなって何も言えなかった。しばらくして月明かりに照らされた場所に出て、細くて長い葉が風にそよいでいるのに気づいた。こんな葉っぱが「あの世」にあるわけがないと、わたしは勝手にそう判断し、手を伸ばした。葉を千切って感触を確かめようとしたのだ。しかし、葉はしなやかで、千切れずに、わたしの手の中で滑り、皮膚が切れた。痛かったが、わたしは我慢した。細い葉で手を切ったと訴えると、母は歩みを止めるだろう、この暗闇の中で立ち止まってしまうと、世界が入れ替わって、「あの世」になってしまうかも知れない、そう思った。右手が、ヌルヌルして血が出ているのがわかった。

痛みは、自分の体と外界との境界を示しているのだと、そう感じたとき、まるで天上からスポットライトの明かりが降りてくるかのように、目の裏側に白く輝くものが現れた。最初は一本で、すぐにその両側に一本ずつ、三本の光の束が生まれた。これは何だろうと怖くなって、しっかりと目を閉じたが、そうすると光は逆に強くなった。そして、光の束が微かにゆらめき、きれいだなと思った瞬間、いい匂いのする羽毛に包まれるような、それまで味わったことのない感覚が全身に充ちていった。その感覚には性的な要素があり、下腹部が熱くなった。感傷も喚起された。しばらく前に病気で死んだ、モモという名前の子犬のことを思い出したのだ。すると、中央の光の束の中に、生前のモモの姿がはっきりと像を結び、こちらに向かって走ってくるのが見えた。小さな尻尾を振り、わたしの顔を舐めようと舌を出していた。子犬の、柔らかくて小さな体や前足の感触がよみがえり、ちゃんと生きていたんだね、とわたしはつぶやいた。今、何を言ったの、と母が聞いて、わたしは、お母さん、モモはまだ生きてるんだよと、声を弾ませた。母は、わたしが光の束の中でモモと会っているのを知るわけもなく、おんぶされているときによく寝てしまうことがあるので、寝ぼけていると思ったのだろう、そうよ、と優しく言った。

「死んだ犬も、死んだ人も、その人の心の中でずっと生きているのよ」

三本の光の束は、そうやってわたしの中に現れた。それは常に不意に現れ、意識して呼び寄せることはできない。夢に似ているが、もちろん眠っているときには発生しない。光の束のスクリーンに映し出されるイメージを選ぶこともできない。甘美な記憶がよみがえることもあるが、ときに不安や恐怖にとらわれることもある。光の束は、一日に何度も訪れることもあれば、数ヶ月、いや、一年も二年も現れないこともある。幼いころ、わたしは光の束が映し出すイメージに浸ることが好きだった。怖いイメージもあったが、それが現実ではないこともどこかでわかっていたし、何より意識の外から、まるで家に遊びに来る友人のように、訪れることが興味深かったのだろう。イメージはわたし自身の記憶や想像に属するものだが、それらが、遠くからの便りのように届くことが刺激的だったのだと思う。

小学校に入学したばかりのころ、何ヶ月も光の束が訪れなかった時期があった。それまでそんなことはなかったので、いったいどうしたのだろうと焦り、あのときは母の背中にいて細長い草で手を切ったのだったと思い出し、父の剃刀《かみそり》を持ち出し、手のひらに当てたりした。薄く血がにじんだが、光の束は現れなかった。わたしは、自分で作り出すことは不可能で、訪れるのを待つしかないことを知った。また、わたしは、その光の束を誰もが体験しているものと勘違いしていた。一度仲がよかった友だちに話してみて、お前は変だと言われ、それ以来、絶対に他人に話さなくなった。

「もう何年か前ですけど、わたしたち電車に乗りました。クリスマスイブで、タクシーがつかまらなくて、それで、仕方なく電車に乗ったんです。覚えていますか」

真理子の声が聞こえて、クリスマスツリーのデコレーションが目の前にちらつき、光の束の中に収まった。そう言えば、電車に乗ったような、おぼろげな記憶がある。確かに、クリスマスイブだった。

「どんな電車だったか、覚えていますか。人がみな、後ろ姿だったんです。奇妙なことにとても古い電車で、わたしはこんな電車に乗ったことはないと、少し怖くなったのをよく覚えているんです。覚えていますか」

うん、何となく、覚えてる、そう言いながら、わたしは光の束が再び強くなるのを感じて、そのとき電車の中にいた乗客の姿が浮かび上がり、彼らがみな後ろ姿だったとはっきりと思い出した。

「もうすぐ駅に着きます。あの電車がまた来ますよ」

いつ公園を抜け、駅まで歩いたのだろうか。三本の光の束が訪れているとき、現実を見失うことはないが、風景が希薄になる。周囲の景色や人物は、スクリーンとなった光の束の向こう側に透けて見えるだけなので、真理子の影や、電車の玩具が落ちていたこともどうでもよくなり、いつの間にか、遊歩道を通って公園を抜け、駅まで歩いたのかも知れない。

「わたし、ずっと腕を組んでいたんですよ。だって、ちょうど夢を見ているような、そんな感じだったので。でも、何か、とてもいい夢をご覧になっているような、そんな感じでした」

夢を見ていたわけではない、そう思ったが、何も言わなかった。三本の光の束のことは誰にも話さないと決めている。ホームにいる人々も、やはりみな後ろ姿だ。誰もわたしたちを見ていないし、体の位置や向きを変えようとしない。わたしたちは電車に乗り込む。電車に乗ったのは久しぶりで、非常に混んでいた。わたしたちは、向き合う格好で出口付近の手すりで体を支えた。この電車の車体は確かオレンジ色だった。今も、オレンジ色の車体は中央線なのだろうか。この電車は中央線だよね、上りなのかな、東京駅に向かっているのかな、そう聞くと、真理子は、違います、と顔を伏せ、見てください、と周囲を見回した。ほぼ満員の乗客が、すべて後ろ姿だった。混んでいて、座席に座っている人は見えない。わたしたちの周りにいる人たちは、全員後ろを向いている。新聞や雑誌を読んでいる人も、手元のスマートフォンを操作している人も、話している人も、すべて後ろ向きで顔が見えない。

「過去へ向かっているんです」

真理子がそんなことを言って、つまらないジョークだと思った。わたしたちは空想の世界にいるわけではないし、幻覚を見ているわけでもない。ついさっきまで公園にいて、おそらく駅までの道を、腕を組んで歩いた。わたしは、指先と靴底の感覚を確かめる。指は金属の手すりをつかんでいて、足は確かに電車の床を踏んでいる。ただ、似たような経験は以前にもあった。ふと気づくと、どこか知らない場所へ運ばれていく、そんな感覚だ。精神が錯乱しているわけではないし、現実感を失うわけでも、架空のイメージに支配されるわけでもない。意識や感覚ではなく、体が、どこかへと運ばれていくのだ。車や船や飛行機など乗り物に乗っていることもあるし、どこか、公園や道路、ホテルのロビーや部屋といったごくありふれた場所にいることもある。わたし自身が風景の中を滑るように移動することもあれば、風景が、流れるように変化していく場合もある。そういったとき、わたしはよく創作のアイデアを手に入れる。運ばれていく過程では、視覚や聴覚、それに記憶が混じり合って編集され、新しく組み合わされることがある。


「他の人たちの服装や持ち物が変わってきました」

後ろ姿の乗客たちから、ダウンジャケットやスマートフォンやブランドもののバッグ、ハイヒール、それに茶色に染めた髪、ネイルアート、ピアスなどが姿を消している。誰もが、ごわごわの生地の外套を着て、粗末な靴を履き、初冬だというのに素足にビニールのサンダルの人もいる。

「ここで降りましょう」

大勢の人に囲まれるようにして、わたしたちは電車を降りた。改札では駅員が切符を回収した。振り返ると、木製の看板のようなものに「千駄ヶ谷」という文字が見える。並木道があり、すぐ前を、くたびれた鞄を持ち帽子を被った男と、顔を隠すようにスカーフを巻いた女が並んで歩いている。後ろ姿なので、顔は見えない。男はときどき帽子に手をやり、寒いのか、女は両方の手を口に持っていって温めている。やがて、女が、ねえ、どこまで歩くのよ、と聞いて、渋谷にでも出てみようか、と男が答えた。わたしは既視感にとらわれた。どこかでその二人の台詞を聞いたような気がしたのだ。思わず立ち止まり、遠ざかっていく二人を目で追った。木枯らしが吹き、落ち葉が舞い、どこからか痛切な音楽が聞こえてくる気がする。あの二人には、行くところがない、どこまで歩いても、辿りつける場所がない、それがわかった。遠くを、二人は並んで歩き続けていて、小さくなった後ろ姿から、どういうわけか、胸を締めつけられるような悲しみが伝わってきた。やがて遠ざかった二人が、静かに歩みを止め、こちらを向いた。距離があるので、顔はよく見えない。男が帽子を取り、わたしたちに向かって軽く会釈する。外套のポケットに手を入れた女が、わたしに向かって何か話しかけているようだが、声は聞こえない。だが、信号のようなものが伝わってきた。女は、まるでわたしの耳元でささやくように、何かを教えるかのように、ある言葉を伝えた。

「悲しみが、失われている」

悲しみは、生きるために必要な感情だ。大切な人を失ったとき、複雑に折り重なる記憶の中の、確かな場所にその人を刻みつけるために、わたしたちは悲しみに包まれる。そして、悲しみによって、わたしたちは何が失われたのかを知る。その悲しみが失われているのだと、スカーフの女は、わたしに伝えようとした。

「あの店に、入りましょう。すぐそこです」

店とは「シェルブール」のことだろうか。

「そうですよ。みんな、います。この階段を降りると、みんながいます」

みんなって誰なんだ、そう聞こうとしたが、真理子はわたしを振り切るように、道路沿いにある一つの建物に入り、階段の前に立った。わたしが知っている「シェルブール」とは、微妙に違う。石の階段の途中に店があるのではなく、木の階段を降りた地下に、入り口があるらしい。しばらく迷ったが、わたしは、誘いを断った。

「悪いね。今日は、少し疲れた」

構いません、真理子は微笑んだ。

「いつでもいいんです。じゃあ、わたしだけ、行ってきます」

「それで、また、近いうちに、会えるかな」

「もちろんですよ」

微笑みながら、真理子は、階段を降りていった。壁に何か小さなラベルのようなものがびっしりと張ってある、不思議な階段だった。

第2章「東京物語」

1

「何か、わかったか」

　真理子と会ったあと、ホテルで一日だけ仕事をして、自宅に戻った。他の猫たちは、わたしを無視するように寝そべっているが、タラだけは、まるで待っていたかのように、デスクのすぐ脇に座り、じっとこちらを見た。偉そうに、またメスのくせに、「何か、わかったか」などと話しかけてくる。もちろん、タラが喋っているわけではない。わたし自身の意識や感情や記憶をリフレクトしているだけだ。だが、ついわたしは、届いてくる信号に応対してしまう。自問自答をしているのと同じだが、猫を仲介するほうが、うまく言えないが、自然で、健康的な気がする。

「健康的って、お前、何を考えているんだ」

　どうしてこいつは、言葉に遠慮というものがないのだろう。こいつといっても、単なる仲介役なので、わたし自身に遠慮がないということになるのだろうが、考えてみれば、猫を介して自分自身と会話をするという行為は、健康的とは言えないかも知れない。

「あの女に、会ったのか」

　真理子が、階段を下っていって、見えなくなってから、わたしは通りにしばらく立ちつくし、コートの袖のあたりの香りを確かめたりした。真理子がさっきまですぐそばにいたことを示すような匂いは何もなかった。広い通りに出てタクシーを拾い、ホテルに戻ったが、街並みはいつもと同じだった。人々が全員後ろ姿というわけでもなく、終戦後すぐのようなごわごわの外套を着ている人など一人もいなかった。ホテルの部屋に戻り、真理子に電話してみようかと思ったが、つながっても、つながらなくても、精神的にさらに不安定になりそうで、止めた。

ホテルでは、現実感が、はっきりとした輪郭を伴って戻ってきた。いつもの部屋、いつもの家具や寝具、バスタブやシャンプーなどを目にし、ふと触れてみたりして、違和感がないことを確かめた。ＰＣのメールボックスを開くと、いつもと同じ、大量のスパムと、仕事やプライベートのメールが並んでいた。いつもの光景だった。ただ、懐かしい感覚に包まれて、不思議な気持ちになった。どこか遠くに行っていて戻ってきたような、長い旅から帰ってきたような、そんな感覚があった。ただこのすぐ近くの公園を歩き、電車に乗って、そのあと並木道を歩いただけなのに、長期の旅程を終え、長時間のフライトから戻ったような、疲労と安堵を感じた。

「あの日、あの女と会って、ホテルの部屋に戻ったときだが、ちゃんとメールをチェックしたか」

こいつは、いやわたしは、なぜふいにメールのことを質したのだろうか。

「妙なメールがあっただろう」

そう聞こえて、わたし自身の、意識と無意識の境界から、不吉な信号が届き、何か見たくないものを目の前に突きつけられるような、また、絶対に思い出したくないことが鮮明によみがえるような気がして、胸騒ぎを覚えた。

「お前は、あの女と会っていたときのことを、曖昧にしてしまおうとした。奇妙なことがいろいろと起こったはずだが、それが何だったのか、何を意味していたのか、神経がどうなっていたのか、あの女が言ったことは本当だったのか、そもそもあの女は実在する女なのか、そういったことを、もっともらしい理由を挙げて、曖昧にした。ときおり現実感が希薄になり、想像と現実、それに過去に見た映画と今の風景が折り重なったり混じり合って、不思議な形で編集されることがあるなどと、もっともらしい理由を挙げて、曖昧にしようとした。忘れようとしたわけではないと思う。やっかいなことを意識的に忘れようとする人間に表現ができるわけがないからな。だが、妙なメールがあったはずだ。件名が異様だったので、お前は、文面を読むことなく、ゴミ箱に入れた。だが、まだ今もゴミ箱に残っている。それを読むべきだ。奇妙で、かつ不穏な内容だが、読むべきだし、読むべきということを、お前は本当はいやというほどよく知っている」

　何かいやなものが喉に詰まり、それが全身に広がっていくような感覚にとらわれた。確かに、妙なメールがあった。覚えている。覚えているということは、意識に残ったということだ。

　いやな件名で、すぐに削除し、ゴミ箱に捨てた。

「死者からのメールサービス」

　安っぽいホラーのようで気持ちが悪かったし、送信アドレスも他の無数のスパムと同じくいい加減なもので、文面を見たくもなかったので捨てた。

「読むのが怖かったんだろう」

怖かったというか、嫌悪感があった。

「同じことだ。どうして怖かったのかわかるか」

わたしは、死後の世界とかそういった類いの非科学的な書物や映画などはまったく受けつけない。幼いころ、祖母が「この世」と「あの世」について話したことをはっきりと覚えているのも、実はそういった話題が苦手だったからだと思う。忌み嫌っているから、逆に強く刷り込まれたのだ。自然科学の徒というわけではないが、以前、パンデミックを主要なモチーフとする作品を書いたとき、分子細胞生物学や免疫学の本を大量に読み、多くの専門家に取材した。表現でも、人間関係でも、ロジカルに納得できること以外はなるべく避けるようにしている。

「嫌悪したのに、なぜ印象に残ってるんだ」

父のせいだ。父は、三年前に亡くなったが、関係はいいとは言えなかった。反骨精神旺盛で個性的な人物だった。趣味はカメラで、ドイツ製の二眼レフのカメラを持ち、モノクロの写真をおもに撮っていた。郷里である九州の小さな街で、たまに写真の個展を開いたりしていた。父が嫌いというわけではなかったが、性格が合わなかった。わたしはどちらかといえば内向的で、非社交的だが、父はそうではなく、小さいころから、その孤独癖を何とかしろとか、他人と関係するのを恐れるなとか、そんなことを言われ続けた。もっとも記憶に残っているのは、人間という漢字に関することで、「人間という字を見ろ」としつこく言われた。

「人の間、と書くだろう。人は、他人との間で、つまり他人との関係の中で生きていくから人間なんだ。一人では生きていけないんだ」

間違っているわけではないが、父が何度も繰り返すことに違和感があり、わたしの孤独癖は治るどころか、ますます強くなっていき、家を出て独立してからは、あまり連絡をしなくなった。

数年前から心臓を悪くして、入退院を繰り返すようになり、その都度見舞いに帰ったが、それでもほとんど会話がなかった。三年前の秋、危篤という知らせを受け、病院に駆けつけた。赤い煉瓦の塀がある病院で、紅葉が美しかった。父は、もう話すことができなくなっていた。だが、じっとわたしの顔を見て、口を動かし、何かを伝えようとしたようだった。結局、言葉は聞くことができなかったが、「お前に、最後に、言いたいことがある」という意思が伝わってきた。

ゴミ箱から、「死者からのメールサービス」を拾い上げ、開いた。

お世話になっております。あなた様に重要なお知らせです。わたくしこと、加世子と申しますが、お父様からの伝言を申しつかっております。例の女性にお聞きください。あえて名前は申しませんが、おわかりのはずです。実は、わたくし、昨日、あなたと例の女性が、公園をぐるぐると長い間お歩きになるのを、微笑ましく眺めさせていただきました。このメールには返信できませんので、あしからずご了承くださいませ。かしこ。

2

何ともいやな感じのメールだった。典型的な迷惑メールのようにも見える。「お父様」とあるが、父の名前が記してあるわけではない。「例の女性」というのも、意味深な表現ではあるが、誰なのかもちろん特定されていない。しかし、どうしてわたしは、タラを仲介する形で、このメールが気になっていることを自覚し、ゴミ箱から拾い出したのだろうか。あのとき、真理子と別れてホテルの部屋に戻ってきて、このメールの文面を読んだのかどうか、記憶が曖昧だ。スパムメールは、開かせて、読ませ、記載されているＵＲＬをクリックさせるために、「件名」と「差出人」の表記に、ときに感心するほどいろいろな工夫をしているが、そのほとんどはセックスと金だ。「今すぐわたしを弄んで。７０００万円はすでに用意済み」「ニートのおれだけど年収１億になったよ」「競馬必勝法ってないと思い込んでいるあなた」「ぺ★スが本当に10センチ伸びます」

だが、「死者からのメールサービス」という件名はこれまでなかった。

インチキなスピリチュアル系とか、あるいは新興宗教のような胡散臭さがありながら、インパクトがある。たぶん、「死者」と「メールサービス」というありふれた言葉が、単純につなぎ合わされているせいかも知れない。意外性があって、印象に残るのだ。件名で検索してみたが、当然そんなサービスの会社などがあるわけもなく、「死んだ人からメールが来た」というようなホラー好きらしい個人のブログがいくつかあっただけだった。送信メールアドレスはでたらめに決まっている。ごていねいに、「このメールには返信できません」とも記してあった。「加世子」という名前にももちろん心当たりはない。

本当に単なるスパムメールなのだろうと、またゴミ箱に戻そうとしたが、読み直してみて、ある箇所に目がとまり、軽い動悸を覚えた。

「昨日、あなたと例の女性が、公園をぐるぐると長い間お歩きになるのを、微笑ましく眺めさせていただきました」
これはいったいどういうことだろうか。「例の女性」というのが真理子で、わたしの意識に混乱が生じ、幻覚か白昼夢に支配され、起こってもいないことを現実だと思い込み、本当は電車になど乗っていなくて、二人で銀杏の落ち葉が敷き詰められた公園をぐるぐると長い間歩いていただけで、差出人が誰なのかわからないが、それを眺めていたのだと、そう指摘しているのだろうか。確かに、公園内でも、そのあとも、説明がつかないことを目にしたし、体感した。それに、「昨日」と書いてある。メールの送信時刻が十二時間ほどずれていて、その時間を基準にすると、真理子と会ったのは、間違いなく「昨日」だった。

だが、明らかに現実だったと思えることがある。「シェルブール」だという店の前で真理子と別れてから、広い通りに出て、タクシーを拾った。電車に乗って、周囲の人々がすべて後ろ姿だったり、服装や持ち物が変わったりして、いつの間にか並木道のある駅に出て、終戦直後のような印象のカップルから信号のようなものが届き、感覚が揺れ動いていたが、タクシーに乗ったことだけは、はっきりと記憶にある。どの通りだったのか、どこを経由して、ホテルに戻ってきたのかはやや曖昧だが、途中で雨が落ちてきて、窓には水滴がついた。わたしは、その水滴がきれいだと思った。そして窓外はいつもの街並みで、歩いている人々も普通だった。全員が後ろ姿という異様な光景もなかったし、終戦直後のようなファッションの人もいなかった。

それに、興味深いことに、運転手がわたしのことを知っていて、失礼ですが、ものを書いている方ですよね、と話しかけてきた。短い会話だったが、よく覚えている。もうずいぶん前だが、わたしを以前、乗せたことがあると言った。確か、銀座から赤坂でしたが、きれいな女性とごいっしょでしたよ。話し方も穏やかで、お喋りや詮索が好きというタイプではなさそうで、好感を持った。そうでしたか、というわたしの返事で、会話はすぐに終わった。プレートに書かれた運転手の名前も、苗字だけだが、はっきりと思い出すことができる。秋冬。変わった苗字だった。

タクシーに乗ったのだから、少なくとも、公園は出たのだ。公園は、定宿のすぐ近くなので、タクシーに乗ることは考えられない。だから、公園をぐるぐると長い間歩いていたという文面は事実ではないということになる。単なる悪趣味なスパムメールで、件名が妙に気になっただけなのだろう、そう思って、そのメールをもう一度ゴミ箱に入れ、「ゴミ箱を空にする」にカーソルを合わせた。そのとき、不穏な感覚にとらわれて、マウスに添えた指が動かなくなった。まるで、そのメールから、「消すな」というメッセージが発せられているようで、胸騒ぎがしてきた。

タラのほうを見たが、話しかけてくれない。わたしの考えをリフレクトしてくれない。わたし自身の意識が空白になっているのだ。「例の女性と公園をぐるぐると長い間歩いていた」というフレーズが頭から消えない。真理子に連絡して確かめるべきだろうか。今すぐに、メールではなく、電話で確認したいという思いが湧いたが、携帯に触れる勇気がなかった。真理子がどんな返答をするのか、確かに公園をぐるぐる回っただけですと言われても、そうではなく公園を出て電車に乗り過去に向かいましたと言われても、混乱するだろう。真理子の声を聞くだけで不安になりそうだった。

公園をぐるぐると長い間歩いていたのかどうか、今はそれを問題にすべきではない、だから、真理子には連絡する必要はない。問題は、タクシーだ。タクシーに乗ったということがはっきりすれば、「死者からのメールサービス」から解放される。

領収書を探した。経理上、タクシーの領収書はどんなに少額でも保管するようにしている。領収書は月ごとにわけて封筒に入れる。あの日の領収書さえあれば、わたしは確かにタクシーに乗ったことになる。日付やタクシー会社を確認するまでもない。もっとも新しい日付の、タクシーの領収書があればいい。あれからタクシーには乗っていない。すぐに見つかった。日付も合っているし、現実に存在する中堅どころのタクシー会社だった。やはりタクシーに乗った、そうつぶやいたが、奇妙なことに安堵感がなかった。穴が空くほど領収書を眺めたが、別におかしなところはない。他の領収書と大きさも体裁も変わりはない。だが、どういうわけか胸騒ぎが治まらない。

気がつくと、タクシー会社に電話をしていた。日時と車両番号がわかれば、きっと乗車地や経由地もわかるだろう、そう思ったのだ。受付らしい女性が電話を取った。わたしが名前と職業を名乗ると、ちょっとお待ちくださいと言って、シューベルトの「子守歌」の保留音が鳴り、やがて、いや、これはどうも、というかすれ声が聞こえ、常務だという男が出た。

「はい。車両番号を言ってもらえますかね」

領収書にある車両番号を告げると、男は言葉にならない変な声を出したあと、黙った。もしもし、と促すと、おかしな話だなあと言って咳払いをする。

「あのですね、その車両番号ですが、もううちにはない車なんですね」

わたしは、秋冬、という苗字を告げた。すると、男は、うーんという低い声を出したあと、また黙り、気持ち悪いなあ、と一人言のように言った。

「その、秋冬というドライバーですけど、わたし、同僚だったんですね。でも、もういないんです。何年前かなあ。ちょっと待ってください」

男は、おい、秋冬が辞めたの何年前かわかるか、と誰かに聞き、わかった、とまた電話口に戻った。

「十二年前です。それで、腎臓が悪くてですね。噂なんですが、だいぶ前に死んだって聞きましたけどね。変なやつだったですよ。気持ち悪かったので、よく覚えてますが、よく言ってました。何か、こう、頭の中に、ときどきたくさんライトがですね、いや、ライトは、野球の、外野のライトじゃなくて、明かりのことですが、それがぶら下がってきて点灯するときがあって、そのとき、その中に、不思議なものが見えるとか、そんなことを何度か言うのを聞きました」

3

不思議なことに、わたしはそれほど驚きもしなかったし、不安に陥ったりもしなかった。常務という男が嘘をつくはずはない。そんな必要はどこにもないからだ。領収書があるのだから、わたしは確かにタクシーに乗った、だから、「死者からのメールサービス」の文中にあった「公園をぐるぐる回っていた」ということを否定できると思ったのだった。だが、「公園をぐるぐる回っていた」わけではなく、公園を出て駅まで行ったと仮定すると、真理子といっしょに乗った電車内で起こったこと、さらに駅を出てからのことは、さらに非合理だ。真理子によると、あの電車は、過去に向かって走り、乗客はすべて後ろ姿で、いつの間にか、終戦直後のような服装に変わっていた。あれはいったい何だったのか。

あれが現実に起こったことだとすると、不可解さはさらに深まる。単に公園をぐるぐると回っていただけで、その間に記憶が混乱したか、白昼夢のようなものを見たと仮定するほうが、まだ受け入れやすいのではないか。どこかでそんなことを考え、領収書に記された車両番号のタクシーが実在せず、秋冬という印象的な名前の運転手ももういないと聞かされても、不安にならなかったのだと思う。

その思いは、たぶん父親の記憶がベースになっている。死の間際、父親は、わたしに向かって何かを伝えようとした。「死者からのメールサービス」によると、差出人は、父親からの伝言を預かっているらしい。わたしは、無自覚に、あのとき父親は何を言おうとしたのだろうと、ずっと気になっていたのに違いない。だからあのメールを消去できなかった。メールが、「消すな」という信号を発しているかのように感じてしまった。

これからどうすればいいのだろうか。ふと気づくと、タラがこちらを見ていた。

「わかりきっていることがあるじゃないか」

もちろん、タラの言葉ではなく、わたしの意識をリフレクトしているだけだ。何がわかりきっているというのか。おそらくタラは、わたしの意識や感情だけではなく、無意識の領域の記憶や思いを拾い上げているのかも知れない。

「何が無意識だ。笑わせるな。お前が、考えるべきなのに、あえて考えようとしていないことをこうやって教えているだけだ。お前の無意識なんか、覗き見できないし、興味ないよ」

「わかってるはずだ」

タラからそういう言葉が届く。

「お前が変なのか、それとも外の世界のほうが変なのか、はっきりさせるべきだ」

そうだった。真理子と会っている間も、そのあとも、わたしは混乱して、不安になり、異常なことから目をそむけようとして、異常だという意識を認めようとせず、異常なことをどうにかして排除しようとした。わたしが精神的混乱に陥っているのかどうか、精神医学的な対応が必要な疾患なのか、あの若い心療内科医に聞いてみるべきだ。メールでアポイントを取って、可能だったら明日にでもカウンセリングを受けてみよう。おい、タラ、お前はそういうことを言いたかったんだろう？

「その前に、確認したほうがいい」

タラはわたしから目をそらし、何か促すような表情になった。

「最大の謎は何か、わかってるか」

謎だらけじゃないか。最大とか最小とかあるのだろうか。

「他は、記憶と想像だが、一つだけ、具体的に形があるものがある。お前が、バカみたいに焦って、必死になって探し、見つけて、目で見て、手で触れることができたものだ」

領収書だろうか。そう言えば、領収書を探しているとき、タラは眠っていて、仲介を止めていた。

「もう一度、見たほうがいいんじゃないのか」

領収書は手元にある。さっき、タクシー会社に電話をする前に穴が空くほど眺めた。

「お前は、焦っていた。日付だが、必死に日にちだけを見ていたのを、実は、おれは見ていたんだけどな。何年の日付か、確かめたか」

領収書を確認する。信じられないことに、日付の年は、二〇一一年だった。だが、あり得ない。経理にきつく言われて、領収書は月ごとに封筒に入れて整理している。二〇一一年の領収書が最新の封筒に入っているのはおかしい。しかも、領収書の束の上のほう、すぐに見つかるところにあった。


「お前は、タクシーを降りるときに領収書を受けとったら、すぐにその場で、その封筒に入れるのか。その封筒を持ち歩いているのか」

領収書を入れる封筒を持ち歩くわけがない。

「じゃあ、領収書をもらったら、どうするんだ」

財布の中に押し込むか、上着かズボンのポケットに入れる。

「お前は、財布をいくつ、スーツを何着、ズボンを何本持っているんだ」

使っている財布は数個だが、スーツやジャケット、ズボンは数え切れない。

「お前は、夜に、おもに食事のためにタクシーに乗る。ホテルや自宅に戻るのは遅い時間で、しかもたいてい相当に酔っている」

タラは何を伝えようとしているのか。

「何年か前の領収書が、久しぶりに着たジャケットのポケットから出てきて、その日付を確かめないで、封筒に入れたというようなことは、これまでまったくなかったのか」

そう言えば、この領収書は今年度のものではないので使えません、経理にそんなことを言われたことが何度もある。二〇一一年だったら、あのタクシー会社の常務は、そのころはこの車番の車はまだあったと言うかも知れない。だが、こんな偶然は考えにくい。年は二〇一一年だが、日にちは合っていた。真理子と会った日だった。

「お前」

タラが、またこちらを向き、じっとわたしを見て、言った。

「本当に、あの真理子という女と、会ったのか？」


「昔、お話ししたと思うのですが、最初にカウンセリングをやったときです。ときどき食後に動悸がするって、おっしゃっていましたよね」

若い心療内科医は、定宿の近くまでわざわざ来てくれた。ホテルのすぐそばのオフィスビル内で週に一度か二度、産業医として働いているらしくて、昼の休み時間に、訪ねてくれたのだ。わたしが提案して、定宿の部屋ではなく、それぞれのビルからちょうど同じ距離にある都庁脇の小さな公園というか、スペースで会うことになった。外で会うほうが開放的になれるような気がしたのだ。とても静かなスペースで、金属製のモニュメントがあり、ゆるやかに円弧を描く大理石のベンチがある。その日は朝から雨だった。昼前に雨は上がったが、ベンチが濡れていたので、わたしはティッシュで表面を拭った。心療内科医は、その様子を興味深そうに眺めていた。

「そうですね。今はもう、そんなことはないんですが、あのころは、確かに食後に動悸がすることがあって、心臓に異常があるのかと、それが不安につながったもので、あのとき先生に相談してみたんです」

「わたしがどういう返答をしたか、覚えていますか」

「はい。覚えてます。確か、食事をするとき、あるいは食事のあと、口腔内からはじまって、胃腸など、あなたの体の中で、分子レベルの無数の化学変化が起こっていて、それが交感神経と副交感神経を刺激する、そんなことでした。違ってますか」

「いや、その通りです。食事だけでも、それだけの化学変化が起こっているわけで、脳内での化学変化は、それより複雑というか、いまだにわかっていないことも多いんですね。まず、確実なことを言いましょう。記憶が曖昧になったり、異常だと思われる経験をされて、混乱があり、病気ではないかと不安になっているとのことですが、それはないと思っています。失礼ながら、あなたの歳で、統合失調症が発症するのは非常に稀だし、除外していいでしょう。重度のうつ病などでも、たまに幻覚や幻聴がある場合もありますが、以前も言った通り、うつ病ではありません。濡れているベンチをきれいに拭くようなことはまずできないことが多いのです」

だから、わたしがベンチを拭うときに、じっと見ていたのか。

「ところで、あなたの場合、想像することが、仕事の中核だと思うのですが、どうですか」

その通りだった。わたしは、想像することで作品を生み出してきた。

「想像と現実の狭間が曖昧になる、そのくらいのことは、あって然るべき、そう思うんですね。なので、そのさっきおっしゃった電車内での不思議な光景ですが、どこかで以前、写真とか、映画とかで見たことがあって、記憶に刻まれて、さらにその記憶を加工するような感じで、想像してきた世界なのではないでしょうか。あと、たとえば秋冬というロマンチックな名前のドライバーさんですが、昔、おそらく実際に、乗車されたのではないですか。ときどき降りてくるという複数のライトについても、元の同僚がよく覚えているくらいですから、ひょっとしたら、乗車されたときに話題になった可能性もありますね。あなたの、光の束とも、似ていますしね。だから、秋冬という名前にしても、記憶に強く刻まれているのかも知れません」

確かにそうかも知れない。

「ただ、わたしにもわからないことがあります」

心療内科医は、顔を伏せ、しばらく黙ったあとで、言った。

「真理子という女性です。真理子という女性が実在するのかどうか、それを一度確かめる必要があるでしょうね」

4

そう言えば、タラを仲介して、わたし自身も、本当に真理子に会ったのか、と自問した。

「でも、実在しない女性と、会うというのはどういうことなのでしょうか。幻覚とか、幻想とか、夢とか、そういったものなのでしょうか」

心療内科医は、弱ったな、という表情になり、そうではないです、と言って、わたしのほうを見た。

「あなたは、あるシーンを想像するというか、頭の中で言葉や映像や音声を組み立てながら、仕事をしていませんか」

その通りだが、想像と現実を混同しているということだろうか。

「いや、違います。まず、ほとんどの人は、家族や仲間、それに会社の組織など、単一で、単純なユニットの、人間関係の中で生きています。あなたの精神は、想像することが核になっていて、まるでどうやって作られたのかわからないような複雑な寄せ木細工のようなものです。それが、一つでも崩れると、他にも歪みが出ます。いや、病気という意味ではないですよ。過剰な想像が、現実を包み込んでしまったり、そういうことですが、わたしが言うこと、わかりづらいですか」

いや、よくわかる。心療内科医は、わたしのことを理解してくれている。ひょっとしたらわたし自身よりもわたしのことをわかっているかも知れない。

「要は、強い想像というのは、ときおり現実を覆ってしまうことがあるということです。真理子という女性とは、当然、以前、会ったことがおありですよね」

もちろんだ。何度となく会って、いっしょにローマに旅行にも行った。都庁脇の、小さなスペースの周囲に並んだ立木を見ていて、ふと、ローマ郊外のオリーブの林が目に浮かんだ。オリーブの葉は裏と表の緑色が微妙に違う、だから、陽射しを浴びると、林全体が神秘的な風景に見える、そんなことを話し、真理子が、ほんと、きれいですね、と言ったのをよく覚えている。

「真理子という女性が、本来、実在しているというのは、よくわかります。ただ、わたしが、確認したほうがいいというのは、今回、公園で会い、いっしょに電車に乗ったりした真理子という女性が、本当に、その、いっしょにローマに行ったりした女性なのか、そして、公園や電車内に、実在したのかどうか、ということです。今回、お会いになったときですが、どうやって連絡しました？　メールですか」

メールだったと思う。

「会われたわけですから、返事も来たわけですね」

お久しぶりです、ぜひわたしもお会いしたいです。そんな返事が来た。

「そのメールですが、確認できますか」

わたしは、PC以外ではメールしない。ほとんど一日中、PCに向かって仕事をしているわけで、わざわざハイエンドの携帯端末などでメールをやる必要がないし、小さなモニタを指先でタップするのは性に合わない。キーボード以外では文章を書きたくないのだ、だから、真理子のメールもPCのメールボックス内にあり、今は確認できない。ただ、真理子からの返信は携帯からのものだった。わたしは、携帯からの、プライベートの短いメールは、保存せずに捨てることが多い。メールボックスを整理するためだ。仕事上、保存しなければならないメールが一日に百通以上届く。たいてい画像や映像が添付されていて、解凍したり、ファイルをダウンロードして保存したりするのは、手間がかかる。携帯からのプライベートな短いメールまで保存すると、ボックスが溢れかえり、効率が悪くなる。真理子からの返事は、ひょっとしたら捨てているかも知れない。

「なるほど。次は、いつごろ会う予定ですか」

返答に困った。会うのが、不安だったからだ。また意識や記憶が混乱したり、奇妙なことに遭遇するかも知れないと思うと、会うことに積極的にはなれない。

「そうですか。もちろん、無理して会うことはないです。でも、もし会ってみようかなという気持ちになったら、ぜひ会ってください」

気になっていることを質問した。真理子に会って、ひょっとしてまた非合理なことを体験したとき、どうやって真理子がその場に実在しているかどうかを確認すればいいのだろうか。

「何が起こったかを、できるだけ記憶するようにしてください。それと、彼女が何かくれたら、それを保存するようにしてください。前回、和服を着た写真を見せられたと言いましたね。それはまた彼女に返したのですよね。次に会うとき、何か、モノを渡されて、それをもらうことができたら、それを、必ず持っていてください」


前回来たはずの真理子からの返信は、やはり捨ててしまったようで、ゴミ箱の復元まで試みたが見つけられなかった。

そして、真理子に会ってみようかという思いは、何かが発酵するかのように、わたしの中でゆっくりと形づくられ、興味が不安を押しのけるまで、かなりの時間がかかった。

定宿のリビングには、天井に、ＵＦＯのような形の間接照明がある。そのオレンジがかったライトを眺めていると、気分がざわつき、灯りに吸い込まれていきそうな不安にとらわれた。あれ以来、わたしの、三本の光の束は現れることがない。光の束が浮かぶと何かがはっきりするかも知れないという期待感もあったが、真理子と会う決心がつかないうちは、また混乱が起こるかも知れないという不安のほうが大きかった。


それにしても、ライトに、意識や想像に働きかける何らかの力があるのだろうか。あの秋冬というタクシーの運転手も頭の中に複数のライトが降りてくるのだと言っていたらしい。いつしか、天井の円いライトをぼんやりと見つめることが多くなり、必ず、不穏な気配を感じた。意識がどこかへ引きずられそうになるのだ。ライトから気持ちを切り離すには、集中が必要な仕事がもっとも有効だった。あとは、酒と、精神安定剤、それにベッドに入る前の睡眠導入剤もかろうじて役立った。だが、さすがに昼間から酒を飲むわけにはいかないし、心療内科医が処方してくれた安定剤と睡眠導入剤は弱いもので、劇的に効くわけではなかった。だが、真理子との一連の出来事のあとは、飲む量も回数も増えた。気になって、心療内科医にメールで相談したが、必ず「心配要りません」という返事だった。

「繰り返しになりますが、あなたは病気ではありません。安定剤も睡眠薬も、その程度の量であれば、問題ないですね」

早く真理子に会って、いろいろなことを確かめたいという気持ちと、もう二度と会わないほうがいいのではないかという気持ちが絶えず交錯した。焦るのがもっともよくないことです、心療内科医は、メールにそう書いてきた。

「真理子という女性に早く会わなければ、そういった焦りは、冷静さを奪いますし、会わなければいけない、でも会いたくない、会いたくない自分がいやになるというような、マイナスの循環を生みます。焦らずにいてくださいね。仕事ができているということは、日常生活を維持し、コミュニケーションもちゃんと取れているということです。精神医学的対応が必要なのは、仕事が手につかず、処方された安定剤をいっぺんに飲んでしまって、発作的にその真理子という女性に連絡を取ろうとするというような場合です」

「久しぶり。元気にしてますか。今度、ホテルのフレンチのメニューが変わって、おいしくなったので、試してみませんか」

年が新しくなり、梅の花が咲くころ、真理子にそうメールした。だが、「送信」をクリックするときには、軽い動悸がした。

「メールをありがとうございます。ぜひお会いしたいです」

返事が来て、わたしは、そのメールを「保存用」のボックスに入れた。そして、実際に真理子と会うまで、そのメールがちゃんと存在するか、何度も何度も確認した。何度確かめても、メールは消えていなかった。

「確かに、とってもおいしいです」

わたしたちは、青森産だというアンコウとウニのジュレの前菜と、北海道の鹿の肉をメインで食べ、サン・テミリオンのワインを飲んだ。真理子は、前回会ったときと若干印象が違っていて、ファッションも表情もどこか軽やかに見えた。すぐに、前回会ったときのことを確かめたかったが、食事中にそういう話題はふさわしくないと我慢し、デザートのカシス風味のスフレをデリバリーしてもらうことにして、わたしの部屋に場所を移した。

部屋に入り、ソファに腰掛けて、前に会ったのはいつ頃だったっけ？　と聞いた。三ヶ月前だと思う、と真理子は答えた。わたしは、胸騒ぎがしてきた。三ヶ月前だとしたら、あのとき真理子は実在していたことになる。あのときの真理子が、実在していなくて、わたしの想像が現実を包んでしまっただけだったとしたら、会うのは三年ぶりなのだ。今、目の前にいる真理子は、確かに実在していると思う。前回と違って、妙なことはいっさい言っていない。おれたち、セックスしてないよね、と思い切って聞こうかと考えたが、その前に、真理子が、ソファから立ち上がり、窓際の、和紙を使ったライトの前に立った。その動きが、ビデオのコマ送りのような、不自然なものだったので、胸騒ぎが大きくなった。またライトか、そう思った。ライトから離れてくれと言いそうになり、さらに動悸がしてきた。

「わたし」

真理子は、顔の皮膚に、もう一枚非常に薄い膜のようなものを被せたような、奇妙な表情になっている。

「わたし」

ライトに顔を近づけ、何か言おうとする。

「わたし、記憶が曖昧になることがあるんですよ」

まるで別人になったような気がして、怖くなった。手をつかんででも、ライトから引き離したほうがいいのだろうか。

「女優だからかな、とかそういう風にも思うんですね。よく時代物っていうか、ほら、以前来ていただいたのは大正時代のお芝居でしたけど」

着物を着た写真を見せられたことを思い出した。だが、変だ。わたしはその芝居を観に行った記憶がない。

「よく仕事をいただく演出家の方が、大正の終わりとか、昭和のはじめの時代が、どういうわけか、面白いといつもおっしゃっていて、その時代の人物を演じることが多いので、そのせいかもしれないんですが、わたし、自分では知るはずのない、時代のことが、浮かんでくることがあるんです。変な話ですみません。たとえば、今、また同じことが起こって、びっくりしたんですけど、ライトがそばにあるとき、わたしが全然知らないはずの、昔の時代ですね、その時代の、人たちの姿が、ライトの中に見えたり、するんです」

5

ライトの中に、人々の像が現れる、真理子はそう言った。それは本物のライトなのか、それともイメージとしてライトが点灯し、その内部に映像が映し出されるのか、そう聞こうとして止めた。真理子は、非常に薄い半透明の仮面をつけたような不思議な顔をしている。最初、そんな真理子を見たのははじめてだと思ったが、そのすぐあと、これまでに何度も見たような気がしてきた。ここはホテルのいつもの部屋で、家具も、窓の位置も、ブラインドの形と色も何も変わっていない、周囲を見回しながら、わたしは自分にそう言い聞かせる。夢を見ているわけでも、記憶の中に吸い込まれて想像が現実を覆ってしまっているわけでもない。わたしは、そっと真理子の頬に手を触れた。真理子は、微笑んで、わたしの手に、自分の手のひらを重ねた。柔らかで、やや冷たい感触があった。目の前の真理子は、触れることができる対象として、確かに存在している。

真理子は、これまでわたしに見せたことのない表情で、和紙を使ったシェードに顔を寄せている。放心状態のようでもあり、極度に集中しているようでもある。目に力がみなぎるときと、脱力が交互に訪れているようだ。ライトから離したほうがいいだろうか、そう考えたが、できなかった。肩を抱いて、静かにライトから引き離してソファに座らせる、そうすると、また変化が起こる気がした。ライトから遠ざけると、薄い半透明の仮面が取れ、普通の真理子に戻るのかも知れないが、それはそれで対応がむずかしい。ライトの中に人々が現れることがあるんです、そういうことを言ったが、普通に戻ったとき、そのことを覚えているかどうか怪しい。わたしは、真理子をそのままにして、ストレスを与えないように注意しながら話しかけることにした。

「ライトの中に何かが見えるようになったのって、いつ頃からなのかな」

わたしは、森の中の暗い夜道を、母に背負われて上っているときに、三本の光の束がはじめて現れたことを思い出しながら、そう聞いた。答えたくなかったら答えなくてもいいという感じで、

真理子から視線を外し、一人言のようにつぶやいた。

「うんと小さいころです」

真理子は、半歩ほどライトから離れた。

「小さいころです。幼稚園とか、まだ学校に行ってないころです。わたし、何度か金縛りにあったことがあって、それがとても怖かったんですね。明かりを全部消した部屋なんですが、わたしは自分の部屋がなくて、母の部屋でいっしょに寝ていました。いつもというか、今でもそうなんですが、なかなか寝つけないんですよ。部屋で、ベッドに横になっていて、ふと、窓が明るくなって、気になって、体を起こしました。木の枠の、古い、小さな窓です。そのあと、また光が入ってきて、外を見ると、車のヘッドライトでした。わたしの家は、急な坂道の途中にあったんです。大きくカーブしている坂道を、車が上がってくるたびに、ヘッドライトの明かりが、どのくらいかな、何秒か、窓から入ってくるんですね。それで、そのあとも、ぼんやりと窓の外を見ていたら、最初、隣の家が明るく浮かび上がって、そのすぐあとに、ヘッドライトの光の芯が、目に入ってきたんです。その瞬間、目から、何か、細い針みたいなものを刺し込まれたような感覚

になって、体が動かなくなりました。それが金縛りだって、小さいからわからなくて、自分は死んだのかなって思いました。でも、変なんです。意識があったから。それに、母が、何か言っているのもちゃんと聞こえるし、おかしいな、半分だけ死んだのかなとか、そんなことを考えて、ものすごく怖くなりました。それで、ほとんど毎日、それが起こるようになりました。あれはいったい何だったんだろう、子どもだから、そんな風に思うじゃないですか。怖いもの見たさ、ですかね。毎晩、そっと起き上がって、カーテンの隙間から、外を見るんです。やがて車が坂道を上ってくるのがわかって、怖いんだけど、目を外せないんです。また金縛りにあうってわかってて、逃げよう、ベッドに入ろうと思うんですが、ダメなんです。何だか、ヘッドライトが、ヘビみたいになって、ベッドの中まで追いかけてくるような気がして、そっちのほうがもっと怖くて、目をそらせないんです。ヘッドライトの光の芯が、目を刺すのを待つしかないんです」

「部屋が真っ暗だから、そうなるんだと思いました。暗いから、ヘッドライトが気になるんです。明かりをつけてほしいと母に言って、母も何となく、わたしの様子がおかしいと思っていたみたいで、蛍光灯のスモールライトを点けてくれるようになったんですが、それはちょっと弱くて、小さめの、ルームライトを買ってもらいました。暗いのがいやだって、そんな子は多いと思います。そうですよね。暗い部屋が怖い子って、普通にいますよね。わたし、その気持ちがよくわかります。ルームライトは、釣り鐘みたいな形の、可愛いシェードで覆われていて、部屋の端っこにありました。顔を右に傾けると、見えました。それで、やっと金縛りはなくなったんですが、でも、わたし、誰でもそうだと思うんですけど、眠りに落ちる前って、いろいろと考えたり、思い出したりしますよね。それが怖いことだったりするときって、ありますよね。目を閉じるのが怖い、睡りに落ちるときに何かに引きずり込まれそうになるような感じとか、意識がなくなるのが怖いときって、ありますよね。そんなとき、わたしはルームライトを見るようにしたんです。釣り鐘みたいな形の、ライト。明かりを見ているうちに、暖かい感じがしてきて、いつの間にか眠るんです。安らかな感じで、それが気に入って、だから、いつも横向きに寝て、顔をライトに向けていました。それで、小学生になってからも、ずっとそうやって眠るようにしていたんですが、あるとき、釣り鐘形のシェードに何か模様のようなものがあるのに気づいて、汚れかなと思って、近づいてみたんですね。それで、近づいていくときに、何か、ライトの周りだけ、空気感が違うっていうか、自分で近づいていくのではなくて、ピンが磁石に引き寄せられるみたいな、そんな感じで、怖いっていうわけじゃないんですけど、ドキドキするのがわかりました。自分が自分ではなくなっていくっていうか、自分が、誰なのか、そんなことがどうでもよくなっていくような変な気持ちになっていって、それで、シェードですが、汚れとか、何かが、付いていたわけじゃなくて、何かが、映ってたんです。それからです。ライトの、シェードの表面に、何かが見えるようになりました」

「わたしたち、どこかに行くんですか」

真理子がふいにそう聞いて、わたしは、周囲を見回し、目を疑った。どういうわけか、わたしたちはいつの間にか、廊下に出ていたのだ。いつ部屋を出たのか、記憶がない。いや、この廊下が、ホテルの廊下なのかどうかも曖昧になっている。ひょっとしたら、前回会ったとき、こうやって公園を歩き、電車に乗ったのだろうか。さっきまで、わたしたちは確かに部屋にいた。レストランで食事したあと、ホテルの部屋で、真理子が、ソファから立ち上がり、薄い半透明の仮面を被ったような奇妙な表情になって、和紙のシェードのあるライトに近づき、人々の姿が見えてしまう、そう言ったのだ。

「いや、今日は、どこかに行くつもりはないけど、どこか行きたいところがあるのかな」

真理子にどこか行きたい場所があって、独白を続けながら、先導して部屋を出たのかも知れないと思い、そういうことを聞いた。ただ、真理子は、どこかに行きたいと言ったわけではなく、わたしたち、どこかに行くんですか、と聞いたのだ。しかも、皮膚の上に半透明の薄い膜を貼りつけたような、不可解な表情のままだった。

「わたし、いつも、何か急かされているような気分が消えることがないんです。どこか、今すぐに行かなければいけないところがあって、そこでは、わたしをずっと待っている人たちがいるんですね。ただ待っているというより、わたしがそこに行かなければ、その人たちは、何もできないし、大げさに言うと、身動きもできないし、話すことも、呼吸さえできない人もいるんです。そこに、行かなければいけないんですが、どこにあるのかもわからないし、行ったことがあるような記憶もぼんやりとあるんですが、一度も行ったことがないような気もするんです。変ですよね。だから、今夜、今からそこに行くのかと思ってしまって、ごめんなさい、わたし、変ですよね」

その行かなければいけない場所って、ひょっとして「シェルブール」とか、そんな名前の店じゃないの？　そう聞こうとして、突然、目の裏側に三本の光の束が降りてきて、わたしは、言葉を失った。なぜ、こんなときに、そう思った。目の前にいる真理子が、実在するのかどうかも怪しくなり、今いる場所がどこかも不明なのに、また光の束が現れた。そんなことは逆効果だとわかっているのに、思わず目を閉じ、消そうとしたが、いつものように光量がさらに強くなり、脳を占領されてしまうような不安定な感覚と、いい匂いのする羽毛に包まれるような心地よさが同時に生まれた。光の束に逆らってはいけない、身を委ねなければいけないと、どこからか、わたし自身の声がこだましている。

「何か、見えますか。わたし、小さな子どもたちが見えるんです。きっとわたしを待っているのかも知れない」

真理子がそう言って、いい匂いのする羽毛のような感覚が消え、動悸がしてきた。わたしにも、光の束の中に、子どもたちの写真のようなものが見えたからだ。何かが重なった、そう思った。写真には見覚えがあった。わたしが小学生のころ、父が撮ったものだ。写真はフォーカスがややぼやけていて、わたしがその中にいるのかどうかわからなかった。だが、必ずどこかにわたしが写っているはずだ。父は、わたしのために記念写真をよく撮った。これはその中の一枚だった。確か、父兄参観とか、そんな日だった。

「あ」

真理子が、短くつぶやいた。

「あの人だ」

あの人？

「誰なのか、わかりません。でも、ライトの中に何か見えるとき、現れる人です。やはり古い写真で、とてもきれいな人で、わたしは、女優だろうと思ってます。きっとこの人は女優です。わたしも女優なので、それだけはわかる気がするんです」

光の束の中に、わたしにも、その写真が見えた。女性が写っている。この写真は、父が撮ったものではない。だが、父は、大切に保存していた。わたしは、この写真を何度か見たことがあるが、誰なのか、父は教えてくれなかった。だから、女優かどうかはわからない。

6

わたしは、わからなくなった。三本の光の束は、想像と記憶がモザイクのように組み立てられたあと、その内部にイメージを浮かび上がらせる。真理子は、ライトのシェードの表面に何かが見えるのだという。真理子は、何か、見えますか、と聞いた。わたしの、三本の光の束に浮かび上がるイメージと、自分の、ライトのシェードに映るものが、重なり合ったと、そう思ったのだろうか。それとも、真理子が見ている映像を、何らかの方法でわたしが共有していると感じたのだろうか。あるいは、わたしの中に差してくる光の束に気づき、同じものが映っていると思ったのだろうか。いずれにしろ、そんなことは、あり得ない。複数の人間が、言葉や出来事を介さずに同じイメージをもつことはない。どんな親しい間柄だろうが、たとえ双子だろうが、並んで寝て同じ夢を見ることはない。

過剰な想像が現実を覆う、心療内科医は、そんなことを言った。だが、それはあくまでも個人に起こることで、他人と共有できるものではない。しかも記憶と想像のモザイクには秩序や整合性がない。夢と同じだ。夢には、その人の精神のありようが表れるが、どうしてそんな夢を見るのかは、誰にもわからないし、精神医学でもいまだに解明されていない。わたしは、三本の光の束に浮き上がるイメージを、単に見るだけだ。そのメカニズムも、根拠もわからない。真理子の、ライトのシェードに映る映像にしても同じだろう。古い女性の画像が見えて、おそらく女優だろうと真理子は言ったが、どうしてその女性の画像が現れるのかはわからないはずだ。そういったイメージを、同時に二人が共有できるはずがない。

もしかしたら、この空間そのものが、わたしの想像と記憶の産物なのだろうか。だが、半透明の仮面をつけたような顔になって、ライトに近づき、シェードの表面に画像が見えると言ったのは、真理子だ。そして、真理子が、画像が見えるようになった経緯を話している間、わたしたちは、気づかないうちに部屋を出て、廊下にいた。わたしの定宿の廊下ではない。定宿ではないが、どこか、別のホテルではないだろうか。オフィスや病院の廊下とは雰囲気が違う。だが、いったいどこにあるホテルなのか。どうやって、ここまで来たのか。広くて、長い廊下で、暗い。小さなダウンライトが点々と灯っていて、壁の窪みに間接照明があるが、光量が少ない。暗いせいで、前方も後方も、まるで煙っているかのように、はっきりと見えない。悪夢の中にいるようだ。どうやってわたしの部屋に戻ればいいのだろうか。

ひょっとしたら、わたしのほうが、真理子の想像と記憶の世界に、迷い込んだのかも知れない。シンクロしたとか、そういうことではなく、誘導され、引きずられるように、わたし自身の想像と記憶も刺激されたのかも知れない。あのときも、今と同じようなことが起こったのだろうか。公園にいて、ふいに駅に着き、電車に乗って不思議な乗客たちを見た。確かめることがある。わたしも真理子も、かって見たことがないものを想像することはできないし、記憶にとどめることもできない。たとえば宇宙にいる夢も、テレビや映画や写真などで見たものが再構成されているのだ。真理子が、あの女性の写真をどこでどうやって見たのか、確かめなくてはならない。どこかで見たことがなければ、イメージできないからだ。

「どこで？　どこでって、どういうことですか」

「いや、あの女優だという女性だけど、どこかで写真を見たはずなんだよ」

真理子は、じっとわたしを見る。ものすごく薄い半透明の皮膚をもう一枚貼りつけたような顔のままで、表情が希薄だ。

「もらったんです」

「もらった？　誰にもらったか覚えてる？」

父が大切に持っていた写真だとは言わなかった。秘密にしようと思ったわけではない。そんなことを明かしても、真理子は、あ、そうですか、と言うだけだろう。その写真がどんな意味を持つかは、今は問題ではない。どこで見たのか、もらったのなら誰にもらったのかが重要なのだ。

「知らない人です。女の人でした。あなたもいらしてくださった、大正とか、昭和のはじめのころの、お芝居がありましたよね。そのときに、楽屋に訪ねて来られた女の人がいて、わたし、誰に紹介されたのか覚えていないんですけど、とにかく紹介されて、その女の人が、これ、と言って、封筒をくれたんです。黄色く変色したすごく古い封筒で、今にも破れそうでした」

わたしは、その芝居を観に行っていないが、今はそんなことはどうでもいい。その女は、どうして封筒なんかを渡したのだろうか。

「すごく昔の、昔だから黒白ですけどね、写真が入っているんですよ、きっと役作りに役立つから、そんなことをおっしゃっていたような気がします。クロシロって、最初わからなくて、普通、モノクロって言いますよね。だからわからなくて、それで、印象に残っているのかも知れないです。あ、そうだ。それに、伝言って、言われました」

伝言？

「ある人のお父さまからの、そのある人への、伝言でもあるんですよ、って、はっきり言われました。変な人だなと思ったので、よく覚えてます」

伝言と聞いて、わたしは、また動悸がしてきた。背筋に、冷たいものが走り、さらに混乱した。あの、「死者からのメールサービス」に、「お父様からの伝言を申しつかっております」とあったのを思い出したのだ。しかも、「例の女性にお聞きください」と続いていて、その女性とは、いっしょに公園をぐるぐると長い間歩いていたという女性のことらしかった。真理子だろうか。「死者からのメールサービス」は、ただの迷惑メールではなかったということだろうか。差出人は、確か、加世子と名乗っていた。名前を真理子に確かめたほうがいいだろうか。

そんなことを考えていると、真理子は、またわけのわからないことを言った。

「桜が見えますか」

何を言っているのだろうか。桜？　そんな季節ではない。やっと梅が咲きはじめたばかりだ。しかも、ここは廊下で、窓らしきものも、生花を挿した花瓶のようなもののもない。

「桜が見えますか」

真理子は、また繰り返した。ダウンライトの弱い光が差してくるところを見上げているが、視線はゆっくりと移ろい、焦点が定まっていない。桜が見えるわけがない。梅の間違いではないのか、そう思ったとき、一瞬、目の前に満開の桜がフラッシュのように広がって、またすぐに消えた。三本の光の束いっぱいに桜の木が現れ、わたしは動悸が激しくなり、思わず、なぜ桜が、とつぶやいていた。

「だから」

真理子がわたしを見る。

「この廊下は、季節を、辿るための場所なんです。ここに来たことがあるかどうか、よく覚えていないんですけど、季節は、巡るものだし、それをよく表すのは、花でしょう？　だから、季節を辿る場所では、必ず、花が見えます。花を見ながら、わたしはよく季節を辿ります。記憶をたぐり寄せるように、辿るんです。桜が見えましたよね。季節的に、次は、アジサイなんです。アジサイが、見えるはずです。そして、どういうわけか、最後、必ずツツジなんです。きっとわたしがいちばん好きな花で、いろいろな思い出があるからだと思います。アジサイ、見えましたか」

アジサイが見えたかどうか、はっきりしない。だいいち、順序が逆だ。ツツジが咲いてから、そのあとアジサイの季節になる。しかし、季節を辿る、という表現は、はじめて耳にした気がする。

「ツツジが見えるまで、歩きましょうか」

真理子に先導されるようにして、ゆっくりと歩いた。

「ツツジって、なかなか見えてこないんですよ。なぜかなあ。いちばん思い出深い花なんですね。ほら、ちょうど、五月の連休のころ、いろいろな色のツツジが満開になるでしょう？　わたし、両親に連れられて、よく公園に行って、お弁当を食べたんですが、必ず、ツツジがきれいに咲いていました。ツツジって、平凡だし、どこにでもあるような花ですが、実は、どこにもない花でもあるんです」

理解できない。どこにもない花とは、どういうことなのか。それに公園に行って弁当を食べたというのは、本当に真理子のことなのだろうか。ひょっとしたら、わたしのことではないのか。わたしの父は、家族と過ごすのが、本来あまり好きではなかった。どこかに連れて行ってもらった記憶がほとんどない。だが、五月の連休の、ある一日だけは別だった。近くに、有名な磁器の生産地があり、五月の連休に市が立った。父は、その市が好きで、家族で出かけた。そのころ、家には自家用車がなく、父はオートバイに乗り、わたしと母はバスで磁器の街に向かい、小高い丘の上にある公園で落ち合うことにしていた。公園はツツジが満開で、いろいろな色の花を眺めながら、かすかに漂ってくる甘い香りに包まれ、母が作ったおにぎりの弁当を食べた。父は、わたしたちや、ツツジの写真をカメラに収め、普段とは違って、機嫌がよかった。

「ツツジが見えましたか」

ツツジだけではない。家族と公園、それに父のオートバイも、三本の光の束にはっきりと映し出された。

「ほら、あそこ、奥の白いツツジの向こう側に、誰かいます。見えますか。おじいさんです。誰なのかな。地方ですね、港町なんですかね」

老人は、窓を開け放った広い家の中で、団扇を使いながら、じっと座っていた。窓外の軒先に、魚が干してあり、大小の植木鉢も見える。どんな花が植えられているのかはわからない。中年の女が通りかかり、窓越しに、声をかける。お寂しいこって。老人は、数日前に長年連れ添った妻を亡くし、葬儀で帰省していた子どもたちや親戚も、それぞれ自分たちが住む街へ戻ってしまった。老人は、一日が長うなりましたわい、と中年女に言う。

女が立ち去って、座っていた老人が、こちらを見る。何か伝えようとしているようだ。漂ってくるツツジの甘い香りとともに、信号が伝わってくる。

「よくわかっていると思うが、わたしたちの感情の中で、寂しさだけが、本質的なものなのだ。喜びや悲しみや不安や恐怖は、予測できない未来に対処するために、長いときを経て、わたしたちの祖先が、そういった感情の回路を作り上げた。だが、寂しさだけは、そのずっと以前から、自然に存在していた。人生は、あるときから、確実に変化する。それまでに得てきたもの、ともに生きてきたものを、少しずつ、または一挙に、失うようになる。その変化は、決して逆行することがない」

第3章「しとやかな獣」

1

わたしたちは、廊下の突き当たりにあるピンクのツツジを通り抜けた。清楚な食虫植物という感じの巨大なツツジの花弁で、ひんやりと湿った薄手のカーテンを潜り抜けるような感触だった。驚いたことに、体全体に、ツツジ特有の甘い香りがまとわりついてきて、わたしはエロティックな感覚にとらわれた。衣服を剝ぎ取られて、ツツジの花弁に全身を愛撫されているようだった。思わず目を閉じた。快感を確かめたかったのだ。すると目の裏側に、映像が点滅した。いろいろなイメージが恐ろしい速さで現れたり消えたりするので、何を見たのかはっきりしない。ただ、ある男の顔だけは、記憶と反応して鮮明に刻まれた。その男は、確か殺人犯で死刑囚だった。

その男の写真を見せられたのは、もう二十年以上前だ。突然、警視庁の刑事から、自宅に電話で連絡があり、定宿のホテルのカフェで会った。刑事は、この男に見覚えがありますか、とわたしに写真を見せた。数年前のものですが、写真はこれしかないんです。結婚式の記念写真で、新婦には黒い目線が入っていた。男は、三〇代後半で、眼鏡をかけ、瘦せていたが、ごく普通の、どこにでもいるような平凡な顔つきの男だった。その男は、半年前に都内の住宅地で起こった大量殺人の容疑者で、家宅捜索で押収した日記に、ある作家が好きで何度か彼の公開講座に参加したという記述があったらしい。作家とはわたしのことで、当時、ある映像雑誌が主催する公開講座を担当していた。でも出席者は毎回百人を超えていたので、一人一人を覚えているわけがありません、刑事には本当のことを、そう伝えた。そのとき、カフェでわたしはカプチーノを飲んだが、刑事がその代金を払ってくれて、捜査に協力すると、警察は飲み物をおごってくれるんだなと思ったのをよく覚えている。その後、半年くらい経って、刑事から、犯人が逮捕されたという連絡があり、さらにその何年かあとに、自殺したというニュースを見た。ニュースにはなぜか彼の結婚式の記念写真が使われていた。なぜその男の顔が短いフラッシュバックの中に登場したのだろうか。

　巨大なツツジの花弁を潜り抜けながらわけのわからないイメージを見続けていたので、大量殺人の犯人がどうしてその中に含まれていたのか、考えることができなかった。大量殺人犯と結婚式の記念写真という妙な組み合わせが印象に残っていたのだろう、単純にそう思った。

「そろそろ帰りましょうか」

　真理子がそう言う。うん、帰ろう、わたしはうなずいた。この廊下がどこなのか、どうやってわたしの部屋に帰ればいいのかまったくわからない。だが、真理子に従うしかない。それに、なぜか、このまま廊下を歩き続けていれば、わたしの部屋に、つまり現実に戻れるような気がした。

「帰りましょう」

　真理子が、わたしを見て微笑む。半透明の仮面を被ったような顔のままだったが、微笑みを見せたので、わたしは安堵した。ツツジのカーテンを潜り抜け、しばらくして目を開けると、イメージの点滅が止んだ。いったい何十人、いや何百人の顔が現れて消えたのだろうか。真理子も同じものを見ていたのだろうか。

「あれは、みな亡くなった人たちです」

そう聞いて、一瞬不安にとらわれたが、さざ波が収まるように、すぐに心は平穏に戻った。みな亡くなった人たちです、真理子の言葉は自然だった。あの大量殺人犯も死んでいるし、この非現実的な経験は人の死に関係している、そう思った。この奇妙な世界に入りこみ、三本の光の束が現れるとき、必ず父のことを考える。いや、幼児のころ、はじめて光の束に気づいたとき、その中に見たのは、しばらく前に病死していたモモという名の犬だった。ここは、死者たちが行き来する廊下なのだろうか。

「それはわかりません」

真理子は、首を振った。

「そんなことは誰にもわかりません」

天井のライトを見上げる。

「わたしたちが見たのは、映像です。亡くなった人のことを思い出すって、誰にでもあることでしょう？　だから、死んだ人と実際に出会ったわけではないんです」

「季節を辿るように、ライトを辿れば、戻れます」

わたしたちは、狭くなったり広くなったりする廊下を歩く。真理子に大切なことを聞くのを忘れていた。真理子は、わたしの、三本の光の束を見たのだろうか。

「ぼんやりとですが、見えました。見えるっていうか、感じたというのが近いのかもしれないですね」

迷ったが、わたしは、はじめて光の束が現れたときの話をした。最初に、父のアトリエがあった場所について、かなり長い説明が必要だった。真理子は、まったく明かりのない山道を想像することができなかったからだ。父は美術教師だった。母は、教師のかたわら、ときどき繁華街にある洋裁店で働いていた。幼児のころ、わたしは朝から祖父母の家に預けられ、夕方遅い時間に母が迎えに来て、山小屋風のアトリエにいっしょに帰った。

「母とバスで帰るんだよ」

今考えると、信じられないくらい不便だった。祖父母の家は高台にあったので、長い坂道を下って、バス停がある県道まで歩くのだ。だが、わたしは、陽が暮れかかって、店仕舞いがはじまっている町内を、母と手をつないで歩くのが好きだった。知り合いの魚屋の店主が、奥さん、鯛が残ったからうんと安くするけどどう？　と声をかけてくれたり、肉屋に寄って惣菜を買ったりした。明かりが消えていく店があり、また窓に明かりが灯る家もあった。長い坂道の脇には昔作られた用水路があり、絶対にその中に入って遊んだりしてはいけないと言われていた。用水路全体が苔で覆われていて、足を取られ、そのまま流されて死んだ子どもが何人もいたからだ。

「そうやって、母と手をつないで町内を歩いて、広い県道に出るんだけど、バスはなかなか来なかった。でも、待つしかなかったし、母と二人でガードレールにもたれて、いろいろ話しながら、やがて来るバスを待つのはいやじゃなかった」

バスに乗って、終点まで行った。終点前の停留所を過ぎると街並みが途切れる。乗客は全員途中で降りて、最後は必ずわたしと母だけになった。バスから次々に乗客が降りていき、母と二人だけになるのがとても好きだった。

終点は操車場になっていて、わたしと母は、広大な空き地に降り、細い山道を登りはじめる。すでに夜も更けていて、わたしは空腹と疲れを覚え、歩くのが辛くなり、いつも母に背負ってもらった。周囲に人家がなくなり、まったく明かりのない山道は、あるときは魅惑的で、あるときは恐怖だった。漆黒の闇は、想像をかき立てる。わたしは母の背中でうつらうつらすることが多く、怖い夢を見たりしたときは叫び声を上げそうになり、幸福なイメージに充たされたときは柔らかな黒のビロードに包まれているような心地よさを感じた。あるとき、細長く鋭い草で手を切り、そのあと、三本の光の束が現れたのだった。

「そのとき、お母さまに、何か、質問しようとしたでしょう？　覚えていませんか」

そうだった。祖母から、この世とあの世の話を聞いたことを思いだし、この山道は、この世とあの世のどちらなのかと、母に尋ねようとしたが、ここは死者の国だと言われるのが怖くて聞けなかったのだ。しかし、真理子はなぜそのことを知っているのだろうか。

2

「そのとき、その光の束をはじめて見たときです。何か、お母さまに聞こうとしたはずなんです。覚えていますよね」

真理子は、そう繰り返した。もちろん覚えている。だが、なぜわたしの幼いころのことがわかるのだろうか。祖母から、この世とあの世の話を聞き、暗い山道でそのことを思い出し、背負われていたわたしは、母の肩越しに、質問しようとした。

「お母さん、木野はこの世？」

父のアトリエがある山間一帯は、木野峠と呼ばれていた。路線バスの終点の標識ポールにも「木野峠」と書いてあった。幼児のわたしに漢字が読めるわけもないが、両親や祖父母、それに他の大人たちが、きのとうげ、と呼ぶのを何度となく聞いているうちに、「木野」と「峠」が別の意味を持つ言葉だといつの間にか気づいた。わたしは、「峠」を省略して、アトリエ周辺を「きの」と言うようになり、なぜか両親もそれに倣い、同じ呼び方をするようになった。


「木野峠、知ってるの？」

真理子が尋ねたことには答えずに、固有名詞について聞いた。わたしが母に質問しようとしたことを知っているのなら、木野峠という地名も知っているのではないかと思ったのだ。

「え？　峠、何ですか？」

真理子は、怪訝な表情になって首を振った。地名は知らないのだ。廊下をゆっくりと進んでいくうちに、変わった形のライトが置かれている場所に出た。中央部が細く、上下にふくらみのあるライトで、わたしは砂時計を連想した。明かりが独特で、一瞬、真理子がネガのように、階調を反転させた画像のように映った。季節を辿るように、ライトを辿っていけば帰れる、真理子はそう言った。だが、どうやってライトを辿ればいいというのだろうか。

「峠とか、よくわかりませんが、わたしは、お母さまに聞きたかったことがあるんじゃないかと思ったんです」

そうだ。わたしは、真理子から聞かれたことに答えていない。答えたくなかった。真っ暗な山道で考えた質問のことは、誰にも、母にも、話していない。だから、他人が知っているわけがない。ただ、もし真理子がそのことを知っていたら、と怖くなったわけではなかった。母に関することを、軽々しく語りたくなかったのだ。父の死後、母は結局地元で独自の終末期医療を行っている病院に入った。わたしの高校の先輩が経営していて、老人ホームと介護施設の両方の機能を持ち、しかも医師と看護師が常駐している、全国的に有名な病院だった。入院費はかなり高価で、母は終末期の患者ではなかったし、認知症でもなかったが、わたしの依頼で先輩は入院を認めてくれた。個室が用意されたが、母は、誰かと話したいと三人部屋を選んだ。心身ともに日常生活に支障はなく、面倒見がいい性格で、同室の患者に洋服を作ってあげたりしているらしく、わたしは、先輩から逆に感謝されている。

「他にもあるんです」

真理子は、こちらを見て、微笑んだ。他とは何のことだろうか。

「この世と、あの世、二つだけではなくて、他にもあるんです」

なぜ真理子はそのことを知っているのか。真っ暗な山道で、母に質問しようとしたときのことは、何も話していない。しだいに記憶が曖昧になってくる。ひょっとしたら話したのかも知れない。それとも真理子は、わたしが考えていることがわかるのだろうか。しかし、どういうわけか、わたしは、真理子の言動に対し、不安を感じなくなっていた。おそらく、目の前にいる真理子は、わたしが知っている真理子ではない。もちろん別人ではないし、人格が変わったわけでも、精神的に変調をきたしたわけでもない。もしかしたら実体のない陽炎《かげろう》のようなものではないだろうか、そう思うようになったのだ。わたしの想像が生み出した一種の幻影、そういったものなのかも知れない。だが、そうだとしても、わたしが幻想の中にいるとか、夢を見ているとか、そんな単純なことではなさそうだ。わたしは、自分を見失っているわけではないし、意識が混濁しているわけでもない。


「他って？」

わたしは、そう聞いた。母に聞こうとした質問をどうして知っているのかと、質したりしなかった。そんなことを聞いても大して意味がない。目の前の真理子が、わたしの想像が作り出した幻影だとしたら、すべてを知っていて当然だ。

「境界です」

真理子は、そんなことを言った。この世とあの世の境界ということだろうか。

「そうです。そして、わたしたちが、今いるこの場所が、境界なんです。だから、死んでいる人の顔が現れたり、突然、また別の廊下に出たり、そしていつの間にか、部屋に戻ったり、そういったことが起こるんです」


真理子は、どうしてそのことを知ったのだろうか。いや、正確に言うと、わたしの幻影は、どうやってそういった考えを持つようになったのだろうか。また、新しい不安が湧き上がってきた。わたしは、あの世とこの世の境界などという概念を持ったことがない。もともとスピリチュアルで非科学的なことは苦手で、死後の世界など信じていないし、これまで興味を持ったこともない。

「エスカレーターで、下の階に降りていきませんか」

いつの間にか、わたしたちは下りのエスカレーターの前にいた。変わった色彩の壁と、階下の床が見える。だが、わたしは階下に何があるのか、何が起こるのかとはもう考えない。すべてはわたしの想像が生み出す幻影に過ぎないのだ。移りゆく状況に身をまかせたほうがいい、そうすれば、いつか現実のわたしの部屋に辿りつく。いや、辿りつくという表現は正確ではないかも知れない。単純に、現実に戻るのだ。

「下の階に、きっと誰かが待っていると思うんです」

わたしたちは階下に向かったのだが、エスカレーターの動きが異様に遅かった。眺めているときはごく普通のスピードだと思ったが、手すりをつかみ、両足を乗せた瞬間、何か金属が軋むような音が聞こえて、下っているのかどうかわからないほど、速度が落ちた。すぐ横に、真理子が並んで立っていて、壁に影が映っている。だが、その影は、黒ではなかった。白っぽかった。そんな影を見たことがない。やがてわたしは、奇妙な感覚にとらわれた。軽い目まいを覚え、天地がわからなくなった。エスカレーターは確かに下に傾斜している。だが、あまりに動きが遅いせいもあるのだろうか、昇っているような感覚にとらわれた。そして、しばらくすると、下っても昇ってもいなくて、ただどこかに運ばれているような、そんな気がしてきた。これは本当にエスカレーターなのか。足元を見ようとしたが、鏡があるわけでもないのに、たくさんのライトが吊ってある天井が目に入った。見上げると、わたしの足元が映るのだろうか。感覚がずれてしまっていて、視線を移すのが怖くなった。だが、目を閉じることもできない。まったく違う場所や景色が現れるような予感がある。

「わかりましたか」

真理子から、そんな声が聞こえるが、唇も口も動いていない。口を動かして声を出しているのは、真理子の白い影だ。わかったよ、わたしは、真理子の影が発する質問の意味がわからないまま、反射的にそう答えた。わからないよ、と答えたあとの、真理子の影の反応が怖かったからだ。

「境界が続いているんです」

わたしは、確信が持てなくなった。真理子や、この状況が、わたし自身の想像が生み出した幻影だという推測が、崩れそうになる。わたしの想像がベースになっているのだったら、これまでわたしが実際に経験したり、夢で見たり、イメージした既知のものだけが現れるはずだ。

「境界の、中心に近づいているみたいですね」

真理子の影がそう言う。境界に中心などあるわけがない。ここが、この世とあの世の境界なのかどうか、そんなことがわかるわけがないし、確かめることもできないが、境界というのは、たとえば国境のような、一次元のラインだ。ラインのどこに中心があるというのか。そもそもわたしたちは今も移動しているのか、いや、本当にエスカレーターに乗っているのかどうかも、はっきりしない。

「ほら、誰かが、待っています。この先にアジサイが咲き乱れる場所があって、そこで誰かが、待っています」

真理子の白い影がそう繰り返す。

「あなたが、よく知っていて、そしてまったく知らない誰かです」

なぜアジサイなのか。季節とは逆に、アジサイが先で、ツツジがあとだと言っていたではないか。わたしたちは堂々巡りをしているのか。わたしがよく知っていて、そしてまったく知らない誰かが待っている、真理子はそう言った。矛盾している表現だが、奇妙なことに、違和感がなかった。そんな人がどこにいるのか、具体的にどんな人なのかはわからない。しかし、そういう人は存在するという予感のようなものがあった。どこかで以前聞いたことがあるのか、あるいは誰かの文章で目にしたことがあるのだろうか。

「わたしたちは、どこにも向かっていないんです」

真理子の白い影が、そんなことを言った。どんな意味なのかわからない。だが、確かにエスカレーターは動いていないように感じるし、そもそも自分がエスカレーターに乗っているのかどうかもわからなくなった。


わたしは、自ら動いているのか、それとも何か動くものに乗っているのか。何かを踏みしめているという感覚がない。だからといって、浮遊しているわけではないはずだ。空中に浮遊していれば、水中にいるときと同じで、体が軽く感じるはずだ。わたしは宙に浮いているわけでもなく、またどこかに立っていたり、歩いたりしている実感もない。

「もうすぐ」

真理子が、いや、真理子の白い影がそう言う。白い影が、ゆらゆらと揺れ、肥大化したり、歪んだりする。そして、真理子自身は、輪郭がぼやけ、まるで消えかかっているようだった。

「わたしはここで失礼します」

真理子は、背景に溶け込み、存在が希薄になっていく。

「あなたの部屋に戻っても、もうわたしはいません。どうやら、役目が、終わりに近づいたみたいです。それで、これは、あなたの、部屋に戻るための、地図のようなものです。この地図のようなものを解読しながら、進んでください。この、境界の世界でも、現実の世界でも、もうわたしはあなたに会うことはおそらくないでしょう」

真理子が消えて、白い影だけが残った。これ、とは何だろうか。真理子は何も残していないし、わたしは、何も渡されなかった。地図のようなものとは何だろうか。白い影が、さらに大きくなり、歪んだり、変形したり、分裂したりする。ひょっとして、地図のようなものとは、この変化する白い影そのものなのだろうか。

やがて、白い影は、まるで雨粒のように細かく千切れ、それぞれがアメーバのように増殖し、周囲に漂うようになり、わたしを包んだ。体の表面に貼りつくのではなく、衣服に接触するわけでもなく、そっとわたしを包んだのだ。柔らかな感触だった。それらは半透明で、視界が閉ざされたわけではなく、ライトのようなもの、それに花のようなものが、向こう側にぼんやりと透けて見えた。わたしは、その柔らかな感触に導かれるように、移動した。歩いている感覚はない。空港などによくあるオート・ウォーク、動く歩道に乗っているようだ。体を動かすことなく、どこかへ運ばれていく。何かを次々に通り過ぎていく。さまざまな形のライトか、花だろう。花は、アジサイだろうか。だが、色がない。無彩色に近い花弁の、アジサイだった。

「あのころ」

声が聞こえた。女の声だが、真理子ではない。聞き覚えがあるような気がする。だが、誰なのか、わからない。

「わたしは、よく枯れたアジサイを眺めていた」

とても優しい声で、懐かしさとともに、深い安堵を感じた。何も不安がることはないし、ここでは怖いことは何も起こらない、そんなことを耳元でささやかれているかのようだった。

「梅も、桜も、そして、思い出深いツツジも、ときが来れば、花は地面に落ちる。朽ちてしまい、土と混じる。でも、アジサイは、色あせ、枯れ果てても、冷たい風が吹き、雪が舞い落ちる季節になっても、その形をとどめていることがある。わたしは、そんなアジサイをよく眺めた。まだ、あなたと出会う前のこと。あなたは存在していなかったが、わたしはあなたを待ち望んでいた。あなたが、わたしと必ず出会うのだとわかっていた。そのときを、待ち遠しいと思っていました」

待ち遠しい、という言葉が、わたしの中でこだまする。忘れかけていた言葉、消えかかっていた言葉だった。

「待ち遠しい」

女が、その言葉を繰り返す。

「明日が来るのが待ち遠しい、子どものころ、いつもあなたはそう言っていた。覚えているでしょう。毎日、夜になると、わたしのそばで、そう言っていた」

そうだった。そんなときがあった。早く明日が来ればいい、早く明日になってほしい、そのころ、わたしはいつも夜になると、そう思っていた。小学校の、三年生か、四年生のころ、住んでいた街から汽車で三時間ほどの大きな都市に、外国の有名なサーカスが来ることになって、両親は、チケットを買ってくれた。しかし、サーカス公演の数日前、わたしは風邪を引いて高熱を発したのだった。サーカスに行けなくなる、そう思って、体温を測られるたびにトイレに行き、最初は、四十度近くあった熱を、体温計を軽く振って冷やし、三十九度台に下げた。次の日は、同じようにして、三十八度台に下げた。そうやって、トイレで体温計を操作しながら、少しずつ体温を下げていった。そんなことをしているうちに、公演の二日前、本当に熱が引いていき、前日には平熱に戻った。明日サーカスを見に行くという夜、わたしは布団の中でずっと祈った。早く明日になればいい、今すぐに明日の朝になってほしい。

「そう、あなたの口癖だった。明日というときが来なければいいなどと、あなたはまったく思わなかった。わたしは、そんなあなたが好きで、その言葉を聞くたびに、心から微笑むことができたのです」

誰の声なのか、わかった。信じられないことだが、母の声だった。いつか、真理子が、この人は女優だと思いますと言った、シェードに映った女は、わたしを産む前の、まだ一〇代の、母だった。だから父親は、自分が撮った写真ではなかったのに、大切に保管していたのだ。三本の光の束の内部ではなく、光の束と重なるように、その写真が目の前に現れる。わたしは、白い影が分裂してできた細かい雨粒のようなものに、いまだ包まれているが、いつしかそれらが透明になり、一〇代の母の写真が浮き上がってきた。だが、母はまだ郷里で生きている。真理子が消える前、一瞬姿を現した人々はみな死人だった。母に何かあったのだろうか、そう思って不安になったが、この場所は境界だという真理子の言葉を思い出した。この世とあの世だけではなく、境界というところがある。そこでは死者の顔も現れる。だが、死者の国というわけではないのだ。

母の声が、そう繰り返す。

「待ち遠しい」

「何かが待ち遠しいという気持ち、それがまったくなくなると人は死んでしまう。ほら、何かが、わたしたちをつなぐスクリーンのようなものに映っています。昔の、ちょうどあなたが幼児のころに、あちこちに建てられた団地の屋上があります。どこにでもいるような、平凡な、四〇代の男がたたずんでいます。彼は、役人です。彼は、とても美しく、とても魅力的な若い女と結ばれるのだと信じ込み、騙され、そのあと何もないことがわかったのです。彼は、もう自分の人生から、待ち遠しいことがすべて失われてしまったと気づいたのです。彼の心、そして生きる力、みんな空っぽになってしまったのです。そういう人は、必ず死のうとします」

古めかしい昭和の団地、その屋上から飛び降りようとする中年男の姿が見えるような気がした。中年男は、死にたいと思ったわけではない。死のうと決意したわけでもない。最後にもう一度あの女に会いたいと思い、どうして「最後」という言葉が自分から出てきたのかわからないまま、女には会えないのだと悟ってしまい、屋上に上がっていく。自分の意思で屋上に向かうのではなく、誰かに操られるように、どこかで居心地の悪さを感じながら、コンクリートの階段を上がっていくのだ。ふっと、階段を上がるのを止めようかという思いが湧いてくるが、女との思い出、女の言葉が頭をよぎり、もうこの先一生、待ち遠しいと思うことがないという事実が全身を突き動かす。すべての感情がまるで凍りついたように消えてしまい、自分が自分でなくなるような、階段を上がっているのがまったく別の人間のような、非現実感に縛られ身動きが取れない。そうだ、と中年男は考える。自分は死のうと決めたわけではない。死のうと決めて自殺する人は実はいない。死に引き寄せられ、死が侵入してきて、ずっと以前からそう決められていたのだと、納得する。行き先が決まった電車に乗っているようなものだ。そして、屋上の縁に立つ。

「あなたは違う」

母の声が聞こえる。

「あなたは、その中年男とは違う」

第4章「乱れる」

1

「あなたは違う」

母の声は、そう繰り返されながら、しだいに小さくなっていき、やがて聞こえなくなった。そして母の写真も、光の束に吸い込まれるように消えた。光の束そのものも、まるで拡散するように弱まり、ふと気づくと、わたしは再び、真理子が残した白い影に包まれ、どこかへ運ばれていくような感覚にとらわれて、目の前を、さまざまな形をしたライトが現れ、すぐにまた過ぎ去っていくという光景をただ眺めるだけになった。ライトは、表面に花を映し出すものがあり、またフィラメントが瞬くように中心に花を内包したものも、さらに花びらと電球の区別がつかないシャンデリアのようなものもあった。

なぜこれほど多くのライトが現れるのだろうか。ライトがあっという間に後方に流れていくのを、車窓から眺めているかのようだ。すべてのライトは点灯されていて、あまりに速く流れ去っていくためだろうか、点滅しているように見えるときもあった。

ライトは、何かを浮き上がらせ、必ず背後に影を伸ばす。三本の光の束がわたしの記憶のスクリーンとなり、真理子は、シェードに映像が映るのだと言った。ライトが記憶を喚起するわけではないし、意味を含んでいるわけでもない。媒介しているだけだ。三本の光の束と重なるように浮き上がった母の写真と、その声は、わたしに何か伝えようとした。待ち遠しいと思えるものをすべて失って自殺した中年男がいて、その男とわたしは違うのだと言った。わたしは、あの中年男と同じような体験をしたのだろうか。待ち遠しいと思えるものをどこかで失ったのだろうか。花を映し出すライトが天井に並んでいて、わたしの移動の速度がふいに遅くなった。見覚えのあるライトだと思いながら見上げているうちに、ふいに痛切な感情が押し寄せて、胸が苦しくなった。真理子といっしょのときに、よくこのライトを眺めたと思い出した。まだ一〇代だった真理子といっしょに泊まったローマのホテルのライトなのかも知れない。真理子は、白い影を残して消えた。わたしの部屋に戻ってももう自分はいないし、この境界の世界でも、現実の世界でも、わたしに会うことはない、そんなことを言った。

真理子に関する記憶が、アメーバのようにまとわりつく白い影を切り裂くように、どういうわけか、突然、鮮明に像を結んだ。おそらくわたしたちは、もうずいぶん前に関係が終わり、つい最近、再会してお互いにそのことを確認し合ったのだ。そしてわたしは、その喪失感から、まだ完全に自由にはなっていない。だから再会して最後の別れを告げたあと、精神に隙間が生じ、記憶と想像が混じり合って現実を覆った、そういうことではないのだろうか。

わたしたちは、お互いの気持ちがすでに離れていることを確かめるために、おそらく二度会ったのではないかと思う。一度目に会ったあと、わたしはたぶん一人で、思い出深い公園に行き、そのあと心に織り込まれた記憶と想像の糸がほぐれ、混乱した状態で絡み合って奇妙な世界に迷い込み、顔が見えない乗客たちといっしょに幻の電車に乗った。二度目が、今日だったのかも知れない。いや今日なのか、昨日なのか、一昨日なのか、そんなことは大した問題ではない。確かなのは、一度目に会ってから、三ヶ月後だったということだけだ。わたしたちは、いつものレストランでフランス料理を食べたあと、ホテルの部屋で少し話をして別れたのだろう。真理子は、窓際のライトのシェードに近づいたりしていない。さようならと、お互いに別れを告げただけで、そのまま帰っていったのだ。喪失感と感傷は残っていたが、わたしに後悔などなかった。ただ、部屋に一人残ったわたしは、大切にしてきた信頼が一つ確実に途切れてしまったのだと、そのことを何度も確かめているうちに、再度精神に隙間が生まれ、架空の真理子を、もつれた糸を故意に歪めて織り直すように想像の中に作り上げ、想像が現実を覆うのを感じながら廊下に出た。

わたしは天井のライトを見上げる。菱形に並んだ四つのライトの中に花が見える。花を映し込んだライトは、もつれ合い、絡み合って肥大した記憶と想像を象徴し、媒介している。

架空の真理子？　そうだ、間違いない。真理子はシェードの表面に浮き出た昔の写真を見ながら、幼いころにそれがきっかけで金縛りにあったというヘッドライトのことを話した。気づいてみると、まるで笑い話だ。わたし自身に起こったことを、架空の真理子に語らせただけだった。小学校に上がる年の冬、母のそばで布団に入っていて、なかなか寝つけずに起き出し、窓から差し込んでくるヘッドライトに目を射られた感じがして一瞬現実感を失い、体が締めつけられるように身動きが取れなくなった。あれは金縛りだったのだろうか。そんな経験はあのとき一度しかないし、しかも長い間忘れていた。

しかし、なぜ真理子だったのだろうか。別れた女は他にもいる。待ち遠しいと思えるものをすべて失った中年男がいる、母の声がそう聞こえた。あれもわたしが作り上げたものなのだろうか。ただ団地の屋上に佇む中年男と違って、わたしは自殺したりしていないし、これからもしないだろうし、あの心療内科医が言う通り、精神的におかしくなったわけでもないはずだ。だが、理解できる。わたしは、充分に歳を重ね、さまざまなものを失いながら日々を過ごしている。最初にそう感じたのは父が亡くなったときだ。父とは、疎遠だったために、哀しみや寂しさにとらわれることはなかったが、葬儀で見送るとき、これからもっと多くのものを失っていくのだろうという実感を持った。待ち遠しいと思えるもの、たとえば小学生のころの遠足や、若いころの心躍る旅など、そういったことは確実に消えつつある。まだ一〇代のころの真理子は、そういった存在だった。わたしたちは、セックスをしていないが、いつか体を触れ合わせるときが来るだろうという思いは、卑近だが、直接的に、「待ち遠しいもの」とは何かを表していた。

真理子が、ライトだけがえんえんと連なるこの奇妙な世界に誘い込んだわけではない。真理子との会話は、すべてわたしの自問自答のようなものだった。

だが、どうすればこの世界から現実の部屋に戻れるのだろうか。夢からふいに覚めるように、たとえばしばらく目を閉じて再び目を開けたときに部屋の中にいることに安堵するのだろうか。一度目は、架空の真理子と別れたあと、タクシーに乗った。タクシーも、運転手も、肥大してもつれ合った想像の一部だったが、結果的にいつの間にかホテルに戻ることができた。そんなことはこの場所では無理だ。どこにいるのかさえ不明で、花と混じり合ったライトが並ぶだけで視界もはっきりしない。出口を探すどころか、廊下にいるのか、エスカレーターに乗っているのか、移動しているのかどうかさえ、正確にはわからない。タクシーは、現実へ向かう通路のようなものとして、肥大した想像から抽出したのかも知れない。移動するものが必要なのだろうか。しかし、自分がどこにいるのか不明なときに移動手段など想起できるわけがない。しかも、この場所は、夢の中に似て、意思は無力だ。出口をイメージすれば、花とライトが途切れて出口が姿を現すわけではない。

これは地図のようなものです、確か、架空の真理子はそう言った。わたしの推測が正しければ、あれはわたし自身が思い浮かべた言葉だ。「これ」とは何だろうか。アメーバ状になった白い影が、渦を巻くように、わたしの胸元で密度が濃くなっている。胸のあたりを見る。皮膚の感覚はあるが、白い影に覆われていて、どんな衣服を着ているのかも不鮮明だ。フランス料理のレストランではジャケットを着てネクタイを締めていたが、部屋に戻ったときに脱いでシャツだけになったような気もする。衣服は問題ではないのかも知れない。

胸に手を当てると、何かに触れた。どうやらジャケットを着ているようだ。ポケットがあった。探ると、何かぐにゃぐにゃしたものがあり、落とさないように注意して、取り出した。熔けて変形してしまったような形の、iPhoneだった。タップできるのだろうか。どこかに連絡できるだろうか。わたしは、緑色の「電話」というアイコンをそっとタップしようとした。モニタ面が波を打っていて柔らかく、触れても反応がない。だが、間違いなくわたし自身のiPhoneだ。誤って落として付いた傷の場所が同じだった。だが、タップできないのだから使いようがない。ポケットにしまおうとしたとき、着信音が鳴った。鳥肌が立った。ぐにゃぐにゃしているiPhoneを、貼りつけるように、耳に当てる。

「まだ、そこにいるの？」

目の前に、球形のライトが四つ垂れてきて、懐かしい声が、聞こえてきた。

2

「まだ、そこにいるの？」

同じ言葉が、また繰り返されたが、声が変わった。最初の声は、母に似ていると思ったが、本当にそうだったのか、別の声を聞いたとたん、曖昧になってしまった。ぐにゃぐにゃの iPhone は、指の隙間から垂れてきて、落としそうになる。そっとつまむようにして耳に押し当てなければならない。こんな感触ははじめてだ。ぐにゃぐにゃとして柔らかいが、軟体動物のようにヌルヌルしているわけではない。手は濡れたりしていない。本来は何か硬質なもの、金属、ガラス、プラスチックなどで作られたものだとわかる。だが金属やガラスがこんなに柔らかくなるわけがない。高温で熱すると熔けるが、この iPhone は逆にひんやりと冷たいのだ。

「まだ、そこにいるの？」

耳元で、また同じ問いが聞こえてくる。だいたい数秒おきに声が発せられるが、トーンも抑揚も違う。しかし間違いなく肉声だ。機械音ではないし、録音されたものが再生されているわけでもない。息づかいのようなものがかすかに感じられる。たぶん女の声だが、甲高い声の男かも知れないし、子どもかも知れない。

「まだ、そこにいるの？」

　短いフレーズなので、誰の声なのかはっきりと聞き取れない。ぐにゃぐにゃのiPhoneを落とさないことに注意を払っているうち、いつの間にか、四つのライトが見えなくなっていた。完全な球形の、珍しいライトだった。あんな形のライトを見たのははじめてだった。あのライトがどこかに行ってしまったのか、それともわたしが移動したのか、わからない。やがて、すぐ目の前に、流線形をしたライトがあるのに気づいた。その光に照らされるように、あるいはそのライトから生えているかのように、花が見えた。わたしは移動していないのかも知れない。流線形のライトは動いていないからだ。ライトの背後は真っ暗で、壁とか柱に設置されたものかどうかはわからないが、ケーブルが付いているはずのライトが移動するというのは考えにくい。しかし、これは何の花だろうか。手前に赤いボンボンのような花があって、その向こう側にもいくつか花弁が見えるが、焦点がぼやけている。

「まだ、そこにいるの？」

　また同じ言葉がリフレインする。真理子の声に似ていると思ったが、はっきりしない。真理子だったら、「まだ、そこにいるんですか」と敬語を使うかも知れない、そんなことを考えていると、ふいに視界が開け、同時に、花を映す流線形のライトがどこかに消えて、わたしは、エスカレーターのようなものに乗っていた。両側に手すりがあって、ゴムが張られた階段状の通路のようなものに足を乗せ、体が運ばれているのだが、視界全体が粒子の粗い映像のように荒れているために、本当にこれがエスカレーターなのか、よくわからない。上がっているような感覚もあるし、降りているような気もする。すぐ脇に、もう一本のエスカレーターのようなものがある。どちらかが上がっていて、もう一方が下っているのだろう。上下の感覚がないのは、さらに真上にも同じようにエスカレーターのようなものが見えるからだ。手すりと壁、それに真上にもライトがあり煌めいていていて眩しい。

「まだ、そこにいるの？」

ほぼ同じ間隔で、同じ台詞が耳元でこだまする。誰の声なのか、まったくわからない。声質や抑揚が変わるし、視界が脈絡なく変化するので声に集中できないのだ。ふと、この iPhone で応答できないだろうかと思った。声は、わたしに質問している。答えることができれば、違う台詞が聞こえてきて、やりとりができれば、誰の声なのかわかるかも知れない。だが、耳に押し当てるだけでも非常に面倒で、強く握るとつぶれて大きく変形してしまうし、手のひら全体で押し包むようにつかんでいないと下の部分が垂れ下がって千切れてしまう気がする。応答は無理かも知れない。通話口のあたりを口に近づけようと、両手を使ってやってみるのだが、まるで焼きたての薄いピザのように柔らかくて、折れ曲がったり、ねじ曲がったり、深く凹んでしまって穴が空きそうになったりする。

「まだ、そこにいるの？」

そこってどこなんだ、と左手の指で iPhone の下部をつまんでできるだけ口に近づけ声に出してみたが、一点に向かって進んでいる上下左右のエスカレーターのようなものが作る空洞で反響してしまい、何と言ったのか自分でも判然としなかった。そういえば今の状況によく似た夢を見たことがあると、思い出した。昔から、よく電話の夢を見た。昔のダイアル式の黒い電話で、ある数字に人差し指を入れると抜けなくなって次の数字を回せないとか、プッシュフォンのボタンが焼け焦げていて押せないとか、そんなものばかりだった。わたしは、夢の中で誰かと電話でちゃんと話した記憶がない。ひょっとしたら、夢の中では、電話をかけて相手と話すことができないのかも知れない。ちょうど今と同じように、携帯電話が、いつの間にかぐにゃぐにゃしたスライム状になって、ボタンが押せなくなり、少し目を離した隙に、生きものに変わるという夢を見たことがあった。最初はイソギンチャクになり、その次は皮を剝がれたカエルに、最後は巨大なナメクジになって、それを耳に押し当てているという気持ちの悪い夢だった。

「まだ、そこにいるの？」

もしかしたらこの問いかけには意味がないのかも知れない。iPhone から聞こえているわけでもないのかも知れない。そう思うと、急にエスカレーターのようなものの動きが速くなった。わたしは、上下左右四本のエスカレーターのようなものの、遠近法の消失点に向かって吸い込まれていく。上がっているのか下がっているのか、そのことが不明なのは変わらない。だが、ある一点に向かっているのは確かだった。突然速度が上がり、体勢を保つのがむずかしくなって、手すりをつかまないとバランスを失いそうになり、ぐにゃぐにゃの iPhone をジャケットのポケットに押し込もうとする。ポケットに入れる瞬間、iPhone が、死んで干涸びたカエルに見えてぞっとしたが、手すりをしっかりとつかみ、目を閉じて移動のスピードに耐えた。どのくらい移動していたのかわからない。速度はしだいに緩み、しばらくして静止して、わたしは目を開けた。

「出た？」

違う言葉が聞こえた。わたしは、もうiPhoneを握っていない。やはり声は別のところから聞こえていたのだ。

「ライトが見えるでしょう？」

母の声だろうか。とても、懐かしい。だが、たぶん、母がこの奇妙な空間のどこかにいるわけではないのだ。周囲には魚の鱗を思わせる天井と柱と壁があり、何層か、屏風のように重なって、ライトが並んでいる。空間が折り重なっている感じで、ライトが規則的に並んでいるのか、不規則なのかわからない。きっとそんなことはどうでもいいのだろう。だが、ライトには意味がある。架空の真理子が現れてから、さまざまな出来事には必ずライトが関係していた。三本の光の束が現れて、乗客がみな後ろ向きに乗っていて顔が見えないという不可思議な電車に乗った。そのあとで、ライトのシェードに人々の顔が見えるのだと真理子は言った。あれは、実は真理子の言葉ではなかった。架空の真理子が語る、わたし自身の言葉だった。だから、今聞こえている声も、本当の母の声ではないのかも知れない。わたし自身のものなのだろうか。それにしても、このライトの群れは何を意味しているのか。

「あなたは、もの覚えが、とてもいい子どもだった」

間違いなく母の声だ。だが、母がこのライトが並んだこの空間にいるわけではない。

「小さいころから、わたしもお父さんも、びっくりするくらい、本当に小さなこと、細かいことを覚えていて、しかも、それを、必ずわたしたちに話してくれた」

記憶は、わたしの仕事を支える。記憶と想像を組み合わせ、わたしは書いたり、描いたりする。

「木野峠の、真っ暗な山道で、あなたは、ここが、この世か、あの世か、わたしに聞こうとしたでしょう。あのとき、あなたはまだ四歳かそこらだった。そういう質問をしたことよりも、そういう質問をしたことを覚えていることのほうが大切なんです。それで、あの暗い山道は怖かったでしょう」

幼い子どもではなくても、闇は怖い。何がいるかわからないので、心は否応なく想像に向かう。闇は、わたしを想像に閉じ込める巨大な装置のようなものだ。

「ライトは闇を引き裂いてくれる」

母の声は、優しい。

「ライトは、あなたを支えたり、混乱させたりする。記憶と想像が、あなたを支え、また混乱させるのと同じようにね」

3

ライトは何かを象徴しているのだろうか。そう自問して、母の声を待つ。だが、聞こえてこない。「まだそこにいるの？」という問いが繰り返され、さっき、「出た？」と聞かれた。「そこ」というのは場所だろうか。真理子が残したアメーバのような白い影にずっと包まれていた。その白い影を指しているのだろうか。エスカレーターのようなものに乗ったとき、白い影が途切れ視界が開けたが、それが「出た」ということだろうか。おそらくライトは何かを象徴しているわけではない。ただ周囲を明るくして何かを浮かび上がらせたり、シルエットを作ったり、シェードの表面に何かを映し出したり、光の中に記憶を投影させたりする、単にそれだけだ。きっと触媒のようなものだ。

「音楽はどう？」

母の声が聞こえた。


音楽？　音楽が聞こえるかということだろうか。そういえば、この、想像が現実を覆ってしまう世界に入り込んでから、映像としての記憶だけが渦巻き、音楽はもちろん、音も感じなかった。

「わたしは、いつも青空に咲く百日草を思い出す」

百日草は、母が好きな花だった。だが、音楽と何の関係があるのだろうか。

「百日草は、その名のとおり、とても長く咲きます。わたしが生まれ育ったところにも、たくさん咲いていた。花が好きだったわたしの母が、畑の一つに、花を植えていたのです。母は百日草が好きだったようで、たくさんありました。強い花なのでしょうね。夏の暑さにも負けず、秋の涼しさにも負けず、ずっと咲いていた」

確かに母の声だが、母が話しかけているわけではない。真理子が話していたことも、架空の真理子に語らせるわたし自身の言葉だった。だから、今聞こえている母の声も、きっとわたし自身の記憶がリフレインされているだけなのだ。母は、旧朝鮮からの引き揚げ者だった。両親が大正時代の終わりに釜山近くの農場に入植し、そこで生まれ育った。母は、朝鮮時代のことをあまり話したがらなかったが、百日草のことは繰り返し聞いた気がする。しかし、母は、百日草について話しはじめる前、なぜ音楽について質問したのだろうか。

またライトが現れた。目の前にあるのか、わたしの想像によって目の裏側に点灯したのか。だが、これまでのライトとは違う。フォーカスが合っていない。中心に白く強い光点があり、その周囲に暈《かさ》のような輪ができていて、全体がぼやけている。その背後に、誰かが映っているようだ。暗いので判然としないが、母のようでもある。ライトはまったく動かない。光量もずっと同じで、揺れもしないし、焦点も変化しない。光点も暈の部分もそのままだ。遠近感もなく、近づくことも遠ざかることもないライトを見ていると、周囲と自分の位置関係がどんどん希薄になり、自分がどこにいるのか、いや本当に自分は存在しているのかどうかさえしだいに曖昧になっていく。自分は消えてしまうのではないかという不安と恐怖にとらわれる。だが、わたしは不安と恐怖を、懐かしいと感じた。いつのころからか、わたしは常に不安と恐怖という感情とともに生きるようになった。そうだ。あの若い心療内科医を訪ねたのもそのころだった。安定剤を処方されていて、それを飲むときだけに安らぎを覚えるようなひどい状態が何年も続いた。心療内科医は、彼の医療方針としてごく弱い作用の安定剤しか出してくれなかった。適量だとされる個数の錠剤を飲んでも効いているのかどうかわからない、そう訴えると、彼は、でも飲んだということで得られる安心感があるでしょう、それが大事なんです、そんなことを言った。

「百日草は、いつもわたしの中にある」

母の声が再び聞こえてくる。

「生まれ育った農場や、両親、家族のことを思い出すとき、必ず百日草が目の前に浮かんでくる。わたしは、百日草の記憶から逃れられなかった。他のものを想像しようとしても、それらをどこかに押しやってしまうように、青空に向かって咲く百日草が視界を覆う。刻み込まれているからでしょうと、いつしかわたしはあきらめたのです。そんな経験があなたにもあったことをわたしは知っています。あなたは、ある時期、とても疲れていて、睡眠もアルコールも役に立たなくて、苦しんでいたでしょう。わたしはそのことを知っています。覚えているでしょう。そんな時期に、いつも何かが起こっていた。そのこともわたしは知っています」

「音楽」

わたしのつぶやきと、母の声が重なった。わたしが精神的に不安定だったころ、急に頭の中で音楽がはじまるということがひんぱんに起こった。止めようと思うと、逆に音量が上がったりする。幻聴ではないし、心療内科医は、病気の兆候ではないので心配はいらないと繰り返したが、原因もわからず、半年間ほど続いて、安定剤の量と、服用の回数が増えた。突然音楽が鳴り出すという感覚ではなかった。静かにはじまって、ずっと続くのだ。すべて昔よく聞いた音楽で、ポップスや歌謡曲、ジャズ、クラシックまでジャンルは決まっていなかった。やがて、わたしは、規則性があるのに気づいた。最初から最後まで旋律を知っていて、歌だったら歌詞も全部覚えている、そんな曲ばかりで、さらに数ヶ月前から数日前くらいにどこかで偶然耳にしたことがあるものばかりだった。だが聞きたくもない曲がリフレインされるのは不快で、他の曲を実際に音量を上げたスピーカーで鳴らしたりした。書斎で寝そべっていた猫が驚いて跳ね起きるような音量で、違う曲を流すのだが、効果はなかった。外からの、大音量の曲を遮るように、また音と音の隙間をすり抜けるように、リフレインされる曲は流れ続けた。しばらくすると、スピーカーから出ている楽曲がずたずたに切り裂かれるような感じになって、音楽として聞こえなくなり、苛立ちと不安が強まって、このままおかしくなってしまうのではないかと怖くなった。

母は、何を伝えようとしたのだろうか。いや、もちろん母が話しかけているわけではない。わたしの言葉なのだ。わたしは、架空の真理子に自分の言葉を語らせ、真理子との間に実際に起こった過去を思い出した。きっと母の声を借りて、わたしは何かを思いだし、何かに気づこうとしているのだろう。あのころは、楽曲で、聴覚だった。記憶に眠るメロディと歌詞が具体的にこれといったきっかけもなく喚起される。それは制御できなかった。病気ではなく、幻聴でもない、心療内科医もそう言ったし、わたしはその現象が想像によって生まれていることがわかっていた。頭の中でリフレインされる曲がスピーカーからの音を寸断していると自覚できていた。あのとき、聴覚からの信号として、想像が現実を覆ってしまっていたのだ。もしかしたら、今、同じことが視覚的に起こっているのではないか。これまで現れた映像は、おそらく以前にわたしが現実や映像として、あるいは夢の中で、見たことのあるものばかりなのかも知れない。架空の真理子とツツジの間を通り抜けているときにフラッシュのように瞬いた死人の群れはどうだろうか。すべてわたしがこれまで見たことがある人々ばかりだったのだろうか。死人だと言ったのは架空の真理子だ。殺人犯で自殺した男の印象が強烈で、次々に、足早に通り過ぎるように、現れては消える人々のことを、わたしは、全員が死人に決まっていると思いこんだのかも知れない。

しかし、頭の中で曲が不意に聞こえてきて制御できずリフレインしたのと同じことが、視覚的にわたしに起こっているとしたら、いったいそれは何が原因で、何のためなのか。あらゆることには意味があって、あなたはそのことについて深く考えるので、ときにそれが原因で恐怖や不安が生まれるが、人格が崩壊したり、思考が停止したり、意識や感覚が混濁するようなことはない、つまり異常ではない、心療内科医はそんなことを言った。ふいに聞こえはじめる音楽には、意味というか、原因と思えるようなことがあり、わたしは自分でそのことに気づいた。あきれるほど単純なことだった。わたしには、興味が持てるような新しい音楽がまったくなくなっていたのだ。クラシック音楽は演奏者が変わるだけで、すべて過去のものだ、ジャズもロックも、そして歌謡曲もポップスもジャンルとして全部死んでしまった、そう思っていた。音楽は、当時のわたしにとって過去そのものだった。精神的に不安定になっていて、また相応に長く生きてきて、新しい刺激を求める力も意欲も失いつつあり、過去以外に興味を持てるものがないというわたし自身を、音楽が投影していたのだ。

「走っている女がいる」

母の声が聞こえた。

「女は、混乱している。愛する男が、絶望して酔いつぶれ、山道を歩いていて崖から落ちた。男は、戸板に載せられ、体と顔にむしろをかけられて戻ってきた。女は、前夜にその男を突き放し、取り返しがつかないことをしてしまい、取り返しがつかないことが起こってしまって、混乱し、走りながら泣き、心の中で叫ぶ以外何もできない。周囲の風景は寸断され、視界は崩れ、空白が女を支配している。だが、その女にとって、そういった状態ははじめてではない」

以前にも経験したということなのか。

「誰もが経験している。世界が寸断され、視界が崩れている、いや視界そのものが存在せず、すべてが混濁しているという状態が続くときが、誰にでもある」

わたしにもあったのだろうか。

「当然あった。まだ目が開かない乳児のころ、あなたはそういう世界にいた」

第5章「娘・妻・母」

1

「乳児のころ、あなたは混濁した世界にいて、それを受け入れていた。今に、よく似ている。だから、元の世界に戻ろうとしても、それはむずかしい。乳児より前に戻るのはひどくむずかしいのと同じ。だから、音楽を参考にしなさい。あなたは、音楽を受け入れたでしょう？」

聞こえてくる言葉が抽象的で、意味やイメージをつかむのがむずかしい。混濁した世界、乳児、元の世界、音楽、脈絡がなく、意味を考えイメージをつかもうとすると、それが本当に母の声なのかどうか、曖昧になってきた。声の質や抑揚、言葉の選び方などを特定できないし、特定しようという力が失われていく。ただし、その脱力は、奇妙なことに気持ちがよかった。誰の声だろうが関係ないという風に投げやりになったわけではない。声や顔や記憶を特定することから解放されていくような気がしたのだ。

「エスカレーターに乗りなさい」

エスカレーター？　どこにあるのだろうか。ここに来る前にも、白い影になった真理子といっしょにエスカレーターに乗った。また、ぐにゃぐにゃの iPhone を何とか使おうとしていたときも、上下左右に並ぶ、エスカレーターのようなものに乗った。それは急に、手すりをつかんでいないと立っていられないほどスピードが速くなり、やがて止まって、この場所に出た。この場所？　ライトが、規則的に、あるいは不規則に天井に並んでいる場所に出たはずだが、その場所が、もうない。

「蛍光管で作られたような、全体が白く輝いているエスカレーターに乗りなさい」

目の前に、本当に蛍光管で組み立てられたような、白っぽく光るエスカレーターが現れ、わたしはすでにそれに乗っていて、そして、移動している最中だった。それで、やっと気づいた。ここには場所というものがない。ここが何によって成立しているのか、夢の中に似た想像と記憶の世界なのか、わたし自身の幻想なのか、あるいは現実とは次元が違うスピリチュアルなところなのか、それはわからないが、場所、ではない。場所は、それが夢の中であっても、特定できる。

エスカレーターに乗りなさいという指示が聞こえる前、また音楽に関する言及があった。音楽を参考にしなさい、あなたは音楽を受け入れたでしょう？　そういうアドバイスだった。ふいに頭の中で音楽が鳴りはじめることに苛立っていたころ、最初は幻聴かと思い、心療内科医に相談したが、あなたは、実際に音楽が鳴っていない、心の中で聞いているだけだと自覚できているので幻聴ではありません、そう言われた。コンピュータに保存した楽曲が誤作動で突然再生されるのと同じメカニズムで、単に記憶の海に眠る音楽が無意識に表出するだけだということだった。そのときわたしは、以前悩まされた耳鳴りと同じ方法で対応した。

耳鳴りは、多かれ少なかれ、誰にでもある。問題はどれだけ気にするか、気になるかだと心療内科医に助言された。いったん気になると、苛立ってしまい、どうしても逃れたい、振り払いたいと思う。他のこと、たとえば仕事をしたり、テレビを見たりして、シャットダウンしようとすると、さらに耳鳴りは大きく聞こえ、余計に気になってしまう。わたしは、あるとき、耳鳴りを、聞こうと決めた。注意深く、どんな音なのか、強弱やリズムはあるのか、確かめようとした。耳鳴りを振り払うのではなく、あえて注意を向けようと思ったのだった。それは興味深い経験で、目を閉じて耳鳴りに集中すると、もちろん消えたりはしないのだが、しだいに、慣れていった。川のせせらぎや風と同じように、ずっと以前から存在する音なのだと思えるようになった。

　ふいに頭の中で鳴りはじめる音楽も、同じようなものではないかと思い、リフレインされる楽曲を、忌み嫌うのではなく、もうすぐコーラスが被さるとか、あとワンフレーズで転調するとか、サビの一拍目からファズイフェクトが効いたギターソロがはじまるとか、集中して聞くようにしたのだった。音楽を楽しむとか、そういった不自然で無理な感情を持とうとするのではなく、精神を弛緩させ、ひたすら受け身になった。不快な気分は変わらなかったが、やがて、突然音楽が鳴りはじめることが当たり前のことになり、苛立ちが軽減していった。

　音楽を参考にしなさいというのは、目の前に広がる光景をよく見ろということだろうか。脈絡なく変化する視界に戸惑ったり、不安に陥ることなく、受け入れろということなのだろうか。わたしは、蛍光管を折り曲げ交差させて組み立てられたようなエスカレーターの、遠近法の消失点、つまり奥の部分を眺めた。そして愕然となった。母に抱かれた乳児のころのわたしが目に入ったからだ。

　わたしは、その情景をよく覚えていた。教師をしていた母が、学校の遠足にわたしを連れて行き、小高い丘の上でずっと抱いてもらっていた。また、海のそばの街で生まれ育ったわたしは、乳児のころからよく海水浴に連れて行ってもらった。幼いわたしは水が好きで、いつまでも海に浸っていて、身体が冷えてしまい、母が抱き上げて岸に運ぼうとすると、怒って泣き出した。もちろん泳ぎができるわけもなく、浮き輪につかまっていただけなのだが、身体が冷えて唇が紫色になっても水から出ようとしなかった。そのときの感覚は残っているが、実際の情景が脳裏に刻まれているわけではない。

「そうです。わたしが繰り返しあなたに伝えてきたことです」

また、母の声が聞こえた。今度は、はっきりと母の声だとわかった。

「あなたは、どんなに言い聞かせても、海から上がろうとしなかった。身体が冷えてしまって、数え切れないほど夏風邪を引き、腹を壊し、そのたびに小児科に連れて行かなければならなくて、この次はどんなに怒って泣いても抱き上げて水から出し、身体を拭いてやらなければと心に決めても、それでもだめだった。小さな手足をばたつかせて、泣き叫んで抵抗するので、いつもあなたが勝ち、そのたびに、海水浴のあとで小児科に行き、注射を打ってもらった。注射を打たれるときも、あなたはいやがって、怒って、泣き叫んだんだけど、海に長く浸かっていたからだと、そんな因果関係が幼児にわかるわけがない。でもね、わたしは、そんなあなたが好きだった。何が好きだったかって、こんなに好き嫌いがはっきりして、夏風邪を引き、ひどい下痢をしても、海から離れようとしない、海に浸かっているのが好き、という性格がとても好きだった。親の言うことを聞かなくて、手に負えない子どもで、若かったわたしは、どうすればいいかわからず、あなたの好きなようにさせ続けて、お父さんから叱られてばかりだったけど、それでも、手に負えないくらい、好きなものから離れようとしないあなたが好きだった」

「あなたは、ずっとそんな子どもで、幼稚園に行っても、小学校に上がっても、思春期になっても、仕事をはじめてからも、それは変わらなかった。いやなことは、絶対にいやだと、誰が言っても譲ることがない。学校の先生たちから、わたしは何十回、いや何百回、言われたかわかりません。この子は、異常なところがあります、決して言うことを聞きません、自分が好きなことだけをやり続け、どんなに叱ろうが、怒鳴ろうが、体罰を与えようが、いやなことは、いやだとはっきりと言って、従いません、こんな子どもは扱ったことがありません、ご家庭ではどんなしつけをされているんですか、子どもは甘やかしてはいけません、世の中には自分の思い通りにならないことがたくさんあるのだと、幼いころから学ぶ必要があります、でもおたくの子どもは、あることが自分の思い通りにならないと、怒り出します、大人になったらどうなってしまうのか、とても心配しています。小学校から高校まで、わたしは、学校の先生たちから、ずっとそんなことを聞かされて、そのときは、すみませんねと謝ったけど、あなたのことが、好きだった。この子は、いやなことを誰かに強制されても絶対に従うことがない、そう思うことで、良い気分になれたからです。そうねえ。川のそばで、石を拾って、川に投げるのも好きだったね。石の大きさで、川に落ちる音が違うことに気づいて、できるだけ大きな石を探して、川に投げるんだけど、それを止めないんです。いくら言っても、止めない。飽きるまで、ひどいときには二時間近く、川の畔にいて、石を投げ続けたわね。この子は、どんな人間になるんだろうと、不安にもなったけど、いやなことを絶対にやらない人になるんだろうなと思っていました。それは、わたしにとって、大切なことでした。大人になって苦労するんだろうかとか、いろいろ考えましたが、結局、そんなことは取るに足らないことだった。大事なのは、苦労するとか、しないとか、どんな人間になるかではなかった。誰がなんと言っても、絶対にいやなことはしない、それが、あなたにとっても、もちろんわたしにとっても、いちばん重要なことだった。わかる？　あなたは、今、混濁した世界にいると思っているでしょう？　でも、あなたは乳児のころから、まだ満足に言葉を話せないころから、いやなことは絶対にしない子だったんです。そして、それは今でも変わっていないのです」

2

あなたは乳児のころから、まだ満足に言葉を話せないころから、いやなことは絶対にしない子だった、そして、それは今でも変わっていない。どういう意味だろうか。いや、意味を考えるまでもない。言葉通りだ。わたしはいやなことを絶対にしない人間で、今もそれは変わっていない、つまり、真理子に引きずられるようにしてこの奇妙な空間に迷い込んだと、どこかでそう思っているが、それは違う、そういうことなのか。過剰な想像が現実を包み込んでしまう、心療内科医はそう表現した。現実感が失われると、わたしだけではなく、おそらくすべての人が不安に陥るはずだ。今は、交差するエスカレーターのようなものに、赤い落ち葉がびっしり詰まっているという、わけがわからない視界が広がっている。

わたしはふと真理子を探してみる。だが、視界のどこにもすでに真理子はいない。真理子は実在していなかった。わたしの想像による、架空の存在だった。真理子が話したことは、実はわたしの言葉だった。わたしは、無理矢理引きずられるようにして、ここにいるわけではないのかも知れない。なぜなら、母の声によると、わたしは、今も、いやなことはしていないのだ。わたしは、自ら望んでこの奇妙な空間にいる、そういうことなのだろうか。いや、そんなわけがない。ここは理不尽な場所で、居心地がよくないどころか、何度も不安に陥った。恐怖にとらわれることもあった。そんなところに好きこのんで立ち入る人間はいない。少なくとも、この空間に入り込みたいという欲求や意思は、わたしにはなかった。今ここにいることを選択した覚えはない。迷子も同然なのだ。


「迷子」

言葉が反芻された。わたしが繰り返したのか、母の声なのか、短い言葉だったせいもあり、はっきりしない。

「思い出してみたら？」

母の声のようだ。だが、ここに母はいない。ときおり古い写真のようなものが視界に入るだけで、姿を確認できるわけではないし、真理子のように、架空の存在として傍らに立つこともない。だが、いつからか聞こえてきた母の声は、必ず何か思い出させようとしたり、教えようとしたりする。しかし、その声や言葉は、わたしの記憶が紡ぎ出したものだ。ただし、架空の真理子と違うのは、母は、単にわたしの言葉をなぞったり、復元したりしているわけではないということだ。記憶の底に埋もれていた母自身の言葉が、どういうわけか、深い淵から泡が浮き上がって海面ではじけるように、表出している。いずれにしろ、神秘的なことが起こっているわけではない。故郷の老人ホームにいる母と、異次元の空間で交信しているとか、そんなことではない。そういえば、高齢の母は、昨年あたりから気管支に疾患が出て、声がかすれがちになった。数ヶ月前に訪ねたとき、喉が痛くて苦しいと訴え、最後のほうは筆談になった。だから、今わたしは、実際に母と会話しているわけではない。

「よく迷子になったね」

そう、幼いころ、ほとんど毎日のようにわたしは迷子になった。両親が共働きだったので、祖父母のところに預けられていたが、幼稚園から帰って、陽が傾きはじめるころ、わたしは祖父母の家を出て、どこかへと歩き出すのだった。四歳か、五歳だった。祖父母の家は急な石段の途中にあった。玄関を出て、門を開け、石段を上がると、墓地があり、バスが通る広い坂道に出る。坂道は、観光地となっている小高い山頂まで続いているのだが、周囲は畑や林で風景が変わることがない。その坂道を上がって山頂まで行ってしまい、警官に保護されたことがあって、以来しばらくの間、石段を上がることはなくなった。警官に保護されたことが理由ではなく、景色が変化しないことがつまらなかったのだと思う。

「数え切れないほど、あなたは迷子になった。だから、わたしたちは、あなたが着るものに、住所と名前を書いた布の名札をピンで留めたんですよ。どうして迷子になるほど遠くへ行くのか、迷子になるのが怖くないのか、そう聞くたびに、あなたは、怖い、と言って泣きそうになった。でも、翌日にはまた迷子になる。その繰り返しだったでしょう？　思い出した？」

思い出した？　と聞かれて、ぞくっとした。迷子になるときのことを思い出し、今の状況に似ていると気づいたからだ。子どもは誰だって迷子になるが、迷子になるのが好きな子どもはいない。迷子になるのは不安で、ときにはパニックに陥りそうなくらい怖い思いをする。だから大多数の子どもは、一度迷子で怖い目に遭うと、そのあとは親の言いつけを守り、単独での外出を自然に避けるようになる。だが、どういうわけか、わたしは違った。

子どもは、一瞬にして迷子になる。ゆっくりと迷子になることはできない。見覚えのある街並みが突然消えて、風景が一変する。幼いわたしは、その瞬間に魅せられていた。

「まるで絵本のページをめくるみたい、あなたはそう言ったことがある」

そうだった。確かにそんなことを母に言った記憶がある。幼児のころか、学校に上がってからか、あるいは大人になってからか、いつ言ったのかは覚えていないが、わたしは一瞬にして変わる風景を絵本にたとえた。絵本を読んでいて、もう遅いからと途中で止め、次の日に、また最初から読んでいく。当然途中までの絵には見覚えがある。知っている街並みと同じだ。昨日はどこまで見たのかなと、どこかでそう思いながらページをめくっていくと、突然、知らない絵が現れる。そのとき、新しいページの絵が刺激的であればあるほど、どきっとする。イメージに支配されてしまう。知っている街並みが、知らない風景に変わる瞬間と同じだった。

あるとき、住宅街の端から、未舗装の小道に入り、しばらく歩き続けると草地の広場に出て、その奥に、ぽっかりと暗い穴がのぞいているような空間があり、そこを抜けたとき、わたしはうっそうとした林の中にいた。秋で、手前に紅葉があり、落ち葉が敷き詰められたような山道が見えたが、そこでわたしは迷子になったことに気づき、遠近法が歪んでしまったような感覚を確かめ、次の瞬間、恐怖にとらわれて立ちすくんだ。ここは知らない、来たことがない、どこにいるのかわからない、どうやってここまで来たのか忘れてしまった、家に戻れない、どこにも戻る場所がない、そういったことがぐちゃぐちゃに頭に詰まり、動くことさえできなかった。あのとき、どうやって家に戻ったのか覚えていない。ジャンパーにピンで留められた名札を見て誰かが連れ帰ってくれたのかも知れない。あの、全体が歪んだような林は今でも鮮明に覚えているが、他は記憶から消えてしまっている。

「絵みたいだった」

母の声が、幼児のときのわたしの口調を真似た。

「まるで絵のようだったって、あなたの口癖だったわね」

声が聞こえてくるその背後に、母の笑顔が見えた気がした。絵本を見ているわたしのすぐ後ろに母がいて、微笑みかけている。わたしが絵本を見て楽しんだり、怖がったりするのを見守っている。

「あなたは、本当に絵本が好きだった。というより絵が好きだったのね。絵本を開いたまま、この絵の中に入っていきたいって言って、じっと絵を見つめ続けて、本当に絵の中に入ったような気分になっているんだろうなって、何度もそう思ったものです。あなたは、今、どこにいるの。絵の中に入っているような気がしませんか」

そうなのかも知れない。心療内科医が指摘する、過剰な想像が現実を覆ってしまうというのは、イメージが現実を凌駕するということなのだろうか。わたしは、絵のようなものの中に入り込んでしまったのだろうか。でも、この奇妙な空間は、好きだった絵本の世界とはまるで違う。一つ一つのイメージがクリアではなく、不規則に重なっていたり、錯綜していたりして、混濁している。はっきりしたものも、意味がわかるものも、それにイメージの組み合わせに整合性があるものもない。こんな絵を見たことはない。

「違う」

母の声が聞こえる。違う？　何が違うのか。

「あなたは、今いるような世界を、ずっと、見ていました。覚えていないのはしょうがない。だって、生まれて間もないころのこと、そうね、だいたい生まれてから、どのくらいかしら、生後三ヶ月くらいまでかな。そのころに見ていた世界と同じだから」

変だ、わたしはそう思った。今母が話していることは、記憶にない。聞いたことがない。実際に母から聞いたこと、わたしが母に話したこと、それらが聞こえるはずなのに、今母が話していることは聞き覚えがない。そもそも生まれて間もないころのことなど、わたしが母に話すわけがない。わたしは今、制御が利かない奇妙な空間にいるが、記憶は濁っていない。ごまかしてもいない。真理子が架空の存在だということにも気づいた。

「もちろん、生後三ヶ月のあなたが、今見ているような、ホテルのライトを見ていたということではないのよ。外の世界を、ちょうど今見ているような感じで見ていたということです。それは、まだいろいろなことがまとまる前の世界と感覚。成長のはじまりの、はじまり。外の世界は、もちろん説明がつかないもので、意味などわかるわけもない。すべてが混じり合って、しかも混じり合ったものの区別もつかない。母親の顔と、その背景がどういう位置関係にあるのかもわからない。頭の上でくるくる回る玩具と、天井の区別がわからない。あなたは、再現している。そういった世界を、再現しようとしている。それがどうしてなのか、わかるのはあなただけでしょう。どうすればわかるのか、それを知ることができるのもあなただけでしょう」

3

生後三ヶ月の乳児が見ている世界、母の声はそう言った。すべてが混じり合い、しかも混じり合ったものの区別もつかない。意味などわからない。そういった世界を、どうやらわたしは再現しようとしているらしい。この、制御が利かない、過剰な想像が現実を覆う世界、わたしは、まるで事故に遭うように迷い込んだと思っていたが、そうではないのか。意図して、再現しようとしたのか。しかし、なぜそんなことをする必要があるのか、などと考えているうちに、これはひょっとしたら精神的な疾患ではないかと恐くなった。だが、あの若い心療内科医によると、幻覚や幻想ではないらしい。統合失調症とか、うつ病とか、解離性障害とか、認知症のせん妄とか、具体的な病名、症例を挙げ、それらとは違うと言われた。そもそも、生後三ヶ月の乳児が見る世界を再現する、そんなことに何の意味があるのだろうか。

「意味などない」

誰かの声が聞こえた。母の声ではなかった。わたしは、ふいに、誰の声でもいいと思った。

「意味などどうでもいいし、誰の声でもいいではないか」

声は周囲に反響して聞こえる。わたし自身の声なのだろうか。いや、確かに誰の声かは問題ではない。声は単なる信号で、誰の声なのか考える必要はなく、単に受信すればいいのだ。

「お前が見ているものがすべてだ」

その通りだ。わたしは、単に、見るだけでいい。見えるものに意味を求めてはいけない。意味を探すと、秩序が欲しくなる。ここには秩序はない。ライトがあちこちで点滅しエスカレーターのようなものが上下左右にでたらめに動いていて交錯している。わたしは意味を見出そうとして、無自覚に秩序を求め、異質なものの組み合わせばかりに目と注意を向けていた。どこか変だ、いや、すべてがおかしい、そんなことばかり考え続けた。間違いだった。単に、見るべきなのだ。

さっき、エスカレーターのようなものの遠近法の消失点に昔の自分を見つけた。無秩序に怯えたり、整合性を探そうとしてはいけない、ただ見ることに集中すればいい、そう思ったとき、交差する光の柱のようなものがあり、その下の方に、一輪の花が見えた。小さくて、色もくすんでいて、最初は花だと気づかなかった。いや、これまで存在していなくて、意味を探すことを放棄したあと、視界に現れたのかも知れない。

花はやがて視界の中でボリュームを増し、いつの間にか二つに分かれて、交差した。見覚えがある。ホテルの、わたしの部屋に飾ってあった花だ。いつも部屋のデスクの上に置いてある。泊まるたびに花の種類は違っている。だが、そのホテルの部屋の現実の花は、もちろん交差などしていない。今見ている二つの花は、性的なイメージを喚起する。そして、まるで鏡が置かれているかのように左右対称だった。二つの花弁が先端部で接していて、わたしはセックスを連想した。絡み合って、重なり合い、どちらかがどちらかに挿入されているようにも見える。見ているうちに、何かを感じた。信号を受け取っているような感覚があった。おそらく花そのものではなく、花が喚起するイメージが、わたしの記憶を刺激しているのかも知れない。お前はどこにいるのか。確認しなくてはいけないのは、意味ではなく、居場所だろう。居場所が重要な意味を持つ。信号はそんなことを伝えてくる。無秩序に組み合わされ、現れては消える視界の意味を自問して、いったい何がわかるというのか。居場所を確認しなければいけない、ある場所に気がつかなければ、重大なことになる。

居場所？　見知らぬ場所で自分がどこにいるか、どこに行けばいいのか、わたしはどうやって確認してきたか。迷子になったときのことを思い出せばいいのではないか。わたしは他人を探した。他人に、ここはどこかと聞く。他人はたいてい町名を言う。その町名と、自分の家がある町の名を照合して、さらに方角を聞く。その方角に歩いて行く。しばらくすると見慣れた風景が現れることがある。だが、ここに他人はいない。さまざまなライトと、エスカレーターのようなものが交錯して見えるだけだ。いつの間にか、交差する花も見えなくなった。居場所を探すのに必要なのは、自分と周囲に見えるものとの関係を把握することだ、そう思ったときに、古い写真が一瞬視界をよぎった。昔の、モノクロの集合写真で、フラッシュバックのように現れ、またすぐに消えた。わたしがその写真の中にいたのかどうかもわからない。だが、不思議な写真だった。物置とか、押し入れとか、狭くて暗い空間に隠れていて、少しだけ開いた隙間からの景色のような、不規則な形にトリミングされた写真だった。

わたしは、いつの間にか、実際に、物置とか押し入れとか、そういった狭くて暗い空間にいることに気づいた。窓なのか、少しだけ開いた扉なのか、視界は小さく切り取られている。誰かに、その中に入るようにと指示されたのだ。誰の指示なのかわからない。隠れろという信号がどこから発せられたのか、わからない。わたし自身なのかも知れない。この世界を再現しようとしているのはわたしなのだ。周囲は変化している。もうライトも、エスカレーターのようなものもない。

「あなたは、そうやって、隠れた」
わたしは確かに狭く暗い空間に身を隠している。切り取られた視界に、写真ではなく、動きのある映像が現れた。やはり古い時代のものだ。着物姿の老婦人が公園のベンチに座っている。何かいやなことがあったのだろうか、沈鬱な表情だ。季節は夏なのだろう、顔の汗をハンカチで押さえている。だが、涙を拭っているようにも見えた。一人の老人が、乳母車を押しながら、近づいて来る。二人は顔見知りらしい。挨拶を交わしているが、狭く切り取られた隙間からの映像なので、声はわたしのところまで届いてこない。

老人はくたびれた洋服を着ている。老婦人に対し笑顔で接しているが、疲労と、生活の貧しさが、服装や表情ににじみ出ている。二人は、短く言葉を交わしたあと別れ、老人は公園内を歩いて行くが、乳児が、むずかって泣き出した。老婦人はしばらくその様子を見ていたが、やがて何か思いつき、あとを追った。また老人に声をかけ、赤ん坊を抱き上げた。老婦人は、乳児をあやすのがうまい。乳児はいつしか泣き止んだ。おそらく老婦人はこれまで何人かの子どもを育ててきて、乳児をあやすのに慣れているのだ。乳児の顔をのぞき込み、老婦人の表情が緩んだ。自分の子どもたちがまだ乳児だったころの懐かしい思い出を反芻しているのかもしれない。

突然、大勢の人々の怒声と足音が聞こえてきて、乳児を抱いたままの老婦人と老人はそちらに目をやり、恐怖の表情になって、その場を急いで離れた。公園の向こう側に小さな建物が見える。建物というより小屋に近い。そこから、制服の男が二人、慌てた様子で出てきた。どうやら二人の男は警官らしい。だが制服が、現在のものとはまったく違っていて、腰にサーベルのようなものを下げている。さっきの老婦人と老人も、衣装や髪型が昔のものだった。昔の時代の警官かも知れない。二人の警官らしき男は、大勢の人々の怒声が近づいて来るのを確かめ、一人が逃げだそうとしたが、もう一人がそれを制して、留まらせ、自分は腰のサーベルを抜いた。緩やかなカーブを描いている刀。怒声と叫び声が周囲を圧するようになり、もう一人の警官もサーベルを抜こうとしたが、身体がのけぞってしまい、顔を押さえ、その場に崩れ落ちた。視界が限られ、映像が暗いのでわかりづらいが、大勢の人々の誰かが、石を投げたようだ。石はかなり大きくて、小屋の窓ガラスが割れ、窓枠も砕け散った。いったい何が起こっているのだろうか。

「あなたが昔いたところでしょう？」

母の声だろうか。狭い空間でこだまするのでよくわからない。切り取られた視界に、群衆が入ってきた。みんなひどい格好をしている。日本の昔の着物のようでもあるが、泥や汗で汚れていて、しかも身体を覆っている部分はごくわずかで、裸同然だ。わたしがいたところ？　わたしは、こんな情景は知らない。サーベルを持った警官や、怒号を発する裸同然の群衆など見たことがない。こんなシーンがある映画も見た覚えがない。

「あなたはわたしなんです」

どうやら母の声らしい。だが、もちろん今の母ではない。若いころの声のようだ。視界に群衆があふれ、二人の警官を取り囲んだ。警官の一人は顔を覆って地面に座り込んだままで、もう一人はサーベルで威嚇しようとするが、何人かが至近距離から投げる石が身体のあちこちに命中して、サーベルを落としてしまった。群衆の一人、屈強そうな半裸の男がサーベルを拾って、警官の喉元に突きつける。次の瞬間、群衆は、一斉に警官に襲いかかった。鍬や棍棒のようなもので殴りかかり、石で頭を何度も打ちつけた。

「これは」

母の声が聞こえる。そうだ。これは、わたしが何度か母から聞いたことのある話を、映像化したものだ。母が生まれ育った旧朝鮮、日本が戦争に負けた直後の光景だった。母は、両親から隠れていろと言われて身を潜めた押し入れの中から、暴徒化した朝鮮人が、それまで使用を禁じられていた朝鮮語で叫びながら、日本の警官を襲うところを見ていたのだ。そして、怒りに充ちた群衆は、やがて母の家にも押しかけてくることになる。

第6章「女の中にいる他人」

1

今、押し入れの狭い隙間から外を眺めているのは母ではない。わたしだ。両親から隠れていろと言われた母は、恐ろしくて、押し入れの戸を閉め、しばらくじっと身を潜めていたが、やがて外で何が起こっているのか知りたくなり、そっと数センチの隙間を作ったのだった。母は長女だったので、押し入れには何人かの弟や妹がいたはずだ。だが、わたしは、周囲に他の人間の気配を感じない。いや、周囲という概念もない。わたしは、狭いスペースに閉じこもって、外を眺めている。

あのころ、庭には百日草が咲いていた。百日草は、夏の初めから、強い日差しにも負けず、秋まで、実際に百日以上咲き続ける。あれほど長い間咲く花を他に知らない。桜はあっという間に散る。梅もツツジも、菊や椿も、時期が過ぎると枯れてしまう。わたしが住んでいたのは旧朝鮮のほぼ南端、馬山《ばさん》の近くの小さな村で、最寄りの駅名がそのまま地名となっていた。わたし？いったい誰が語っているのだろう。母が語ってくれたことが、わたしの記憶となり、イメージを補足するように言葉となって響く。わたし自身が声に出して話しているわけではない。わたしの唇や頬や声帯は動いていない。母の声が聞こえているわけでもない。記憶が言葉になって、あたかも映画の字幕のように表現されている。だからわたしは話しているわけでも、聞いているわけでもない。響いてくる言葉の主語は「わたし」だが、それが母なのか、わたし自身なのか、わからないし、どうでもいいことなのだ。記憶によって言葉が喚起されているだけなのでそんな判別には意味がない。語り手として、わたし自身と母が混在している。

住居は瓦屋根の農家で、鶏が放されている広い庭があり、周囲はすべて畑だった。整然とした農作地ではなく、ところどころに何も植えていない空き地のようなスペースがあった。百日草はその空き地と、それに庭の隅にも密生していた。百日草の記憶は鮮烈だ。平和な時代の象徴でもあった。夏の日に、両親や弟妹と庭で果物を食べるときなど、必ず色とりどりの百日草が風にそよいでいた。また、あの日、戦争に負けた日の恐怖をよみがえらせる陰画としての象徴でもあった。鎌や棍棒や石を持った群衆は、庭の百日草を踏みつけながら、わたしの家に押し寄せてきた。二人の警官と同じように、両親も、わたしたちも殴り殺されるのだろうと思っていた。群衆はまず両親を殺し、土足で家に押し入ってきて、わたしたちを探すだろう。押し入れの中など、すぐに見つかってしまう。群衆の一人、体の大きな男が、縁側に座っている両親に鎌を振り上げた。両親は、両手を挙げ、その男の動きを制し、朝鮮語で何か言った。わたしたちは学校でも家でも日本語しか使っていなかったので、朝鮮語は話せなかった。両親は、農作業のために十数人の朝鮮人を雇っていたので、現地の言葉を覚える必要があった。

「家の中に子どもたちがいる。彼らは殺さないで欲しい。わたしたちを殺しなさい」

両親はそんなことを言ったらしい。だが、両親は殺されなかった。群衆の中の、長老のような人物が、鎌を振り上げている大男に何か言って、そのあと群衆は、また百日草を踏みつけながら引き揚げていった。わたしは朝鮮語がわからないので、長老のような人物が何を言ったのかわからなかった。そのときのことを両親が話してくれたのは、ずっとあとだった。日本に引き揚げてきてから数年後に、やっと話してくれた。

「ここはいい、ここは襲ってはいけない」

長老はそう言ったらしい。なぜ襲撃を免れたのか、「ここはいい」というのはどういう意味なのか、両親は話さなかった。だが、両親はきっと雇っていた朝鮮人たちに比較的優しかったのではないかと、後年わたしはそう推測した。両親はわたしを殴らなかったし、他の誰かを殴るのも見たことがない。父親は、酒と囲碁、それに花札賭博が好きで、決して勤勉ではなかったが、暴力的な男ではなかった。その証というわけではないが、終戦直後の混乱時、両親が日本への引き揚げの準備を急いでいるとき、こんなことがあった。わたしは家と蔵にあったすべての米をかき集めていた。いつ引き揚げ船に乗船できるかわからない。食料を分けてくれたりする人はいないし、配給などまったく期待できない。だからありったけの米を持って家を出なければいけなかった。引き揚げ船が出るのは、鎮海《ちんかい》という旧日本海軍の軍港だ。鎮海まで徒歩で丸一日かかったし、交通手段は他になかった。蔵から、一升に満たない米を集めて布袋に詰め、庭に出たとき、女学校でいっしょだった朝鮮人の友人が二人、わたしを待っていた。馬山の高等女学校では日本人子女が優先され、朝鮮人の数は一割以下だったが、その分、彼女たちは非常に優秀だった。庭にいたのは、わたしが、女学校の卒業を待たず、四学年終了時に京城《けいじょう》女子師範学校の入学試験に合格したとき、お祝いの品をくれた二人だった。小さな白いハンカチに花と蝶の簡単な刺繍《ししゅう》をしただけの質素な品だったが、素直にうれしかった。

「残りなさいよ」

二人は口をそろえてそう言った。残る？　そんなわけにはいかない、わたしは両親や弟妹と一緒に日本に帰るつもりなのだ。

「日本は全部焼け野原になって、しかもあなたの故郷の広島には、新しい爆弾が落ちて、みな死んでしまったらしい。だから、こちらに残りなさい。いっしょに暮らしましょう」

二人はそんなことを言った。友だちだからというだけではなく、両親を含め、わたしの家族のことを気に入っているからということだった。ありがとうとわたしは礼を言って、でもどうしても帰らなければいけないと説明した。二人はわたしに胡麻のお菓子をくれた。たった数個だったが、当時は貴重なものだった。二人は、朝鮮人の中では裕福な家だったので、どこかに大事に取っておかれていたものを持ってきてくれたのだと胸が熱くなり、お互い涙を流し、両手を握り合って別れた。


母親は着物を切り裂き、帯を切断して縫い直し、人数分のリュックを作った。そのころはバッグなどなかった。そのリュックに、米と、少しの味噌と水筒を入れ、わたしたち一家は鎮海に向かった。本当に日本に帰ることができるのだろうか、両親に何度も聞いたが答えはなかった。帰れるとも言えないし、帰れないとも言えなかったのだろう。途中、朝鮮人の家で水を分けてもらいながら、わたしたちは歩き続けた。わたしは十七歳だったが、弟や妹たちはまだ小さく、わたしがまだ二歳の末っ子を背負い、十三歳の弟が八歳の妹を、九歳の妹が六歳の弟の手を引いて、歩いた。両側にえんえんと畑が広がる未舗装の道、脇にはやはり百日草が咲いていた。陽が照りつけ、喉が渇いたが水はできるだけ飲むなと両親から言われていて、我慢して歩いているとき、咲き乱れる百日草を眺めることで気が和んだのをよく覚えている。人は、異様な事態に遭遇したとき、普段と変わらないものを確かめることで安堵を得るのだと、そのときに知った。だから、わたしにとって百日草は特別な花なのだ。

鎮海では、乗船の順番を待って、数日間を過ごした。引き揚げ船への乗船は、旧海軍将兵の家族が最優先され、わたしたちが鎮海に到着したときには、彼らが住んでいた家がすでに空き家になって多数残っていた。米や食料、それに貴金属のようなものは全部持ち去られていたが、井戸があって水は確保できたのでとても助かった。馬山近くで果樹園を営んでいた親戚と出会うことができて、彼は旧海軍の将校と面識があり、その伝で、わたしたちは、家を出てから五日目か、六日目かはっきり覚えていないが、軍艦に乗船することができた。艦内では食料は支給されなかったから、残り少ない米を甲板で炊いて食べた。両親は、底抜けのお人好しで、米はほとんど残っていなかったのに、食料がなくて飢えていた人たちに握り飯を作って配ったりした。自分たちが飢えるかも知れないのにバカじゃないのかと、わたしは両親に文句を言ったが、それは間違いだときつく言われた。

「困っている人を助けると、いつか自分も助けられる」

母親はそんなことを言ったが、説得力があった。両親のそういった考え方のおかげで、わたしたちは朝鮮人の襲撃を免れたのだと、そのときすでに何となく気づいていたからだ。実際に、船の中で、両親たちが正しかったことを身をもって知った。握り飯をもらった人の中に医師がいて、ひどい船酔いに苦しんでいたわたしたちに、ミカンは絶対に食べてはいけない、これを食べなさい、そう言ってどこからかリンゴを入手して食べさせてくれたのだった。苦しくても、横になっていないで、なるべく起きて、立ち上がって、遠くをみるとよい、医師はそんなことも教えてくれた。

そして彼は、軍艦の到着地も知っていた。乗船前、説明を受けたのだが、混乱と不安のせいで、わたしは地名も覚えていなかったし、どんなところなのかまったくわからなかった。この船は、どこへ行くのですか、リンゴを本当に少しずつ、舐めるように食べながら聞くと、彼は答えた。

「佐世保という街だ」

佐世保？　どんなところですか。

「軍港だよ。もうずいぶん前、春に、一度だけ行ったことがあるのだが、覚えているのは、そうだな、菜の花が、きれいだったたな」

2

母の語り、いや、わたしは自身の独白を反芻しながら聞いているうちに、いつの間にか、暗く小さな空間が、溶けてしまったように消えていた。狭い押し入れのようなスペースが完全に輪郭を失い、しかも周囲には、光を放ちながら歪んでいるエスカレーターも、交差するライトも、三本の光の束もなかった。わたしは、あらゆるものが消えてしまったかのような、喪失感と、解放感を同時に覚えた。思わずここはどこなのかと自問したが、すぐにその問いには意味がないと気づいた。真理子とともにホテルの部屋を出て、ずっと続いていた迷宮のような世界は、わたし自身が作り上げたものだ。ただし、幻覚や幻想でもないし、白昼夢でもない。実在しなかったというわけでもない。廊下の絨毯、エスカレーターの手すり、ぐにゃぐにゃの iPhone、わたしはそれらに触れていた。確かに質感があった。

光を感じた。これまでのような、人工的で、不自然に重なったり、表面にわけのわからない画像が浮かび上がっているような、そんな光ではない。木の幹、それに枝のようなものが見える。ただのひび割れかも知れない。だが、ひび割れだとしたら、いったい何にひびが入っているのか。空間にひびが入るわけがない。そんなことを考えていたら、やがてひび割れを覆うように鮮やかな緑が目に入った。これは、目を閉じて、眼球を強く押すと現れるような、網膜が映し出す神経の残像のようなものなのだろうか。だが、こんな鮮やかな緑の残像は経験がない。

「新緑」

声が聞こえた。母の声なのか、自分自身のものなのか不明だが、誰の声か、どこから聞こえているのか、そんなことにはもう意味がないのだと、わたしはどこかでわかっている。記憶の、投影とか、反響のようなもので、語り手が誰か、どこから発信されているのか、どうでもいいことなのだ。

「よく、新緑を眺めた。いや、わたしたちは、あのころ、新緑に囲まれていた。周囲には新緑しかなかった。わたしにとって、幸福は、新緑の色と同じ色をしていて、新緑と同じ香りがした」

周囲の風景が変わっている。ただ、これは、風景、なのだろうか。今までの、非合理的で、歪んだ視界も、風景だったのだろうか。記憶の投影、あるいは記憶の反響、真理子とともに迷い込んだ世界は、たぶん混濁した記憶が紡ぎ出したものだ。混濁した記憶、非合理で不可思議な視界、そういったことについて、昔、ある精神科医が書いた本を読んだことがあった。生後三ヶ月くらいまでの乳児が見ているのは、制御されていない自己像と世界像であり、それらはまるで密教の曼荼羅《まんだら》とか、ボッシュという画家が描く世界に似ているらしい。混乱に充ちているというより、混乱だけで成立している世界だが、乳児は、そこから出ることを拒む場合がある。そして、外に向かって知覚を拡大するきっかけになるのは、美しいと感じる本能、つまり黄金比などの獲得による。たとえば福笑いで、ばらばらの顔を見ると嫌悪を示し、鼻や目が整理されると微笑むようになるのは、生後三ヶ月を過ぎてからだということだった。だが、そんな乳児の記憶と、わたしの視界に、関係があるのだろうか。

「そんなことは、どうでもいいこと」

また声が聞こえた。

「わたしは」

わたし、が主語だ。母かも知れないし、わたし自身かも知れない。いずれにしろ、わたしの記憶の反響、あるいは投影にすぎない。

「わたしたちは」

主語が、わたしになったり、わたしたちになったりする。わたしは、一面の緑に囲まれている。

何重にも、何層にも重なった木の枝と葉しか見えない。樹木があるのだから地面が見えるだろうと、うつむいて視線を落とそうとしたが、視界を覆う新緑が、いっしょになって垂れ下がって、落下してくるような感覚にとらわれ、それは目まいに似ていて、バランスを失い、そのまま前のめりに倒れそうになった。反射的に片足を前に踏みだし転倒を避けようとしたが、何か、細くて柔らかなロープか、ネットのようなものに体が保護されているかのように、安定感に包まれた。新緑の内部を、木の葉に触れながら静かに浮遊しているようだった。その感触は心地よく、今いる場所は安全で安定していて周囲に自分を委ねるだけでいいということが、伝わってきた。

「わたしたちは、緑の中で暮らすようになった。でも、それは、わたしが朝鮮から、佐世保という町に到着してから、だいぶ経ってからのことだった。長い時間が流れたわけだけど、わたしは一瞬のように感じた。なぜかしらね」

生きていくだけで大変だったからだと、わたしはそう思った。母は、いわゆる苦労話というものを本能的に嫌っていて、どんなに大変だったことでも淡々と語った。旧朝鮮で終戦を迎えたときに朝鮮人の暴徒が押しかけてきたことも、そのあと軍艦で引き揚げてきたことも、その時代状況では当然のこととして、まるで他人事のような口調と言葉で話してくれた。

「いろいろなことが一瞬のように過ぎていって、そして、わたしは、母親になった」

その言葉が聞こえてきたとき、風景に変化が起こった。重なり合った木の枝と無数の葉に、わずかな隙間のようなものが見えるようになったのだ。陽が差してきているような気もするが、隙間の向こう側が、空なのか、白い壁なのか、視界に生まれた単なる亀裂か、余白のようなものなのか、わからない。

「そのとき、わたしは一人ではないのだと、生まれてはじめてそう感じた」

今まで、母から、そんなことを聞いたことはない。聞こえてくる声は、わたしの記憶の反響や投影ではないのか。ひょっとしたら蓄積された記憶の奥、意識下にあって、ずっと忘れていたことなのだろうか。いや、そうではない。周囲の風景、それに細くて柔らかなロープか、ネットのようなものに体が包まれているという感覚、そして聞こえてくる言葉は、もともと意識の底に沈んでいたものばかりだ。わたしの記憶は、すでに隅々まで揺り動かされ、掘り起こされ、感知すれば映像や言葉にすぐに変換されるようにセットされている。断片的だが、浮遊する泡のように意識の表面近くを漂っていて、その泡の一つに触れ、薄い膜が弾けたら、具体的な映像や声が自動的に再生される。なぜ、記憶に含まれないことが聞こえてくるのか。重なり合って視界を覆っている新緑にできた隙間と関係があるのだろうか。


「佐世保に着いて、引き揚げ者の収容施設になっていた総合病院まで歩き、その夜はその庭で寝た。夏だったので、よかった。庭で米を炊き、夜露を避けるために大きな樹の下に寝た。両親は故郷である広島に帰るつもりだったが、新型爆弾で焼け野原になっていて交通も遮断されたままだと知って、あきらめた。わたしたちは、総合病院の庭に二晩野宿し、そのあと親戚を頼って佐賀の鳥栖という街まで列車で行ったが、大人数が身を寄せるような余裕はないとわかり、また佐世保に戻り、引き揚げ者の対応をしていた役所の職員から、三川内《みかわち》というところの山間の土地に入り開拓団に参加しないかと勧められ、やむなく従うことになった。三川内は、佐世保から十数キロの距離だが、駅から開拓地までは、岩がごろごろ転がっている山道を一時間以上かけて登らなければならなかった。無人となった古い農家をあてがわれたが、人が住める状態になるまで家族全員で働いて一週間かかった」

　母の独白が聞こえているが、聞いたことがあることと、はじめて知ることが混じり合っている。病院の庭に野宿して、三川内で開拓団に入ったというエピソードは聞いたことがあるが、親戚を頼って鳥栖に行ったことは知らなかった。

「まるで自給自足のような暮らしがはじまって、長女だったわたしは、働こうと思った。開拓地に住むようになってからしばらくしてアメリカ軍が佐世保に駐屯し、事務員を募集しているという噂を聞いて、応募しようと考えた。長女だし、家族の暮らしに貢献しなければならないと思った。そのことを言うと、父親が猛然と反対した。お前は教師になれ、せっかく京城女子師範に入って勉強したのだから、それが当然だ、父親はそう言ったあと、京城女子師範に手紙を書き、在籍証明書を送ってくれるように頼んでみろ、と指示した。終戦のあと京城女子師範が学校として残っているのかもわからないし、手紙が届くのかもわからないし、敗戦国の人間に在籍証明が届くわけがないと思ったが、逆らえなかった。開拓地から三川内の街まで下りていき、郵便局に出向いて、手紙を出した。朝鮮まで手紙が届きますかと聞くと、郵便局の職員は、わからんね、と素っ気なかった。でも、一ヶ月ほど経ったころ、信じられないことに、在籍証明が着いた。京城女子師範の職員もおそらく戦後の混乱で散り散りになっていたはずなのに、いったい誰が事務手続きをしてくれたのだろうと、不思議な気持ちになり、敗戦の日、朝鮮人の暴徒が押し寄せてから、あらゆることに悲観的になっていたが、真っ黒な空に小さな光が見えたような、何か暖かいものを感じた。在籍証明を持ち、列車で長崎まで行き、原爆で破壊し尽くされた街並みを歩いて、焼け焦げた校舎が半分だけ残っている長崎師範を訪ねた。わたしは十八歳になったばかりで、必要な履修や実習がまだ残っていたが、その場で教員免許を渡され、赴任する学校については後日連絡すると言われた。戦争で大勢の人が死んで、教師が圧倒的に足りなかったのだ。わたしは、十八歳で、最初は、三川内の近くの中学校の教師になり、あんた本当に先生か、生徒と変わらんじゃないか、と父兄に言われながら、仕事をはじめた」

新緑の隙間に何かが見える。眩しくて、よくわからない。

「教師になって、あなたの父親となる男性と出会い、そしてあなたが生まれた。ひどく寒い朝に、あなたは生まれて、わたしは、もう一人ではない、孤独ではない、と感じた。それからしばらくして、わたしたちは、新緑に囲まれた、山の中の小さな家に移り住んだ。朝鮮よりも、三川内の開拓地よりも不便な場所だったが、わたしは、あなたといっしょだった」

3

周囲は、緑に覆われていて、押し入れのような場所から、外に出たことはわかるが、どこにいるのかは不明だ。だが、自分がどこにいるのかわからなくてもいいと感じることができた。交錯する光の束も、ぐにゃぐにゃとして折れ曲がったり天地がわからないエスカレーターのようなものもない。今見ている景色には不安を覚えない。逆に、安らぎのような気配が伝わってきて、不安がる必要はないという信号が風景の向こう側から届いている気がするが、わたしはそのことに戸惑っているようだ。ずっと不安と混乱の中にいたせいだろうか。安らぎという言葉の意味は理解できるが、それが具体的にどんな精神状態なのか、曖昧になっている。その人物が誰なのかはわかるが、はるか彼方にいて点にしか見えない、そんな感じだ。

これまで、周囲から受け取っていたのは、混乱と不安だけだった。自分がどこにいるのか、なぜこんな風景を見なければいけないのか、考えるのはそういったことだけだった。真理子は、ふいにわたしを理解不能な場所に連れ出し、理解不能なことを話し、最後は理解不能な姿になって、いつの間にかいなくなってしまったが、彼女は、わたし自身が作りだした架空の存在だった。そしてそれは、わたし自身が望んだことだと、母の声が教えた。わたしは、自ら望んで、混乱と不安しかない世界に迷い込んだ。なぜそんなことをしたのか。必要だったのか。なぜ必要だったのか。

「暗い森が見える」

懐かしい声が聞こえる。懐かしい、わたしはそう感じる。だが、安らぎと同じで、懐かしいという意味を、理解できても、把握することができない。どういうことだろうか。母だと思われる声を最初に聞いたとき、やはり懐かしさを覚えたが、今は、その言葉が持つ具体的な概念のようなものが、切り離されている。わたしの中で、ある種の記憶障害とか、脳のある部分の機能障害とか、知覚と思考の分断とか、そういった何かが起こったのだろうか。だが、不思議なことに、不安はない。不安を覚える必要はないという信号が、届くというより、わたしを包んでいる。

「わたしたちは、山の中にある、小さな家でしばらく暮らしたでしょう」

母の声だと思う。声が聞こえると、安らぎと懐かしさが増幅されるように感じるが、相変わらず、それが具体的にどういったものか、うまく把握できない。そして、不安を覚える必要はないという信号は、母の声が聞こえるときだけに感じるわけではない。止むことのないさざ波のように、ずっとわたしを包んでいる。

「あなたは、小さな家に住むようになる前、暗い森の中にいたの」

枝葉の隙間から、小屋のようなものが見える。だが、これは家ではない。小さすぎる。ただの小屋だ。

「小屋ではありません。井戸の屋根です。わたしたちは、小さな家に住んでいるとき、その井戸から、水を汲んでいたんです。でも、それは、あなたが暗い森から出たあとのこと」

暗い森にいたという記憶がない。迷子になっていたころのことだろうか。

「もっと前。生まれたばかりのころ」

生まれたばかりだったら、記憶があるわけがない。

「記憶はないでしょう。それに、暗い森、というのは、あとになってわたしが名付けたもので、実際は、小学校の放送室だった。あなたが生まれたとき、もう一人ではない、孤独ではないと思ったけど、周囲は平穏ではなく、朝鮮の、しかも田舎育ちのわたしは、闘うことができなかった。誰と？　あなたの父親の母、つまりあなたの祖母、それにあなたの父親の家族、つまりあなたの祖父と、それに叔母と叔父。それらの人たちと、わたしとあなたは同居した。わたしは、それが当然だと思っていた。あのころは別居なんか考えられなかった。誰もが貧しかったし、教師の給与ではどうにもならなかった。わたしは、あなたが生まれたあとも教師を続けていたけど、そのことにあなたの父親の母が、反対した。嫁は家事をやるべきだという考え方の人で、あの時代の日本では普通だった。でも、わたしが教師として働かないと、あなたの父親の給与だけでは生活するのがやっとで、貯金ができなかった。あなたの父親は、いずれこの家を出るから、そのためにも、共働きを続けて欲しいと言った。わたしも働きたかった。同居といっても、それほど広い家ではなかったし、あなたの叔父や叔母が個別に部屋を使っていたので、わたしとあなたの父親は、縁側と、座敷の一角を与えられて、そこで暮らした。そんなところに、一日中いられるわけがない。だから働きたかったけど、あなたの父親の母は、あなたの面倒は見ることができないと、はっきりと宣言した」

「暗い森を思い出した？」

放送室のことだったのか。何度か母から聞いたことがあった。わたしが、生まれてすぐのことだ。共働きなのに、祖母が育児を手伝うのを拒んで、母は、職場に、乳飲み子だったわたしを連れていくしかなかった。赤ん坊がいると迷惑だと感じた母は、わたしを誰もいない放送室の机に、転げ落ちないようにおんぶ紐でゆるく固定し、朝の職員会に出て、授業に行った。授業が終わると、急いで戻ってきてお乳をやったそうだが、わたしは、ずっと泣き続けていたらしい。必ずおむつが汚れていて、空腹で、不快だったのだ。そういう状態が二ヶ月くらい続いて、見かねた校長が、旧知の仲だった町内会の役員を通して、仲介してくれた。このままだとあの子は衰弱がひどくなって死んでしまう、校長はそう言って、祖母を説得したらしい。

「暗い森を思い出した？」

生まれてすぐのことで、わたしに記憶があるわけがない。だが、何かおかしい。その放送室のことを、暗い森にたとえたのは母ではなく、わたしだ。物心ついてから、ふいに胸騒ぎがして、不安にとらわれることがあり、母から放送室のことを聞いて、影響しているのかもしれないと考えた。かかりつけの若い心療内科医に相談したこともある。そういった事例は心療内科というより精神科医の領域かもしれませんが、と前置きして、影響はあるでしょう、と彼は答えた。乳児なので、当然言葉や映像の記憶としては残っていないが、意識とか理性とかではなく、脳のもっと深い部分、原初的な部分に、不安、恐怖、不快感が刻まれていると考えるのが自然、ということだった。

交差するように暗い森が幾重にも重なっていて、そこから出ることができない、そんなイメージにとらわれ強い不安が出る、わたしはそんな表現をした。そして、そのことを作品でも示した。ただ、その作品を母が見ることはあり得ない。わたしは、小説のメモで使ったのだ。だから、母が、暗い森、というメタファーを知っているわけがない。聞こえてくるのは母の声でも、それはやはりわたしの記憶と想像の投影に過ぎないのだろうか。

「どちらでもいいでしょう」

確かにそうだ。目の前に母がいて、わたしに話しかけているわけではない。視界は、樹木の枝葉に覆われていて、ときどきその隙間に、昔の母の写真とか、井戸だという小屋が、浮き上がって、またすぐに消えるだけで、声がどこから聞こえているのかもわからない。樹木の枝葉の向こう側から届いているような気もするし、周囲から響いてくる感じもするし、ひょっとしたらわたし自身が、聴覚というか、脳の内部で自動的に再生させているだけなのかもしれない。

「暗い森で、何がいちばんいやで、怖かったの？」

放送室に寝かされていたときのことは何も覚えていないし、そのことがトラウマのようなものとして残っているのかどうかもはっきりとはわからないが、わたしは、苦しさや不快感への耐性がほとんどない。不安や苦痛が生まれるとき、経験的に、また常識的に、それがシリアスなものではなく、いずれ消えるものだとどこかでわかっていても、耐えられず、焦ってしまう。それが、永遠に続くものだと想像して、不安が増幅され、恐怖に変わることもある。そのことも、若い心療内科医に相談した。確かに焦ることはよくないが、そのことが表現者としてポジティブに作用しているという側面もある、そう言われた。この苦痛や不安が永遠に続くのかも知れないという思いが、他の人にはない想像力の源泉となり、このままではいけない、何とかしなければいけないという思いが、表現に向かうときにエネルギーに変わるということも考えられる、というようなことだった。

「今も不安や、苦痛がありますか」

ない、そうつぶやいた。安らぎや懐かしさの具体的な概念は今もつかめないが、これまでずっととらわれていた不安や混乱がない。苦痛も感じない。不安を覚える必要はないという信号は、変わることなく、ずっとわたしを包んでいる。

「あなたが、あの小さな家に、わたしたちを連れて行った」

小さな家というのは、父が、佐世保郊外の木野峠というへんぴな場所に建てたアトリエ兼住居のことだ。夜の山道を、母に背負われて歩いた記憶が鮮明に残っている。木野峠はこの世か、それともあの世か、聞いたらしい。祖母から、仏壇のそばで、世界はこの世とあの世でできていると聞いて、周囲の闇が怖くて、母にそんな質問をしたのだった。だが、親子三人でアトリエ兼住居に移ったころ、わたしはまだ二歳か三歳だった。わたしが小さな家に連れて行った？　どんな意味なのか。

「暗い森での、あなたの泣き声が、わたしと、周囲を変えたのです。そのころ、わたしは、小説か、映画の中の、ある女のことをよく思い出していた。その女は、夫を殺しました。その夫は、誤って愛人を殺害してしまって、ぼくは自首することにしたと、妻であるその女に、告げます。女は、自首などされたら、マスコミの餌食になり、子どもたちにも被害が及ぶからと、夫を毒殺しました。わたしは、そのころ、その女の気持ちが理解できた。自首は、人間としては正しい行為だけど、周囲や家族のことを考えると、身勝手かもしれないと、わたしはそう思った。そして、あなたの泣き声は、その女が直面した面倒な事態に似た、わたしの葛藤、つまりあなたの父親の家族との関係で悩み、苦しんでいて、さらに、我慢してくれと言うだけの、あなたの父親本人に対して身勝手だと感じ、悲しみが憎しみに変わってしまうような状況を、変えてしまったのです」

「あなたは、衰弱して弱り切っていたけど、泣くのを止めなかった。たぶん、怒っていたのでしょう。あれは、怒りだったのだと、あとでそう思いました。強い怒りです。あなたは、強い怒りを抱くことができて、それをいろいろな形で表現できる人間なんだと、そのときも、そのあと成長していく過程でも、繰り返し、わたしは実感しました。怒りで、泣き声を持続させて、このままではいけないと、周囲の大人たちの考えと行動を変えたのです。そして、そうやって、わたしたちは、あの小さな家に移り住んだ。本当に小さな家で、信じられないことに水道もガスもなく、水は井戸から汲んで運び、石油コンロで煮炊きしなければならなかった。電気はきていたけど、周囲にはまったく人家がなく、商店も公共施設もなく、この上なく不便で、夜は真っ暗になり、目の前の林からは何か動物の声が聞こえるような、そんなところだったけど、わたしは、あなたといっしょだったから、耐えることができたし、家の彼方には海が見えて、それなりに楽しいこともあった。小さな家の脇には、庭とも言えない狭い空き地があって、そこに金柑の木があったでしょう？　覚えていますか」

第７章「放浪記」

1

金柑の木は、よく覚えている。大人になってから、いや、すでに還暦を過ぎた今になっても、どこか近所の家の庭や、公園の一角などで金柑の木を見ると、木野峠のアトリエの前の、狭いスペースに生えていた、独特の色合いの小さな実を必ず思い出す。平均的な金柑の樹高は二メートルほどらしいが、幼児には大木に見えた。小さな実は、ミカンなどと違い、ほとんど完全な球形で、色も鮮やかだった。果皮だけを食べるのだと、母から教えられた。だが背伸びをして黄金色の丸い実を枝から千切るとき、自ら食べ物を手に入れるという高揚感があり、心が躍って、つい果肉も口に入れてしまい、強い酸味で舌がしびれた。だが、その感覚はいやではなかった。その酸味を味わうとき、必ず母がそばにいて、わたしに微笑んでいたからだ。そして、母は、ほら、見てごらんと、金柑の木の横に群生するオレンジ色の花を示したりした。

季節外れの蝶が蜜を吸っていて、母は一人言のようにつぶやく。

「もう秋も終わりなのに、花に、チョウチョがいる」

だが、金柑の果肉の酸味で舌の感覚が麻痺していて、秋も終わり、花、チョウチョ、という単語がうまく結びつかなかった。母の顔も、オレンジ色の花も、蝶の羽の複雑な紋様もはっきりと見えているのだが、関連性が把握できない。小さかったからな、と思って、そのあと、似ていると気づいた。非合理で歪んだ世界に迷い込んで、さまざまな信号が届き、それら一つ一つを判別することはできるが、意味も関連性もわからなかった。混乱が続き、やがて母のものだと思われる声が聞こえてきたが、視覚と聴覚と記憶が不規則に混じり合って、意識として、今も統合できていない。

わたしは、実際には、オレンジ色の花や、蝶を見ていない。タイムマシンで過去に戻ったわけではない。映像がスクリーンに浮かぶのを見るように、記憶が反芻されているだけだ。金柑の木があったでしょう？　という問いかけで、果肉を口に入れたときの強烈な酸味がよみがえり、映像も喚起された。だが、今、自分が本当はどこにいるのかはわからない。ただ、わからなくてもいいのだと思うようになった。現実なのか、現実ではないのか、おそらくどちらでもいいのだ。

「現実なんて、どこにもないわけでしょう」

母の声が届く。

「三本の光の束が見えますか」

わたしは、あの、木野峠の真っ暗な夜道で、光の束と出会った。それは疑いようのない事実だが、母はそのことを知らない。母にはそんなことを話していない。だから、聞こえている母の声は、わたしの記憶と想像によって合成されたものだ。そして、そのことは大して重要ではない。本当の母の声かどうかなど、どうでもいいことなのだ。わたしは単に埋もれた記憶を辿っていて、無自覚に言葉を抽出しているだけだ。旧朝鮮の話、引き揚げのことも、母から昔、聞いたことだ。

旧朝鮮から引き揚げてきて、鳥栖の親戚を訪ねたというエピソードははじめて知ったような気がするが、それも、記憶の底のほうに沈んでいただけなのかもしれない。


「白の彼岸花、三本の光の束、それを見ていますか」

確かに、なじみ深い三本の光の束と、白い彼岸花が見える。この奇妙な世界に迷い込んでから、これまでずっと、自分がどこにいるのか、確かめようとして、確かめようとすればするほど混乱が増した。居場所の確認、そんなことには、意味がない。

「あなたは彼岸花が好きだった。それも、赤よりも、白が好きらしかった。幼児のくせに彼岸花が好きだなんて、本当に面白い子だと思った」


白い彼岸花が好きだと、わたしはそう言ったのだろうか。子どものころ、ほとんどすべての花が好きだった。だが、白い彼岸花について、母に語った記憶はない。

「あなたは、喋っていない。あなたの態度で、わかったのです。あなたは、昼間、あまり喋らなかった。憑かれたように何かをじっと見ているか、耳を澄まして聞いているか、真剣な表情で何かに触っているか、どこかへ向かって走っているか、一所懸命に何かを食べたり飲んだりしているか、呆然と立ち尽くしているか、眠っているか、昼間は、ずっとそんなことの繰り返しで、ほとんど話をしなかった」

「あなたは、まるで夜になるのを待っていたかのように、いつも、暗くなってから、わたしに話しかけてきた。あの、木野峠のバス停から、山のほうに続いている坂道、街灯もなく、月に照らされた傾斜のある小道。夜の闇に吸い込まれるかのように続いていて、バスの終点の操車場のライトが途絶えてからは、暗い周囲に目が慣れるまで、ゆっくりと歩かなければならなかった。あなたはわたしに背負われて、まず最初に、何も見えない、と小さな声でささやいた。わたしはおんぶ紐であなたを背に結わえ、片手には買い物袋とバッグを持って、未舗装の坂道の窪みや、転がった石につまずかないようにして、歩いた。疲れていたし、買い物袋とバッグがひどく重く感じられ、あなたのささやきに応じる余裕がなかった」

木野峠はバスの終点で、薄暗い操車場があり、わたしたちは、父が建てたアトリエまで、そこから二十分ほど、街灯のない山道を歩かなくてはならなかった。母は、旧朝鮮での生活、終戦後の引き揚げ、独身時代の開拓地からの通勤などで、慣れていたのだろうか、どうしてこんな場所にアトリエを建てなければならなかったのかなどと、不満を漏らしたりはしなかった。そして幼児のわたしは、不便という概念がなかった。祖父母の家で母が来るのを待ち、いっしょにバスに乗って、それから灯りのない夜道を背負われていく、それは繰り返される単なる日常だった。普通で、自然だったのだ。

「わたしが返事をしないものだから、あなたは苛立って、何も見えない、としだいに声が大きくなった。真っ暗なんだから何も見えるわけがないでしょう、とわたしも疲れているので、素っ気なく、突き放したような言い方になってしまう。あのころ、真っ暗で細い山道を毎晩歩いていて、ときどき、不思議な感覚に包まれた。怖いような、でもうれしいような、そんな感覚」

「暗くて、道が細くて、周囲に、草原と林以外に何も見えなかったからでしょうね。樹木が視界をふさいでいて遠くの景色も見えなくて、星は空いっぱいに散らばっていたけど、まるで違う世界にいるようだった。あなたと二人だけで、他に人はいないし、建築物も車も、街灯はもちろん、石垣や塀のようなものもない。道は、草と泥と石ころだけ。人工のものがない。わたしは、とても疲れているけど、あなたのことは気に入っていて、真っ暗な夜道を進みながら、すごくうれしいような、そして怖いような、不思議な気持ちになることがあった」

わたしも、暗い山道で、同じような感覚を持った。だが、そんなことを母と話したことがあっただろうか。わたしが、自らの記憶を、母の声で再生しているのだろう。目の前に、木野峠の暗い夜道と、そのころの母の笑顔が重なり合って鮮明に浮かび上がる。

「そんな不思議な感覚になっているとき、あなたは、奇妙なことを言った。ここは、この世か、それともあの世かって」

やはり、自分は母にそう聞いたのだ。ここはこの世か、それともあの世か、母に聞こうとして止めた、という思い込みもあった。その質問自体が怖くて、実際に母に聞いたのかどうか、心理的防衛として、曖昧になっていたのかもしれない。

「あなたは、何度も何度も、ほとんど毎晩、あの暗い山道をいっしょに歩くたびに、ここはこの世か、あの世か、と聞いて、いったいどこでそんな言葉を覚えたのだろう、たぶん、あの、あなたの父親の母、つまりあなたの祖母が言ったのだろうと、わたしは、複雑な気持ちになったものです。わたしは、あなたの父親の母のことが苦手だったので、こんな幼児に余計なことを教えて、と腹が立つと同時に、この子には、特別な記憶力と、想像力がある、そう気づいて、うれしくなった。そのころは小学校の教師として、大勢の子どもを見ていたので、子どもに豊かな想像力があることは知っていたけど、こんなことを聞いてくる子はいない、そう思った」

「ここはこの世か、それともあの世か、という質問をするためには、祖母が言ったことを、記憶していなければならないし、この世とあの世の違いについて、想像できていなければいけない。細くて真っ暗な山道、祖母から聞いたこと、この世とあの世について自分で想像したこと、それらを結びつけるのは、幼児にとって、簡単なことではないのです。この世のこと、つまり日常とか、普通の風景を把握しながら、それを超える別世界のあの世について、イメージを持っていなければ、そういった質問はできないでしょう。その質問を聞くたびに、わたしは、さあどっちだろうねと、はぐらかしたり、あの世って、どんなところ？　と逆にあなたに聞いたりした。そのたびに、あなたは怖がって、だからここはどっちなんだと怒ったように言って、それが何とも言えず可愛らしかった。最後に、ここはこの世だから安心していいと言うと、あなたは、また面白い反応を示したんですよ。よかったと、言いながら、本当？　本当？　本当にここはこの世？とまた何度も聞いて、まるで、この世だと知って物足りないような、つまらないというような、そんな感じだった。あの世は、ものすごく怖い場所だけど、でも興味がある、そんな興味を持つことそのものが怖いけど、どうしようもなく、知りたい、なぜそんな興味が湧いてくるのかわからないけど、あの世がどんなところなのか知りたいという感情を自分で制御できない、そんな感じで、わたしは、そんなあなたといっしょにいるのが、楽しかった。あなたは、母親のわたしを退屈させない幼児だった。きっとこの子は、他人を退屈させることがない人間になるんだろうと、わたしはそう思って、うれしかったのです」

そのあと、母は意外なことを言った。わたしが、知らないことだった。

「暗い山道を長い間歩いて、家に着いても、誰もいなかった。あなたの父親は、自分で建てたアトリエに、ほとんど帰ってこなかった。ある夜、その日はあなたの誕生日で、わたしはケーキを用意して待っていたけど、その夜も、あなたの父親は戻ってこなかった。あなたがせがむのでケーキに立てたろうそくに火をともし、今夜も帰ってこないのかと悲しくなって、わたしは、どういうわけか、幼いころ、朝鮮の庭に咲いていた百日草を思い出していた」

2

わたしの誕生日に、父親は家に帰ってこなかった、母の声はそんなことを伝えてきた。聞こえてくる母の声は、白昼夢でも幻聴でもテレパシーでもない。もちろん、すぐそばにいるわけでもない。母は、九州の郷里の老人施設に入っている。単に、わたしの記憶が母の声で再生されているだけだ。だが、誕生日に父親がいなかったという記憶はない。父が必ず誕生日に家にいて祝ってくれたということではなく、誕生日そのものの記憶がない。父は、家庭的な人ではなかった。画家であり、美術教師になって、母と出会い、カメラをはじめとして木工や木彫、陶芸や模型飛行機やオートバイなど趣味が多く、確かにあまり家にいなかった。いっしょに過ごした記憶がほとんどない。性格的に合わなかったせいもあるが、父と話すのは好きではなかったし、父の話を聞くのも好きではなかった。父はいつも一方的に話し、わたしが興味を示さないと不機嫌になった。お前は本当に面白くない、そんなことをよく言われた。

「井戸を覚えてる？」

母の声が聞こえる。それまでの緑の木々と枝の連なりから、モノクロームの銅版画のような平面的な視界に変わった。もうわたしは、自分がどこにいるのかを確かめようとしない。目の前のもの、周囲を見るだけだ。今、目の前にあるのは風景ではない。銅版画のような、あるいは写真のネガのようなものが、視界全体に広がっている。それを、美術館の展示物のように眺めている。展示物は、静止画で、歪んだりねじ曲がったり膨れあがったりしない。音も、それに色もない。

「井戸？」

わたしはずっと父親のことを思い出そうとしている。井戸が、父親と関係があるのか。銅版画のような展示物が、何かを伝えようとしているのかもしれない。よく見ると、展示物に写っているのは、幼いころのわたしと母だった。わたしと母が写っているということは、父が撮影したのだろう。父は、かなり高価なドイツ製の二眼レフのカメラを持っていた。教師の給料で、どうやって手に入れたのだろうか。フィルムも貴重だったので、父は常に用心深く被写体を見つめ、何かを惜しむように、シャッターを押した。フィルムを送るレバーのようなものがあり、それを回したあと、独特の機械音が聞こえた。カチッというシンプルな音で、何かが終わってしまったというような、無機的な響きがあった。

「あなたの父親は、あらゆる場所で、わたしと、あなたを撮った。でも、井戸の写真は一枚しかない。わたしは、写真を撮られるのが嫌いではなかったが、カメラが、わたしと、あなたの父親との距離を示しているようで、寂しくなることがあった」

父は、何事にも積極的で、友人が多く、人気があり、いつも大声で話した。感情を隠すことがなく、よく笑い、ちょっとしたことで激高し、身内や友人の不幸や悲しみがよみがえったときなど、人前でも泣き出すことがあった。その反発もあったのか、わたしは、内向的で、他人との会話が苦手な子どもになった。幼いころから感情を表に出さなかったし、母や、ごく少数の親しい友人との会話以外、苦痛だった。だから父は、怖く、遠い存在だった。

父が、木野峠のアトリエにほとんど帰ってこなかったのかどうか、はっきりしない。そう言えば、いっしょに過ごした記憶はない。アトリエは、山の中の、わずかに開けた土地に建っていた。建物の脇に、庭というか、バレーボールコートほどの空き地があり、背後は切り立った崖で、前面は急斜面の土手で、その向こう側に深い雑木林があった。急斜面の土手には、石だらけの小道があり、三十メートルほど下ったところに井戸があった。そして、井戸から水を汲んで、アトリエまで運ぶのは母の仕事だった。水が入ったバケツを下げて石だらけの坂道を上るのは重労働だったはずだ。

「わたしは、夜、水が入ったバケツを運んでいて、小道で転び、右足の膝を痛めたことがあった。でも、水がなければ、他に飲み物もなく、炊事もできないので、もう一度坂道を下って、井戸から水を汲んだ。このくらいのことは当たり前なのかもしれないと、若かったから、そう思っていたけど、何度も怒りがこみ上げてきた。あなたの父親は、一度も井戸から水を汲んで運んだことがなかった。たまに帰ってきて、わたしとあなたの写真を撮る以外、他に何もしなかった。わたしは、どんなに悲しくても寂しくても泣かないと決めていた。実際、泣いたことはない。あなたは、わたしが泣いたところを見たことがないでしょう。わたしが泣いたのは、あなたの父親が死んだときだけです」

父が亡くなったのは、三年前で、赤煉瓦の塀がある総合病院の病室に、家族や親戚が呼び集められた。父は、集中治療室にいて、身体には何本もの管が差し込まれ、会話もできなかった。急に心臓が弱り、手の施しようがないことを医師が告げたとき、父は、わたしを見て、そばに寄るようにと、指を折り曲げるようにして合図を送ってきた。もう筆談もできなくなっていた。ささやくことはできたので、口に、耳を近づけた。父は、確かに何かをささやいたが、聞き取れなかった。そのすぐあと、父は息を引き取り、集中治療室は押し殺した泣き声に包まれ、母も肩を震わせていた。最後にお父さんは何を言おうとしたの、と母に聞かれた。わからなかったと答えると、母は、そうなの、と言って、わたしの手を強く握りしめた。病室で父が亡くなったときも、通夜や葬儀のときも、わたしは泣かなかった。家族、親戚、知人たちの中で、泣かなかったのは、わたしだけだった。

「わたしは、あなたの父親が死んだとき、あなたがまったく涙を見せなかったことを、よく覚えています」

葬儀場で、また火葬場で、母はずっとわたしの手を握ったままだった。収骨に行くとき、父の姿を見ることができるか、だいじょうぶか、と母に確かめた。母は、返事をする余裕もなく、フラフラと収骨室に入っていった。異様な姿になった父が横たわっていて、母はその場に崩れ落ちそうになった。脇に腕を差し入れて支え、だいじょうぶ？　と何度も聞いた。母は、抱きつくようにわたしに寄り添い、こんなに力があったのかというくらい強く、つないだ手を握りしめてきた。そのとき、わたしは、罪悪感にとらわれた。いくら性格的に合わなかったといっても、実の父親が亡くなったというのに、自分には悲しみがない、そう思ったからだ。母から強く握られた手の感覚だけが、周囲の嗚咽から浮き上がって、わたしを包んでいた。家族と親戚は、全員泣きながら収骨していたが、わたしは泣かなかった。淡々と骨を拾った。泣くことができなかった。どうして自分は泣かないのだろう、悲しくないのだろうと、そのことばかり考え、きっと冷たい人間なのだと、心が凍るような思いにとらわれた。自分の周囲だけに、冷え切った違う空気が流れているようだった。

「違う」

母がつぶやくように言う。

「あなたは、悲しくなかったわけではない」

いや、泣かなかったのは、感情の乱れや表出がないということで、それは悲しみにとらわれていなかったからではないのか。

「わたしは、そうは思わなかった。他の人たちは、いろんなことを言っていましたよ。強い人だとか、冷たいという親戚もいましたね。でも、あなたのことはわたしがいちばんよく知っているんです。あなたは、どういうわけか、泣かない子どもだった。あなたが声を上げて泣いたりしたのをほとんど見たことがない。遊んでいて転んで、目尻に涙をにじませることはあっても、声を上げて泣いたりしなかった。わたしは、小学校の教師をしていたので、他に大勢の子どもを見ていたけど、あなたのような子どもはいなかった。感情に左右されないし、痛みにも強かった。覚えていますか。あなたには、生まれつき、耳のすぐ上に、針で突いてできたような小さな穴があり、その周辺が、膿《う》んで、よく腫れていたでしょう。わたしは、腫れが大きくならないうちに、ときどき指で押して膿を押し出したりしていたけど、あるとき、拳ほど、大きく腫れてしまったときがあった」

耳のすぐ上の小さな穴のことは、鮮明な記憶がある。いつも、独特の臭いがする汁のようなものが出ていて、よく腫れた。あるとき、瘤のように大きく腫れ上がり、脈拍に合わせて痛みが走り、膿が包帯からにじみ出て、頬から顎まで垂れていた。近くの診療所で治療を受けたが、わたしはベッドに横向きに寝かされ、看護婦から側頭部を押さえられ、身動きができないように固定された。何歳のときだったのだろうか。

「五歳」

母の声がそう教える。

「わたしに聞いたのか、医者に向かって聞いたのか、その姿勢のまま、あなたは質問をしたんです。こうすれば治るのか、とはっきりそう聞いた。こうする、という意味も具体的にはわからずに、そう聞いたのでしょう。もちろん泣いたりしなかった。そばにいた大人たちがびっくりするような、はっきりした口調で、こうすれば治るのかと、確かめたんです。五歳のあなたは、こうすれば治るのだったら痛みに耐えよう、子ども心に、どこかで、そう納得しようとしたのでしょう。治るから心配しないで、と看護婦が言ったあと、医者が、木製の、短いバットのようなものを取り出し、いきなり、腫れあがった耳の上の瘤に、打ちつけました。殴ったんです。わたしは、あなたが死ぬんじゃないかと気を失いそうになった。でも、瘤が破裂して、膿が飛び散り、医者は素速く消毒して、新しい包帯を巻いていた。覚えていますか」

　忘れるわけがない。ただ、ベッドに横向きに固定されていたので、短いバットは見えなかった。びっしょりと濡れた布を地面に叩きつけるような、湿った音とともに衝撃が伝わってきただけだった。そんな治療法があるのか、今でもわからない。だがその医者は、余計な傷をつけることも、骨が打撃を受けることも避け、瘤だけを木の棒で潰したのだった。あとになって、耳の上のその小さな穴は、耳《じ》瘻孔《ろうこう》といい、魚類が持つ鰓《えら》の名残りらしいと知った。ヒトは魚類を経て進化した。受精卵が分裂を繰り返して成長し、新生児として誕生するまで、胎内で、単細胞から、何千万年、何億年の進化の過程を四十週で辿る。魚類とはまったく違うヒトという種が胎内で作られていくわけではなく、さまざまな名残りが出る場合がある。耳瘻孔もその一つで、外見は、針で空けたような、ちょうどピアスの穴のように小さいが、袋状になっていて内部に深く入り込んでいる場合もあるらしい。化膿したら、切開して膿を出すか、あるいは手術によって袋ごと取り出すこともあると、大人になってから、知り合いの医師に聞いた。

「あなたは、膿が飛び散っても、泣かなかった。悲しみにも、痛みにも強かった。だけど、なのか、だから、なのか、どちらかわからないけど、憂うつな感情にとらわれることが多かった。乳児のころ、わたしが置き去りにした、あの小学校の放送室の記憶が影響しているのではないかと、心が痛んだ。だから、あなたの父親が亡くなったとき、あなたが悲しみを感じなかったわけではないのです。でも、あなたが、珍しく、涙を流すときがあった。それは、飼っていた犬が、死んだときです」

3

わたしは、自分はどこにいるのだろうと、もう考えていない。単に何かを見て、懐かしい母の声を聞くだけだ。視界は、歪んだり、ねじ曲がったり、点滅したりしない。ただ、非常にゆっくりと変化している。さっきまで見ていた銅版画のような、わたしと母のモノクロの写真が、何かに変わっていく。いったん抽象化され、新しい画像が浮き上がってくる。黒い石のようなものが現れて、形が少しずつ整えられるにつれて、質感に柔らかさが加わる。やがて、ときおり断続的に音が聞こえてくるようになった。耳鳴りかと思うような、かすかな音。何の音なのか、はっきりとはわからない。遠くの広場に集まっている人々のざわめき、耳の後ろをよぎる虫の羽音、はるか彼方から届く鐘、走り去っていく車、風に揺れる木々の枝葉、真夜中に向かいの家から聞こえてくる赤ん坊の泣き声、そんな感じだが、すぐに消える。まるで知らない街角で目を閉じて佇んでいるようだ、そう思ったとき、犬の吠え声が聞こえ、音が、ゆっくりと視界と一致していくのがわかった。

子犬の吠え声だった。黒い石に見えたのは、シェパードの子犬だった。生後二ヶ月くらいだ。絵画のような静止画で、こちらを見ている。生後二ヶ月の子犬は、いちばん可愛い。一ヶ月だともっと小さくて愛くるしいが、まだ離乳食が無理で、母犬から引き離せない。静止画の子犬は、ケージに入っていて、すぐ横に水入れがある。切なさがこみ上げてくる。シェパードの子犬をはじめて飼ったのは、小学校二年のころだった。それまでも常に犬はいた。しかし、血統書付きの犬を飼う経済的余裕がなく、すべて雑種で、知り合いから父親がもらってきたりしていた。

幼児のころから、時間のほとんどを犬といっしょに遊ぶことに使っていた。山に囲まれた木野峠のアトリエでは、犬といっしょに過ごす以外、やることがほとんどなかった。餌をやるのもわたしの仕事だった。生まれつき犬が好きだったのかどうか、はっきりしない。だが、犬はどういうわけか、必ずわたしになついた。犬といっしょに過ごすのは、とても楽だった。犬に気をつかう人はいない。いくら気をつかっても、犬は喜ばない。犬は、物理的に長い時間をいっしょに過ごしてくれる人になつく。話しかけたりする必要がない。常に可愛がる必要もない。いっしょに時間を過ごす、大切なのはそれだけだ。

生後二ヶ月のシェパードは、父親の教え子の一人が、警察犬の訓練士をしていて、繁殖家から譲り受けたからと、プレゼントしてくれたのだった。木野峠を引き払い、祖父母の家のすぐそばの賃貸の家に住んでいたころだ。当時、家には雑種の老犬がいたが、血統書付きの、両方の親が警察犬という由緒あるシェパードが来たので、父親は、二匹も犬は要らないとオートバイで老犬を佐賀県まで捨てに行った。老犬はホスという名前で、アメリカの西部劇のテレビドラマの登場人物から、わたしが名付けた。ホスは捨てられたのがわかったんだろうな、オートバイをしばらく追って走ってきて心が痛んだよ、父親はそんなことを言ったが、嘘だと思った。そんなことで心を痛める人ではないと、わかっていた。

だが、わたしも生後二ヶ月のシェパードと時間を過ごすうちに、すぐにホスのことを忘れた。

ホスは痩せていて、平凡な顔つきと体つきの魅力のない犬だったが、やはりわたしにはよくなついていた。しかし、捨てられたホスが父親のオートバイを追って走ってきたという残酷な話を聞いても、悲しくなかったし、泣いたりしなかった。ホスは雑種だからどうなっても別に構わない、そういう風に思ったわけではなかった。ホスは、血統書付きのシェパードが来たことで、捨てられることが決定づけられていたのだと納得したのだ。わたしには、父親には抵抗できないというあきらめがあった。父親に絶大な権力があったということではなく、あまり家にいなくて、会話が成立しなかったし、母やわたしの気持ちをまったく考慮しない人だったからだ。そんな存在に対し怒りを感じてもしょうがないし、犠牲になった犬を悲しんでも意味がない、物心ついてからそういった感覚が染みついていたので、あきらめるのに慣れていた。父親は、木野峠で、いつもひどく疲れている母に井戸の水汲みと運搬という重労働をやらせても平気だった。余計な存在になったからと老犬を捨てるくらい何でもなかっただろう。

木野峠にいたころから、わたしは犬に興味があり、図鑑を買ってもらったりして、犬種を覚えるのが好きだった。シェパードは魅力的だった。ドイツ原産で、厳密に血統が管理されていて、一頭目から、すべての子孫に至る系譜がわかる。訓練により規律が刷り込まれているので、警察犬や軍用犬に向いている。逆に言うと、訓練を受けず、規律を知らないシェパードは、言語を知らない人間と同じだ。シェパードとは言えない。

祖父母の家のすぐ上、脇の石段を数十段上がったところに、地方銀行の頭取の邸宅があり、立派な牡のシェパードが飼われていた。頭取にはピアノが上手な娘二人がいたが、彼女たちが大柄な牡のシェパードを散歩させたり、いっしょに遊んだりできるわけがなかった。頭取も別に犬好きではなく、シェパードは権威を示すマスコットで、訓練も受けず、ずっと庭の檻の中で飼われていた。首筋と胴に漆黒の硬い毛並みを持つシェパードは、ライオンや虎でも充分入れそうな広い特注の檻から出ることがなかった。運動ができないので太り続け、いつも苛立って、寝ているとき以外はずっと吠えていた。わたしの祖父母も、近所の他の人も、吠え声がうるさいと苦情を言っていたが、頭取は謝るだけでシェパードの待遇を変えることはなかった。

ある夏の日、わたしは石段を上がって、小高い空き地から頭取の庭を眺めていた。檻には瓦屋根が付いていたが、斜めの陽射しが差し込み、シェパードは熱暑に喘いでいた。餌も水も摂らずにぐったりとして横になっていて、見かねたピアノ弾きの娘たちが、檻の、鉄の扉を開け、様子をうかがおうとした。扉が開く金属音に気づいたシェパードは頭を上げ、うなり声を上げながら起き上がり、怯える娘たちの横をすり抜けて脱出し、庭を走り抜け、門のわずかな隙間から外に出て、ちょうど通りかかったシゲムラさんという老婆に襲いかかった。あっという間にすべてが終わった。老婆は石段に前のめりに倒れ、動かなくなった。シェパードは動こうとしない老婆の顔に鼻を寄せ、しばらく臭いを嗅いでいたが、やがて石段を駆け上がり、わたしがいる空き地に姿を現した。息が荒く、興奮しているのがわかった。わたしの目を見て、うなり声を上げた。そのときわたしは、犬なのに、どうして人間の目がわかるのだろうと思った。感覚器としての目の位置がわかることが不思議だったのだ。シェパードの四肢に緊張が走るのがわかった。駆け出し、ジャンプしてくる、そう思った。人間の目の位置がわかるように、首が最大の弱点だと知っているのだ。シェパードがこちらに向かい、後ろ足で地面を蹴ろうとした瞬間、わたしは、叫び声を上げ、右の手のひらを突き出した。言葉にならない叫び声だったが、シェパードはびくんと胴体を震わせて動きを止め、やがてわたしから目をそらして後ろ足が交差するような奇妙な姿勢で地面に腰を下ろした。焼けるような陽射しで、シェパードの背後に群生している黄色い花が眩しかった。わたしは右手を降ろし、シェパードの口から大量の涎《よだれ》が垂れ地面に落ちて、大小の黒い点が増えていくのを見ていた。シェパードは、もう怒る力がなく、悲しそうな視線をわたしに向けた。

噛まれた老婆は重傷を負い、頭取のシェパードは保健所に引き取られ、毒殺された。頭取は銀行を辞め、引っ越して、ピアノの音は聞こえなくなった。生後二ヶ月のシェパードを飼うことになったのは、その半年後で、わたしは子犬の首筋を撫でながら、殺されるようなことをするなよ、と話しかけた。だが、子犬は、すぐにジステンパーというウイルスに感染し、あっけなく死んでしまった。血統書付きの子犬を飼うのは初めてで、免疫が弱い幼犬には予防注射が必要だと、わたしを含め、誰も知識がなかった。目がただれて、血が混じった水のような軟便を垂れ流し、最後は足をけいれんさせながら動かなくなった。

「そのときでしょう。あなたが泣いたのは」

母の声が聞こえる。触れると気持ちがいいくらい柔らかだった子犬のからだが硬くなっていき、この動物がもう動くことはないと認めたとき、涙が流れてきた。なぜ泣いたのか、わからない。悲しいという感情ではなかった。母が言ったとおり、わたしは悲しみにとらわれたり、痛みに耐えきれずに逃げたりした記憶がほとんどない。憂うつ、あるいは抑うつだったのかもしれない。

永遠に続く楽しみや喜びなどない、わたしはそんなことを理解したような気がする。その思いは、そのあと思春期にも、学生のころも、大人になってからも、そして今でもずっと続いている。

「成功した作家は、昔の辛い日々を思い出す」

母が、突然よくわからないことを話しはじめた。

「戦後の日本を代表する女流作家。母親といっしょに行商をしながらいろいろな街を渡り歩くという貧しい生まれで、東京に出てきて、女給をやりながら小説を書きはじめ、男遍歴を繰り返し、自分は誰にも愛されることはないという直感が彼女の創作を支えた。貧しさ、いろいろな男との出会いと別れ、女給時代の経験など、すべてを小説を書くために使った。それも、自らの感情に溺れることなく、客観的に、まるで他人の人生のように、外側から眺めて書いた。成功をおさめて、邸宅を建て、母にお姫様みたいな格好をさせて暮らしたが、成功すればするほど、幼いころのことを思い出すようになった。母といっしょに行商していたころの記憶。本当に辛かった、と女流作家は、いつもつぶやく。だが、本当に辛かったのか。小さいころの思い出は、それがどんなに辛いものでも輝いている。決して取り戻すことができないものを象徴しているから」

母が何を言いたいのか、わからない。

「あなたは、あの死んだ子犬が忘れられなくて、そのあとも、ずっとシェパードを飼ったでしょう」

わたしは、大人になって、社会的に成功者となったあと、何匹ものシェパードを飼った。あの子犬の死が影響しているのかどうかわからない。犬種としてのシェパードの特性が好きだったのかもしれない。だが、なぜ母はそんなことを言い出すのだろう。母は、わたしがシェパードを飼っているところ、散歩に行っているところを見たことがない。そう思ったとき、母の声が信じがたいことを告げた。

「わたしは、大人になったあなたが、シェパードを連れて散歩するところをずっと見ていました。雨の日も、嵐の日も、そして雪の日も、あなたは決して休むことなく、シェパードと散歩に行っていましたね。遅い秋、銀杏の落ち葉の絨毯に、シェパードが座っているところもよく覚えています」

第8章「浮雲」Ⅱ

1

「あなたは、シェパードとの散歩が何よりも好きだった。いや、好きという曖昧な感情は違うのでしたね。あなたは、子どものころ、とても印象的な表現を使った。覚えていますか。わたしが、小学校の教師をしていたころ、男の教師には日曜夕方から泊まり込みの当直という勤務があって、女の教師は日曜の朝から夕方までの、日直があった。わたしが日直当番の日曜日、あなたは必ずいっしょに学校に付いてきて、図書室でずっと本を読んでいたでしょう。お昼に、いっしょに食事しているとき、わたしは聞きました。本が好きなのね？　あなたは、好きというわけじゃなくて、別の世界に入っていける、そんなことを言いました」

「梅の花をよく覚えています。梅の花が咲くころ、あなたは、シェパードを連れて歩きながら、ときどき立ち止まり、ご近所の庭にある梅の木を眺めていた」

母の声がずっと聞こえているが、そばに母がいるわけではない。わたしは、自身の記憶を母の声を通して反芻しているだけだ。母の声が、わたしが、雨の日も、嵐の日も、雪の日も必ずシェパードとの散歩に行った、と告げると、雪の中を歩くシェパードが視界をよぎる。そうやって母の言葉が視界を形作ることもあるし、脈絡なくふいに目の前に広がる画像が、母の声につながることもある。声に導かれて画像が浮かぶのか、その逆なのか、わからない。わたしはもうそんなことは考えない。

「梅の花をよく覚えています」

母の声が聞こえる直前、ピンクの枝垂れ梅が見えた。快晴の初春、わたしはその梅をよく眺めた。青を背景に、真昼の花火のように垂れているピンクの花弁、そして空に走るひび割れのような枝、いつまで眺めても飽きることがなかった。だが、母の日直のとき、図書室で本を読んで、そのあと言ったことは覚えていなかった。

「別の世界に入っていける」

仮眠状態だった記憶が単によみがえっただけかもしれない。小学校の図書室は、カーテンの隙間から差し込む光と、古くなった紙の匂いに充ちて、膨大な情報が整然と並んでいた。一冊の本には一つの世界があることを知り、この部屋には圧縮された何千という世界があるのだと、呆然とした気分になるのが心地よかった。木野峠から引っ越してから数年後、わたしは九歳か、十歳で、図鑑や童話、子ども用にアレンジされた文学全集を、飢えた子どもが盗んだ食物を急いでかみ砕き喉に詰め込むように、読んだ。何千という未知の世界と自分だけが存在する部屋、現実感が希薄になり、さまざまな刺激が交錯した。

「あなたは、春がはじまるころ、花開いたアカシアの木といっしょに、わたしの写真を撮ってくれたでしょう。わたしは、あなたから写真を撮ってもらうのがうれしかった。あなたがシャッターを押すたびに、ありがとう、と言ったのを覚えていますか」

母の声が、またおかしなことを言った。写真を撮った？　アカシアの花は、ピンクの枝垂れ梅と同じく、わたしが住んでいる街の一画にあった。毎日シェパードと歩く道沿いの、煉瓦の塀がある家の玄関先に植えられていた。母の声はわたし自身の記憶の再生だ。わたしは母といっしょにシェパードとの散歩に行き、写真を撮ったのだろうか。母の話には、記憶だけではなく、わたしの想像が投影されているのだろうか。

「違う」

母の声が否定した。

「わたしの日直の日の、図書室と同じです。実際にあったことです。あなたは、大切なことの原型みたいなことを、あのころ、あの小学校で、体験したでしょう。幸福とか、抑うつとか」

午前中の図書室には光と刺激があって、さらにそのあと、昼に、母との幸福な時間が待っていた。図書室の扉が開き、ご飯が来たよ、母がそう告げると、圧縮された世界が閉じていき、少しずつ現実感が戻り、廊下を歩いて、階段を降り、他には誰もいない職員室に入ると、近くの食堂から届けられた皿うどんの香りが漂っていた。わたしは母と向かい合って、ほとんど言葉を交わすことなく、ときどき目を合わせながら、麺を口に運んだ。母と二人きりの食事。父親の視線を気にすることもなく、父親の大きな喋り声を聞かされることもなく、父親がいつ理由なく怒り出すか怯える必要もなかった。幸福という概念が職員室に充ちているのがわかった。幸福は、柔らかな風がアカシアの花を揺らすように、言葉を生み出す神経を揺らし、今は言葉は不要なのだと知らせてくれる。言葉は幸福の対極にある。人間が幸福に支配されていたら、言葉は生まれなかっただろう。

「あなたはまた梅の花を見ている。濃いピンク色の梅。シェパードがいて、そのそばにはわたしもいたんです。あなたは、精神が不安定なときには花をきれいだと思う余裕もないということを確かめるために、ずっと梅の花を眺めていた。桜は心を騒がせるけど、梅はそんなことがないと、そんなことをわたしに言った。わたしも同意しました。あなたはあのころ、常に抑うつにとらわれていて、しかも逃れようとはしなかった。ただ、この抑うつには慣れることができない、そう思っていて、そのこともわたしに言った。そして、この抑うつは、今、新しくはじまったものではないんだと、つぶやいた。本当はずっと自分の中にあった。だから懐かしい。自分の精神は抑うつがベースになっている。ただし抑うつがベースになるためには、幸福がすぐ隣に存在しなければならない。幸福はすぐに通り過ぎるし、糧にはならない。でも幸福という概念と無縁になってしまうと、風景から色と音が消える。それがいちばん恐ろしい。自分は、通り過ぎる幸福を感じることができる。だからかろうじて色と音は残っている。抑うつは永遠に終わらない夕暮れに似ている。闇に包まれることはないが、光はとぎれとぎれに雲間から弱々しく顔を見せるだけだ。シェパードとの散歩は好きなんでしょう？　わたしはそのときに聞いた。なぜならあなたは、わたしが知る限り、シェパードとの散歩を欠かしたことがなかったから。どんな天候のときも、住宅街を通って広い公園に行き、いつも決まった道を歩いた。好きというわけじゃない、あなたはそう答えた。子どものころと同じ、照れたようにわたしに微笑みかけて、自分がいるべき場所にいるとわかるから、と言った。他ではわからない。他では、自分は他人のために存在しているのだとそればかりを確かめる。その思いも悪くはないし、他人はごく限られた時間、抑うつを消してくれることがある。抑うつを消してくれるものを探していた時期が長く続いたけど、いつの間にか自分はそれらをすべて切り離した。理由はわからないし、意識して切り離したわけじゃない。気づいたら、何もなくなっていた。残ったのは、永遠に続く夕暮れのような、かすかに色と音を感じる風景だけだった」

　職員室の母と二人だけの食事、その幸福がやがて終わり、わたしは図書室に戻った。カーテンから洩れる陽差しがしだいに傾いていくのがわかる。一日が終わろうとしているのだ。もうすぐ母との時間が終わる。さらに陽が傾き、空がオレンジ色から暗い紫に変わって、やがて夜が訪れる。日が暮れてしまった街を、わたしは母と手をつないで家に帰らなければならない。家では二人きりでいることができない。午前中、道の脇に咲いていた菜の花ももう見えない。わたしは、図書室で、本の残りのページをめくりながら、夕暮れが永遠に続けばいいと思う。永遠に続く夕暮れが欲しい、その代わり幸福は求めませんと、圧縮された数千の世界に向かって祈る。祈りは、たぶん届いたのだと思う。以来、永遠に続く夕暮れがベースとなっていったからだ。粘土細工の芯が形作られるように、抑うつが体に染みこんでいき、骨格に貼りついて、取り除いたり、剝がしたりできなくなった。通り過ぎる幸福をなぞってはいけない。惜しんでもいけないし、反芻してもいけない。そんなことをしたら、あらゆるものが幻影となって、あっという間に夕暮れが終わってしまう。終わらない夕暮れは貴重だ。夜はただひたすら恐ろしい。だが、終わらない夕暮れには慣れることができない。慣れるという態度も、切り捨てなければいけない。だから、決して慣れることができないものを優先しなければならない。午前や昼に訪れて、通り過ぎていく幸福は幻影だということを忘れてはいけない、そう決めると、虚構を作り上げるしか、生きていく方法がなくなった。幸福の対極にある言葉を組み合わせて虚構を紡いでいくことを、わたしは、自然に、当然のこととして、選択した。

「少しずつわかってきたのね」

母の声が、一段と優しくなった気がする。

「どうしてあなたがこの世界にいるのか。どうしてわたしの声を聞いているのか。どうして最初、想像と現実が混濁しているような世界に迷い込んだのか。どうやってそこから、ここまで進んでくることができたのか。これから、どうなると思いますか。わたしはいつもあなたのそばにいたし、これからもそばにいます。もう、わたしとあなたが離れることはないんです」

2

「廊下のことを思い出してみたらどう?」

「廊下?」

声に出してつぶやこうとする。実際に声が洩れているのかどうかも不明だ。廊下がどうしたというのだろうか。そう言えば、真理子といっしょにホテルのわたしの部屋を出て、奇妙な空間に迷い込んだと気づいたのは廊下だった。

廊下は、歪んでいたような気がするが、それもはっきりしない。季節を辿る廊下なのだと、真理子はそんなことを言って、わたしたちは移動を続け、そのあとエスカレーターがある場所に出て、いつの間にか真理子は消えてしまい、ぐにゃぐにゃしたiPhoneで電話をかけようとした。だが、すべては曖昧だ。それらの場所は記憶と想像が絡み合って形作られていた。ディテールのない夢のようなものだ。だが、廊下は、覚えている。誰もいない廊下。わたし自身が本当に存在しているのかどうかさえよくわからない廊下。だが、わたしはその廊下を歩かなければならない。廊下は移動のためのもので、佇む場所ではないからだ。

「あなたは廊下にいました」

母の声だ。懐かしさと切なさがこみ上げてくるので、たぶん間違いない。さっきの「廊下のことを思い出してみたらどう？」というのは、声ではなく、単なる信号だったのかもしれない。母の声なのか、それとも単なる信号なのか、それらは微妙に、そして明らかに、違う。違いは、わたしに感情が発生するかどうかだ。母の声からは、懐かしさと切なさを感じる。以前、若い心療内科医から言われたことを思い出した。

当時から、わたしは抑うつと不安に苦しんでいた。常にネガティブな感情に支配されてしまい抵抗できないのだと、その若い医師に訴えていた。感情を止めることなど、誰にもできません、彼はそう言った。湧き出てくる感情を意識や理性で押しとどめることはできない。

「重要なのは、感情に支配されるとか、感情に抵抗できないとか、そういったことではなく、湧き出てくる感情にどう対応するかで、あなたはまず感情を否定していないし、無視もしない、だから苦しんでいるわけですが、それは対応しているということです。感情に立ち向かうことなどできませんし、押しとどめることもできませんし、対応するしかないのですが、それはむずかしく、苦しいことで、多くの人は逃げたりごまかしたりします。感情から自分を切り離そうとします。間違ったロジックを勝手に自分で作り信じ込んだり、他人に対してひどいことを言ったり暴力を振るったりすることで感情を吐き出したり、最悪の場合には自殺を考えたりしますが、それらはすべて逃避で、たいてい他人が犠牲になります。あなたが苦しんでいるのは逃避しないからで、それはネガティブな感情に対応しようという無自覚の努力で、とてもむずかしく貴重なんですね、なぜ貴重かというと、ネガティブな感情に対応しようとすることで、他人や周囲を巻き込むことがなく、やがて感情を客観視できる可能性が生じるからです」

若い心療内科医が言ったことを反芻しているうちに、まるでPCが起動してモニタが明るくなるような感じで、視界が開け、廊下らしきものが現れた。ひどく歪んでいるが、間違いなく廊下だ。

「わたしもその廊下にいて、あなたを見ていた」

母の声だ。廊下は、象徴とか比喩なのだろうか。しかしこれまでこの奇妙な空間で象徴や比喩が視界に現れたことがあっただろうか。さっきまで、幼いころ母といっしょに眺めた花々が視界を占めていたが、全部消えてしまった。母は、わたしがシェパードとの散歩を欠かすことがなく、いつも花を見ながら歩いたということを言って、そのあと、幼いころいっしょに過ごした小学校の職員室や図書室の記憶がよみがえった。しかし、この歪んだ廊下は、母が勤務していた小学校の廊下ではない。木の温もりなどない、無機的で、洗練され、シンプルなデザインのライトに照らされ、床は靴底がめり込むほど厚い絨毯で被われている。ホテルの廊下ではないか。わたしが定宿としているホテルの廊下だと思う。だが、変だ。母の声は、「わたしもその廊下にいて、あなたを見ていた」と伝えてきたが、母はホテルの廊下を知らない。母はわたしの定宿に来たことがない。だから聞こえてくるのは母自身の声ではなく、編集されたわたしの記憶の再生なのだ。

「それは違うでしょう」

母の声が聞こえて、背筋が冷たくなり、耳を強く押さえ、目を閉じて、声と視界を、遮断しようとした。だが、視界も声も現実ではないのだから、目を閉じようとしても、おそらくナイフで眼球をえぐり取られても視界は変わることはないし、鼓膜を引き裂いても声が止むことはない。この世界に沈黙と暗闇はない。それは違うでしょう、懐かしさと切なさを伴う母の声だったが、そんなことは聞きたくないと思ったのは、単なる記憶の再生ではないと、わたしがどこかで気づいているからだった。

「あなたは、廊下で立ち止まり、天井のライトをじっと眺めていました。ライトの周囲に何か画像が映っている気がして、それが何なのか、長い間考えていました。自分はいったい何をしようとしているのかと、不安になりながら、ライトを見るのを止めようとしなかった。あなたには、ライトの周囲に、荒涼とした夏涸れの地面と、一枚の不思議な形の葉っぱが見えていたんです。でも、あなたはそれが何なのか、どれだけ見続けてもわからなかった。わかろうとしなかったからです。わかりたくなかったからです。それが何なのかわからないほうがよかった。正体不明だから、いつまで見ていても、考えてもかまわない。やがてホテルのガードマンが来ましたね。あなたは定宿では上客で、そのフロアの部屋数は五つしかなく、すべてスイートで、宿泊するのは特別な人で、だからガードマンから怪しまれることもなく、ちょっと考え事をしているんですよ、とあなたは微笑みながらそう言って、元警察官で顔なじみのガードマンは、敬礼しながら、お疲れさまですと、間が抜けた返答をして去っていきました。ただ、確かにあなたは考え事をしていたんです。とても辛いことを考えなければならず、だから廊下に立ちつくしていて、他にすることとも見つからないので、天井のライトを眺めていた」

母の声が続いている。母がそんなことを知っているわけがない。今聞こえてきたことは、わたし自身も知らないこと、気づいていないことだった。わたしはあるとき確かに廊下で立ち止まり、天井のライトを長い間見つめた。ライトの周囲に何かが見えるような気がしたが、それが何なのか考えなかった。何が見えようが別にどうでもよかった。地面だろうが、川面だろうが、海でも、女の裸でも、這い回る無数の虫でも何でもよかった。地面と葉っぱ、そんな記憶もないし、思い出そうとしたこともない。だが、母の声の指摘は間違っていない。地面と葉っぱ、確かにその組み合わせだったかもしれない。わたしは、自分でも呆れてしまうほど長い時間、それを見ていた。見ること自体には意味はなかった。ライトをずっと見ていたいと思っていたわけではなかった。

「あなたは立ち止まりたかっただけです」

わたしは廊下を移動したくなかった。あれはいつだろうか。まだあの若い心療内科医とは出会う前だ。変調に気づいていなかった。変調のはじまりだったからだ。まず、どこかへ行きたいと思わなくなり、そのあと誰かに会いたいとも思わなくなった。

「でも、ここにずっと立ち止まるわけにはいかない、廊下で、あなたはそう思った。そして、行く場所がどこにもないと気づいたのです。廊下を進んで部屋に入りたくないし、エレベーターホールまで戻ってエレベーターに乗り、ロビーまで降りて、どこか別の場所に向かう気持ちもない」

天井のライトが交錯して、その隙間に、母と幼いころのわたしが見えた。二人とも笑顔だった。あのとき、あらゆることを止めたくなった。実際に止めようと思った。できることは、言葉を紡ぐ以外、何もないのだとわかった。言葉を紡ぐことだけは、どこにも行かずに、誰にも会わず、立ち止まりながらでも、できるかもしれない。あのとき、言葉以外のものを失った。そして、そのことにまだ気づいていなかった。気づくのはもっとあとで、あの若い心療内科医を紹介され、会ったときだ。

あのとき、どのくらいの時間ライトを眺めていたのだろうか。ずっとここで立ちつくすわけにはいかないと、絶望的な思いで、廊下を進みはじめたとき、突き当たりに、母が立っているような気がした。母は横を向いて、わたしに気づいていない。遠い影のようだった。このまま廊下を進んでも、部屋のドアの前でも、ドアを開けて部屋に入っても、母はどこにもいないのだと、自分に言い聞かせた。母だけではなく、誰もいない、自分がいるかどうかさえわからないだろう、そう思った。

3

長く廊下に佇んでいたあと、ドアを開けて部屋に入っていく自分をイメージする。戻るべきところに戻ってきたというかすかな懐かしさ、自分がいるべき場所は他にあるはずだが永遠に発見できない、誰かに助けを求めたいが誰もいない、何かに追いかけられ、追い詰められているという圧迫感、今すぐに何かをしなければいけない、だが何をすればいいのかわからない、そういった思いが次々に湧いて、やがて、天井のダウンライトがある決まった箇所を照らすように、抑うつと不安だけが浮かび上がり全身を被う。

「あなたは今でも廊下に佇んでいるんです」

母の声が聞こえる。歪んでいる廊下が見える。

「どこにも、あなたには安堵する場所がない」

心療内科医が、以前言ったことと同じだ。安堵が欲しいんです、わたしが、カウンセリングでそう訴えたとき、本当にそうなんですか？　と心療内科医は質問したが、意味がわからなかった。安堵が欲しくない人などいない、そう思っていたからだ。

「これはメンタルな医療に関わる者の考え方で、一般的ではないかもしれません。わかりやすい例はパニック障害ですが、動悸と息苦しさなどに襲われ、死の恐怖を味わうと言われます。非常にシリアスな身体症状があり、とらわれてしまっているため、安堵したいという気持ちを持つ余裕などありません。安堵したい人、つまり安堵することを優先する人ということですが、そのほとんどは、安堵できない要素を自然に排除します。それはごく普通のことで、異常でも何でもなく、誰もが日常的に行っています。自分は癌かもしれない、会社が倒産するかもしれない、明日大地震が起こるかもしれない、それら予測できないことは不安材料になります。だから、そういった不安を持つ人は、将来のことはわかるわけがないから今そんなことを考えてもしょうがない、そういう風に、当たり前で、健康的な思考を辿ります。でも、あなたは違います」

いや、わたしだって明日大地震が起こるかもしれないなどという不安はありません、わたしはそう言った。心療内科医は、今、挙げたのは例えです、と微笑んだ。

「あなたにとっての不安材料は大地震や癌や倒産などではありません。死への恐れでもありません。あなたのようなクライアントはあまりいないので、最初はよくわかりませんでした。あなたは、何か特定のことが不安だから安堵を求めるのではなく、無自覚に、自ら安堵を拒否し、放棄しているんです。安堵することを自分に禁じているんです。それが何に依るのか、ぼくにはわかりません。そのことにあなたは自覚がないのだと思います。安堵がない状態はとても苦しいので、あなたは、表層で、安堵が欲しいと思っています。でも、心の深い部分で、安堵する自分を許せないと決めています。たぶん、表現に関する問題だと思われます。あなたの人生の中核にあるのは、言葉による表現ですよね。ぼくは表現者ではないので詳細はわかりません。ただ、あなた自身の表現活動が安堵の問題と深く関わっていると思っているんです」


ずっと廊下が見えていて、歪んだり、色が変化したりする。もちろん現実ではない。だが単なる記憶でも想像でもない。心象風景というようなものでもない。


「中学生のころ、あなたは作文を書きましたね」

母の声が聞こえる。何を言っているのか、すぐにはわからなかった。だが、心療内科医とのカウンセリングを反芻するのは辛く、わたしは、母の声を待っていたようだ。

「作文です。あなたは、その作文で、賞を取って、市の偉い人たちと会いました」

母が言っているのは、わたしが中学三年生のときに書いた作文のことだ。確かに賞を取り、市の教育委員会に呼ばれて賞状と賞品を受け取った。だが、そんなことが、今目の前にある廊下や、さっきまで考えていた安堵に関することと、何か関係があるのか。

「わたしは、あなたが成長するにしたがって、どこか遠いところに行ってしまったような気がしていました。あなたは、成績がよく、でも反抗的で、人気もあり、幼児のころの面影が残っていたけど、でもわたしから離れていった。どこへ行くんだろうと気になっていたんです。そして、あの作文を読んだ。『初恋と美』というタイトルでした」

そのタイトルを聞いたとき、廊下の壁に三本の光の束が現れ、その奥に花のようなものが見えた。

「あなたが作家になってからも、わたしは、いつもその作文のことを考えました。内容は、あなたがいちばんよく覚えているはずです。あれは、本当のことを書いたものではなかったでしょう？」

「タイトルにあなたらしさがあり、わたしはみんなを騙したんだなとわかった。内容を覚えていますか」

初恋について、修学旅行で風呂上がりの女の子の黒髪を見て胸が締めつけられるような感情を覚えたと書いた。これが初恋だとわかったと書いたのだった。美については、サッカーの県大会準決勝で負けたとき、チームメイトの涙と汗に濡れた顔が夕陽に照らされて、これまでこんなに美しいものは見たことがない。これこそが本当の美だと思ったと、そう書いた。母が言うとおり、思いを素直に綴ったものではなかった。この作文を読む大人たちが、中学三年生の心情として理解するだろう、評価するだろう、そのことを考えて、書いた。修学旅行で、好きだった女の子の風呂上がりの黒髪を見て、きれいだと思ったのは事実だが、それが初恋を象徴するものだと思ったわけではない。わたしはそのとき、本当は性的なイメージを抱いていたのだが、初恋と書けば、大人たちを騙せるという確信のようなものがあった。美についても同じで、どんなきれいな花よりもチームメイトの涙と汗のほうが美しいと感じたと書いたが、それは中学三年生らしい純粋な気持ちを演出し、示すことで、共感を呼ぶだろうという計算に基づいていた。

「あなたは、賞が欲しかったわけではなかった。ただ、教育委員会の偉い人たちが、作文をほめて、あなたは照れた表情で、ありがとうございますとお礼を述べていたけど、大人たちを騙すのはこんな感じなのかと、心で笑っていたでしょう。大人たちは、君はちょっと早熟だけど、表現がすばらしいとほめていました。あなたは早熟などではない。大人たちを騙すことに、全力で立ち向かっただけなんです」

母は受賞には同席していなかった。だから母の声は、喚起されたわたしの記憶だ。だが、母の声とわたしの記憶や想像は、すでに混じり合っている。

「初恋と美、考えれば考えるほど、よくできたタイトルでした。初恋は、まだあの時代は、中学三年生の作文のテーマとしては異質でした。触れてはいけないというか、タブーに近かった。あなたはそれを利用しましたね。初恋というタイトルで、興味と、微妙な反感を抱かせ、それを、女の子の濡れた黒髪という古風な対象を用いて描写することで、中和して安心させる、それで大人たちを騙せるかもしれないと思った。しかも、初恋と対になっているのが、美ですよ。美を、サッカーにおける少年の友情としてとらえることで、初恋というテーマの早熟さ、異質な印象がさらに中和される。わたしはあんな作文は見たことがありません。文章はもちろん見事でした。

騙すためには、文章は幼稚ではいけない。粗雑でもいけない。真実の吐露という形を示さなければいけない。内容は、嘘で被われていました。ただし、大人たちを騙すというあなたの意図は、正真正銘本物だった。そのために必要なのは、安堵しないという決意です。これでいいだろう、これで充分なはずだ、絶対にそう思わないことです。安堵を、強く拒めば拒むほど、表現は精緻になり、嘘の痕跡が希薄になり、やがて消える、そのことに、あなたは十四歳で気づきました」

「百日草が見えますか」

話題が変わった。廊下の奥に見えていたのは、一輪の百日草だった。その横には幼いころのわたしと母が映っていた。母の声に導かれるように、その百日草が視界全体に広がった。

「あなたに、以前、わたしが朝鮮にいたときのことをよく話しました。朝鮮の家の庭には百日草が咲き誇っていたと。でも、今、あなたが見ているのは、違う。昔のものではなく、成長したあなたと、年老いたわたしがいっしょに眺めた百日草です。暗い灰色の塀際に咲いていました。あなたは、あの作文を書いてから、さらに遠くに行ってしまった。あなたが作家として成功して、わたしはうれしかったけど、もう幼いあなたとの、あの時間は永遠に戻ってこないという寂しい気持ちもありました。息子が成長し、遠くへ行くのは、自然なことですけどね」

そのあと、母は驚くことを言って、視界が一瞬、すべて消えた。

「でも、あの日、わたしは、あなたが戻ってきてくれたと感じました。あなたの父親が死んだときです。葬儀場で、わたしたちはずっと手を握り合っていました。わたしがずっと泣いていて、あなたは手を握ってくれたんです。あのとき、幼いころと何も変わらないあなたが、すぐそばにいる、そして、手を握り合っている、そう思いました」

4

「そのあと、わたしは、ずっといっしょにいたんです。あなたの父親が死んだあと、ずっといっしょでした。いっしょに住んでいたんです。それで、あなたが今いる場所だけど、幼いころに、あなたが一人で黙々と作った、あの積み木と同じなんですよ」

積み木とは何のことだろう。

「犬といっしょに、よく散歩しましたね。雨の日も、雪の日も、あなたはシェパードとの散歩を欠かしたことはありませんでした。近くの広い公園に行き、この公園は心が落ち着くと、わたしもあなたも同じことを思いました。公園まで、住宅街を通り、家々の庭には、冬の終わりに梅が咲き、春には公園の桜が満開になり、初夏にはツツジ、梅雨にはアジサイが咲いて、夏には、公園の林の中で、すごくたくさんのセミが鳴き、二人で佇んで、気持ちのいい音だねと微笑んだのも楽しい思い出です。でも、わたしがいちばんきれいだと思ったのは、秋の紅葉でした。公園の外周、道路に面して銀杏並木があり、わたしもあなたも、葉が黄色く色づくのが楽しみでした」

わたしは、母とともに黄色に色づいた銀杏並木を眺めたことがあるのだろうか。母はわたしとシェパードの散歩を知らないはずだ。だが母の声はわたしの記憶の反映なのだから、母が晩秋の銀杏のことを話しても、別に驚くことも、不合理だと思う必要もない。

「あなたは積み木が好きだった。幼児のころです」
積み木？　積み木は覚えていない。話題が唐突に銀杏から積み木に変わる。懐かしい母の声として聞こえてくるが、おそらく声ではなく、信号だ。そう言えば、公園へ散歩に行くとき、よく出会う初老の紳士がいた。老人性の難聴で、右耳が聞こえにくく、会話ではいつも左耳をわたしに向けた。鼓膜ではなく、内耳の神経細胞に問題があるということだった。人は空気振動を鼓膜でとらえて音を受信する。音は、鼓膜からさらに奥に進み、内耳でリンパの振動に変換され、感覚細胞を刺激して電気信号が発生し、神経細胞から脳に伝えられ、そこで解析され、記憶にあるデータと照合されて、言語として認識されるらしい。だからもうぼくは補聴器を付けてもダメなんだよ、紳士はそう言った。音が補聴器で増幅されて入ってきても、電気信号に変換する内耳が弱っているので、要するに言語としては聞こえない。音が信号とならない、そういうことだった。

また、音が信号として脳に届いても、意味のある言語として認識できないこともある。典型は外国語だ。未知の外国語は、脳にデータがないので、言葉ではなくただの音としてしか届かない。紳士とは、何度かそういった会話をした。そのとき、逆の場合もあるのではないかと思った。外部からの音ではなく、内部で何らかの刺激が発生して、脳のデータに照合され、信号が発生して、言葉がよみがえる、そういったことはよくある。たとえばかつてある人とよくいっしょに聞いていた音楽がふと流れてきて、刺激が起こり、データと照合されて、その人のことを思い出し、その人が言った言葉がよみがえる。今、どこから発せられているのか不明だが、わたしは間違いなく信号を受け取っている。その信号は、脳のデータと照合されて言葉になっているはずだ。だが、脳にデータがない場合はどうなるのか。いずれにしろ、今聞こえている母の声は、わたしの記憶を反映しているものだ。すぐそばに母がいるわけではない。

「積み木のことも覚えていないでしょう。あなたが覚えていないだけで、それは実際に起こったことです。積み木も、そして、わたしとあなたが、いっしょに黄色く色づいた銀杏を見ながら歩いたということも、それは本当に起こったことなんです。積み木はね、あなたが四歳のころ、デパートで、あなたの父親が買ったんです。あなたにね。あなたの父親好みの、木目を活かした素朴な色合いのものでした。あなたの父親は、遊び方をあなたに教えました。重ねて積み上げ、家とか人形とか車を模した形を教えていました。あなたは、まったく興味がなかった。あなたの父親は、こいつ頭が悪いのかなと、そんな捨て台詞を言って、積み木であなたと遊ぶのをすぐに止めました。積み木は放っておかれ、塗料もところどころ剝げて、箱から出した状態のまま、祖父母の家の縁側の端っこに転がっていました。わたしは、教師の仕事と、幼児のあなたの世話で忙しく、いつしか家族の誰もが、その積み木のことを忘れたんです。立方体や直方体や円柱や三角柱など、たくさんそろった積み木で、放っておかれた様は、崩れ落ちた建物の残骸のようにも見えました。そうですね、偶然ですが、あの広い公園で眺めた、折り重なった銀杏の落ち葉にも似ていたかもしれません」

「ほら、いつか、珍しく十一月の終わりごろに雪が降ったことがあるでしょう。絨毯のように広がった銀杏の落ち葉の表面に、うっすらと雪が積もって、こういうのってあまり見ないね、とあなたが言ったんです。なぜ？　とわたしが聞いたら、だって雪が降る季節には、もう銀杏の落ち葉は枯れてしまって色がない、黄色い銀杏の落ち葉と、雪って、あまりない組み合わせだよ、あなたはそう言ったんです。わたしはそのとき、積み木のことを思い出しました。柔らかい陽差しが縁側に差していました。わたしは、あなたが、じっと積み木を見ていることに気づいて、何かが起こるような予感がしたものです。あなたには、突然、何かに気づくというか、何かと何かを結びつけるというか、そういうときがあったんです。あなたは縁側の隅っこに転がっていた細長い直方体の積み木の一つを手に取り、じっと見つめて、陽差しの中にそっと立て、置きました。次に、今度は立方体の積み木を持ってきて、その横に置き、その次に薄べったい三角柱の積み木を持ってきて、直方体の積み木の上に置いたんです。そうやって、あなたは転がっていた積み木を一つずつ持ってきては、組み合わせ、重ね合わせていきました。何か形を模したものではなく、抽象的というか、不規則に石を並べた塀や防壁のような感じでした。全体で、半畳ほどの広さで、並べられた積み木には微妙に隙間ができていて、それはちょうど道のように見えました」

「それは何？　とわたしは聞きました。あなたは、ぼくの国、と答えた。人形や家や車ではなく、あなたは国を作ろうとしていたんです。国？　とさらに聞いたら、そう、これはお城で、王さまのぼくがいる、と積み木を三つほど重ねた箇所を指さした。王さまは一人で住んでいるの？　と聞くと、わからないと言いました。バスが走っていて、電信柱もあって、魚やお菓子を売っている店もある、でも王さまのことはわからない、ぼくが王さまだけど、これは、本当の国じゃなくて、ぼくが作った国だから、わからない、だって、ぼくはこの国にはいなくて、お母さんと今いっしょにいるから、この国の王さまのことはわからない、夢を見ているかな、誰かを殺しているかな、王女さまの歌で太鼓を叩いているのかな、わからない。あなたはそんなことを言って、縁側の陽差しが細くなり、消えてしまうまで、その積み木の王国を見ていました。そのあと、あなたはその積み木の王国をどうしたか、覚えていますか。覚えていないでしょう」

母の声がそう聞く。重ね合わせた積み木を、そのあとどうしたか、記憶にない。覚えているわけがない。積み木で遊んだことさえ覚えていない。壊したのだろうか。破壊したような気がする。

「そう、あなたは積み木の王国を壊したけど、そっと壊したんです。重ね合わせた積み木を、なぎ倒したり、投げつけたり、蹴ったり、そんなことをしないで、一つ一つ、精密な機械の部品を外すように、指でつまんで、また縁側の端っこに持っていき、箱の中にしまいました。どうしたの、もう王さまはいないの？　とわたしは聞きました。あなたがどう答えたか、それも覚えていないでしょう」

「あなたは覚えていない。覚えていないでしょう」

母の声が繰り返す。

「あなたが覚えていないことはたくさんあります。思い出の底に沈んでいるとか、そんなことをあなたはよく言うけど、そうではなくて、消えてしまっているんです。完全に消えてしまって、記憶として、もうどこにもないんです」

母の声は何を伝えようとしているのだろうか。

「あなたは、わたしが、あなたといっしょにシェパードと散歩したことはないと思っています。でも、それは記憶が消えてしまっているだけなんです。わたしは、いつもあなたといっしょに、あの広々とした公園をいっしょに歩きました。あなたは、見えるはずです。わたしが赤いダウンジャケットを着ている姿が見えるでしょう」

　雪が少し積もった銀杏の葉があり、その内部に廊下のようなものが見えて、その奥に、確かに赤いダウンジャケットのようなものを着た女性が見えた。遠くなので、母なのかどうかわからない。赤のダウンジャケットを着た母を見たことがない。この視界は想像なのだろうか。

「見えるでしょう。あなたはね、積み木の王国を自らそっと壊して、一つ一つを箱にしまいました。そのあと、どうしたの、もう王さまはいないの？　わたしがそう聞いて、あなたは答えました。見えないだけ。王さまはいる。王さまはぼくなんだから、いなくならない。ぼくが、自分で消しただけ。そう言ったんです」

5

「積み木の王国は、ずっとあなたの中にあるんです」

　聞こえているのが、本当に母の声なのか、はっきりしない。ずっとこの声だけを聞いているので、感覚や印象が曖昧になっているだけかもしれない。周囲に何があるのか、自分が何を見ているのか、そもそも何かを見ているのかどうかもわからない。ついさっきまで、ホテルの廊下のような通路の奥に赤いダウンジャケットを着た母らしい女性の姿、それらを覆う銀杏の落ち葉が見えていたが、すべて消えた。いや、消えたのかどうかもわからない。わたしの、単なる心象風景で、実際には存在していない。この世界に入り込んで以来、ぐにゃぐにゃに歪んだエスカレーターや、幾重にも交錯するライト、林や小道や花々を眺めたが、それらには関連性がない。歪んだエスカレーターなど実在しない。

おそらく記憶を反芻しているだけなのだ。しかし、母らしき声は、積み木のことを語っているが、積み木の記憶がない。積み木で遊んだことも覚えていない。記憶は完全に消えてしまっている、母の声はそういうことを言った。消えてしまっている記憶を反芻できるものだろうか。

「残像は残る」

声が聞こえた。

「消えてしまった記憶にも、残像がある」

声の抑揚が少なくなり、ピッチが変化する。合成した機械音のようだ。

「菜の花の小道があったでしょう」

また母の声に戻る。わたしは、もう誰の声なのか考えることを止めている。消えてしまった記憶の残像とは何だろうか。

「考えないようにしなさい。今は、考えるときではないので」

考えるなというのは、感覚として受け入れるだけにしたほうがいいということなのか。

「菜の花の小道が見えるはずです。あなたは、その道を通って、小学校に通うようになった。家と小学校の間にある、脇道。通学路ではなく、遠回りなので、誰もその小道を通る子はいない。でも、あなたは、しばらくの間、そこを歩いた。あなたは発見しなければならなかった。変化しなければいけないと気づく必要があった。あなたは、自分が、他の子どもにとって、嫌悪の対象になってしまっていて、そのことを放置しないほうがいいと思い、誰も通らない小道を、歩くようにしたのです」

「他の生徒の嫌悪だけど、ごく自然なもので、意図されたいじめとかではなかった。だから、とても気づきにくいものだった。でも、小学五年生のときでしたね。それまで、小学四年まで、常に学級委員長に選ばれていたのに、選ばれなかった。委員長なんて意味がないとずっとあなたは思っていて、でも、考えることや、考える速さが他の生徒とまったく違っていて、授業は低レベルでつまらなく、わからない問題などまったくなく、体育でも、図画工作でも、苦手なものがなかった。他の生徒は、ごく自然に、あなたを選んでいて、そしてごく自然に、あなたを拒むようになった。選ばれなかったこと自体は、大した問題ではなかった。

問題は他にあると、あなたは気づいていて、それを正確に把握しようと、あの小道を一人で歩きながら考えていたんです。解答は見つけられなかった。どうすればいいのかわからなかった。そして、あるとき、あなたは考えるのを止めた。考えるのを止める、ということを発見した。それまであなたはずっと考えていて、その考えを、相手に正確に伝えるための努力を惜しまなかった。それは、相手にとって、ときに、我慢できない行為だった。あなたの考えが理解できないものだったり、突飛すぎるものだったり、バカにされているように聞こえるものだった。

お前はバカだと、ずっとそう言われ続けているのと同じだと、他の多くの子どもたちは、口には出さなかっただけで、そう感じていた。菜の花をただじっと眺める。菜の花がそこにあることを認める。あなたは、そういったことを発見して、そのことをどう実行していけばいいか、自分がどう変化すればいいか、やっと理解した。考えた末に得た解答ではなかった。変化を受け入れただけで、意識したわけではなかった」

「正確に言うと、意識しないようにしようと決めたのです。考えるのを止めるのは、むずかしいことではなかったでしょう？　頭を空っぽにするというわけではなく、単に相手の存在を認めるだけでいいのだと、あなたは具体的な方法を見出し、それを、ほんの少しずつ実行していった。大きな変化ではない、変化と言えるかどうかさえわからない、それはちょうど群生する菜の花の一部が、まるで渦を巻くように収縮していくのを想像しながら見るような感じ、じっと眺めるだけでいい、相手が目の前にいるということを、自分はちゃんとわかっているのだと、相手に示すだけでいい。

あなたの父親は、よく声高に話し、同意しなかったり、相づちを打たなかったというだけで怒り出すような人だった。わたしは、そういうとき、あなたの味方ができなくて、あなたの父親に従うだけだったので、そのことを本当に悪いとずっと思ってきました。今も、あなたに対し、すまないという気持ちでいっぱいなんです。あなたは、小さいころから、他人の話を聞くことに拒否反応を示しました。相手の話がつまらないとか、あるいはあなたの父親のように半ば強制的に話を聞かされるのがいやだとか、そんな理由ではなく、そもそも理由などなかった。

ほら、わたしが当直のとき、学校の図書室で、あなたは長い間、本を読んでいたでしょう。本の内容を、自分の世界に結びつけることが好きだったんです。積み木の王国も同じ、自分の世界、自分だけが関与できて、自分だけが作り出せる世界、逆に飽きたら自ら壊せる世界、他人の話を聞くことは、それがどんな話であっても、その世界にとっては、邪魔なものだったのだと思います。あなたは、教師が言うことを聞こうとしなかったし、他の子どもが話しているときに遮って違う話をはじめたり、授業中、他の子どもが答えている最中に、もっとわかりやすく正確な答えを述べたりしていた。小学校の低学年だったら、他の子どもたちは感心するかもしれないけど、物心がついてくると、そんな人間は嫌われるようになりますね。

あなたは、そのことを改めようとして、相手の存在を認めようと思い、少しずつ実行した。最初の相手は、クラスでもっとも貧しい家の子で、脚が少し不自由で、軽い吃音があり、話すのが苦手で、友だちがほとんどいない、そういう子だった。名前は、ヨシムラ君。その子には性的なことへの異様な興味と知識があり、あなたは、まずそれを聞くことからはじめた。他の子に聞こえないように、小さな声で、その子との会話がはじまった。最初のころの会話は、天候とか、教師の癖とか、たわいないもので、そのあと少しずつ、性的なことへ移った。性的なことがらというのは性器に関係するとは限らない、たとえば女の子の足の指とかに、すごく興奮する場合がある、聞こえるか聞こえないかという小さな声で、表情も変えず、ヨシムラ君はそんな話をした。女の子がある年齢に達すると股の間から血が流れるようになる、子どもが生まれるためには父親と母親が体を重ね合わせる必要がある、性器を手でこすると白い液体が飛びだして気持ちよさがしばらく続く、あなたはそういったことは知識として知っていたが、話を聞き、そして、一人ずつ、他の子どもにも声をかけて、ヨシムラ君との付き合いを続けた。

いつの間にか、ヨシムラ君だけではなく、他の子どもたちからもいろいろな話を聞くようになった。旅行やスポーツや女の子や教師などの話で、あなたはおもに聞き役に徹し、そのうち、自分からも、語りかけるようになった。でも、語り口も、選ぶ言葉も以前とは違っていた。そのことについて、ぼくもこれから話そうと思うけどいいかなと相手に確かめるようになり、そして、相手にわかるように、相手が興味を持てるように、話すことを心がけた」

「あなたは、そうやってクラスのみんなとの関係が変わったあとも、誰も通らない小道を歩いて通学した。花を見るのが好きになっていたから。菜の花のあと、レンギョウが咲いていた。花が歪んだり重なったり収縮したりすることを想像することは止めなかった。どんなときでも、花は美しい、そう思った。だから花が美しく感じられるとき、心は落ち着いているのだとわかったし、花は、いろいろなことを教えてくれた」

母の声だが、すべて、母は知らないことばかりだ。母は、わたしが小学五年のとき、学級委員長に選ばれなかったのは知っているが、そのあと、菜の花やレンギョウが咲く小道を歩いて通学したことも、ヨシムラと仲良くなったことも知らないし、ヨシムラと何を話したか、母にわかるわけがない。わたし自身の記憶も薄らいでいて、ヨシムラに関することは記憶から完全に消えている。消えてしまった記憶の残像とは何だろうか。

「たとえば積み木の王国。積み木の王国という名称はすでになく、それらを作り上げていった幼いころの記憶は、あなたの中に、もうどこにもない。覚えていないし、わたしからこうやって聞いても、思い出せない。それはあなたの中の、想像が織りなす世界で、大切な外壁、支柱、外装などの一つとなって、他のことと複雑に折り重なり、編み込まれているから。それが、残像です。逆に言うと、あなたの想像の世界を支える大切なパーツになってしまったから、記憶は完全に消えたのです。形や姿を変えたのではなく、一部になったんです」

母が話していることは、わたしの記憶の再生ではない。だが、母は間違ってはいない。積み木の王国は、想像が織りなす構造物の一部となったのだろう。

「他のみんなは、あなたが、性格を変えたと思った。でも、性格は変わっていないし、自分の性格がどういうものか、あなたは考えたことがない。性格などより、はるかに重要なのは、他人の話を聞くようにしたことで、あなたは、結果的に、自分の想像の世界に、より強い防護柵のようなものを築くことになったということです。他人が話すことは、それがつまらなければつまらないほど、想像の世界を強固にしてくれた。もう一つ、大事なのは、他人に関心を持たなくて済むようになったこと。だいたい、あなたはずっと以前から、幼児のころから、他人に関心がなかった。他人への関心は、他人の存在を認めるということとは、関係がない。小学五年の春、あなたはとても大切なものを手に入れた。想像の世界を守ってくれる防御壁、それと、他人に関心を持つ必要はないのだという確信。菜の花が、教えてくれたのかもしれないですね。わかったでしょう？　積み木の王国は、積み木という玩具から、あなたの想像の世界の一部になった。他人への関心は不要だと確信したあなたは、貴重なものを手に入れた。想像には、制限も限界もないということ。たぶん幼いころから気づいていたのだと思います。それが言葉としては、まだ未熟だっただけ。だって、あなたは言ったんですよ。積み木の王国の王さまは、いなくなったわけじゃない。見えないだけ。王さまはいる。王さまはぼくなんだから、いなくならない。ぼくが、自分で消しただけって」

第9章「ブルー」

1

「あなたの想像は、あなたの現実より強い」

　母の声は優しく、しかも選択される言葉の組み合わせも正確で、菜の花が咲く小道がはっきりと映像となってよみがえり、何度も迷いそうになったことを思い出した。似ているなと思う。あの小道は何かに似ている。わたしは、あのころ、他に誰も通らないその小道を歩くことを、選んだというわけではなかった。最初、群生する菜の花に引き寄せられるように小道に入り込み、いちおう学校の方向を確かめて、歩き出した。林の中に入ると、密集する樹木のために見通しが悪く、分岐したり、ふいに灌木に阻まれたり、大きな岩で途切れたりした。とても小道とは言えないような、単なる木々と茂みの隙間というような場所がいくつもあった。だが、そこを歩くのが好きだった。幼いころ、何度も迷子になったせいもあるのだろうか、道に迷う感覚に慣れていて、親しみさえ感じた。


「廊下です、ホテルの廊下」

　母の声が解答を言った。母が語っているわけではない。だが、わたしの記憶が再生されているわけでもない。母は、あの小道も、ホテルの廊下に佇んでいたわたしも知らない。わたし自身、あの小道は覚えているが、小道を歩きながら、考えるのを止めようと思ったことなど記憶にない。ただ、確かに、あの小道と、ホテルの廊下は似ている。

「ホテルの廊下でも、あの小道でも、あなたはどこにも行きたくなかった。学校のことを思ってあの小道を歩いたわけではないでしょう。結果的に、考えるのを止めたわけだけど、それが目的でもなかった。結果です。考えるのを止め、そして他人の話を聞き、その存在を認めることにした。成功しましたね。あなたはクラスのみんなから、好かれるようになった。人から好かれるというのは気持ちのいいものです。でも、そのための労力は、あなたの場合、並大抵のものではなかった。苦痛だった。その反動として、想像力の暴走が少しずつはじまったんですね。あなたがこの世の中でもっとも好きな映画があって、それは、戦争中に旧日本軍の占領地だった仏印で知り合った男女の物語です。敗戦後、日本で再会した二人は、惨めな現実に直面し、あのころはよかったという、まるで戦争中を賛美するような台詞もあり、男のほうも、女のほうも、別に愛人を作りいっしょに暮らしたりします。モラルの欠片もない話で、あなたは、共感し、何度も何度も繰り返しその映画を見ました。

映画の最後のほう、ワンシーンだけ、人間にとって不可欠だと思われる何かが復活する場面があり、あなたはその短いシーンだけを、いつも食い入るように見つめ、そのシーンを見るためだけに、また最初から映画を見はじめたりしていました。それは、営林署に勤める男が、女を連れて東京を離れ、鹿児島から、赴任地の屋久島に向かう小舟のシーンです。台詞はなく、男と女が身を寄せ合って、叩きつける雨に耐えている。このときだけ、男と女はお互いを必要だと感じたとあなたは思った。身を寄せ合って雨に打たれる、そういう瞬間だけで現実が構成されていればいいのにと思った。そういった瞬間には想像力の暴走と逆襲がないから。恒常的な不安も、必ず訪れる恐怖もない。小説は、あなたにとって、何事にも代えがたい最大の救済であり、達成感を与えてくれるものであり、そして神経の奥深くに響く抑うつを植えつけるもの。小説がなければおそらく生きていけないが、そのこと自体、受け入れるのは簡単ではなかったのでしょう」

確かに母の声だが、語られているのは、わたしにしかわからないことばかりだ。母の声が語りかけてくる内容には、いくつか種類がある。母自身の記憶、わたしの記憶、そしてわたし自身も忘れていること、気づいていないこと。それらは、入り混じっていて区別がつかないときもある。

想像力の暴走と逆襲、わたしはそんな言葉を使ったことがない。心療内科医もそんな言葉は一度も使っていない。暴走と逆襲、まるで娯楽映画のタイトルだ。小説がなければおそらく生きていけないが、そのこと自体、受け入れるのは簡単ではなかった、そういったことを、はっきり自覚したことはない。だが、間違いでもない。小説は、確かに単なる仕事ではなく、経済的に、精神的にわたしを支えてきて、想像に押しつぶされそうになるのを回避する手段でもあった。だが、小説は、積み木と違う。積み重ね、心が赴くままに何かを形作ったり、また飽きたときにバラバラにしたりすることができない。小説は、わたしが作り上げていくものだが、わたしには自由がない。小説が要求する構造やディテールがあって、まずそれを発見し、特定して、服従する必要がある。

「よい例が、エスカレーターです」

いつの間にか、母が語ることに興味を覚えるようになっている。興味は不安を伴い、母の声が、どうして聞こえてくるようになったのかは不明だが、わたしの記憶を、海底から上がってくる泡のように、表層に浮かび上がらせる。不快な記憶も混じっている。だが、おそらく、真理子といっしょに迷い込み、いつの間にか真理子が消え、一人でさまよっているこの世界について何かを伝えてくれるのは母の声だけだ。これまで、母とわたしの過去がおもに語られた。敗戦が決まったときに朝鮮人が徒党を組んで襲ってきて母が隠れた押し入れ、街外れのバスの終点からさらに夜道を歩いてたどり着く小さな家、アジサイや百日草や菜の花、シェパードの子犬、中学生のわたしが書いた作文、日直の母に付いていって長い時間を過ごした図書室、そしてどうやらそういったエピソード、記憶の断片は、積み木の王国という名称の、記憶と想像の集積場のような場所、形が定まることがない構築物のような、一種の容器に収まっているのかもしれない。そして母の声は、どういうわけか、容器の中身を垣間見ている。

「エスカレーターにあなたはずっと乗っていた。いや、エスカレーターというのは、あなたが小さいころ、デパートに一基だけ、一階から二階までの上がりのエスカレーターができたときに、喜んで、何度も乗り続けたエスカレーターのことなんです。あなたがこの世界に迷い込んだとき、いろいろなものを見たかと思います。それらすべてが、あなたの、複雑に膨張してしまった積み木の王国にあるものです。積み木の王国は、あなたが成長するにしたがって、アイテムが膨大に増えていきました。おそらく映像や画像として考えると、菜の花だけでも、何万種類もあるはずです。エスカレーターもその中の一つで、とても強いイメージとして収められています」

それでは、真理子が消えていったエスカレーターを含め、眺めたり、乗ったりしたエスカレーターは、幼いころに繰り返し乗り続けたというエスカレーターの記憶が再生されたということだろうか。

「あなたは、どうやっても小説が書けなかった。うんと若いころ。実はどこにも存在しないものだけど、どこにでも似たようなものがあるというエスカレーターに乗っているかのように、同じ場所をぐるぐると回るだけだった。その間も、想像力の暴走と逆襲は続き、悪夢のような日々がよみがえってきたでしょう。あなたは混乱して、何度も小説を投げ出し、何度も小説から離れようとした。そのころあなたが書いていた小説は、まさにあなたが今いるような世界の描写の羅列で、正確には小説とは言えないものだった。積み木の王国はとても広大で深いけど、それは容器に過ぎないのだと、あなたは気づくことができなかった。容器は、何かを入れておくためのもので、そこから必要なものを取り出すためにあります。容器を描写しても、それはゴミのようなものに過ぎない。あなたは小説を放り出し、再び小説に向かい、寸前まで行くけど気づくことはなくまた投げだし、離れ、逃避するということを何百回と続けた。

あなたは、現実や日常を、どうやって物語として紡いでいけばいいのか知らなかった。まだ一〇代の終わりだったし、投げ出すことと、再度引き寄せて原稿用紙を埋めていくことを何百回と繰り返し、二十歳を過ぎて、それでも知ることはできなかった。知るとか、知らないとか、そういうことではないことにも気づかなかった。孤立し、誰の支援もない。積み木の王国はますます肥大し、薬物に接していたときの錯乱を描こうとして、それも何百回と破綻した。破綻するためにに書いていたのです。破綻を繰り返しても得るものは何もない。永遠に知ることはできないとあなたは思いはじめた。それは正しかった。誰も知ることはできない。教わることなどできるわけがない。

あなたは、薬物による幻覚や、倒錯した行為や、奇妙な色が加わって歪んで見える風景を執拗に描写し、必ず破綻した。菜の花の小道で考えることを止めて、他人の話を聞くようになり、他人の存在を認めたけど、それが根本的な誤りだったのではないかという妄想を抱くようになった。他人の存在を認めてはいけないのではないか、他人は消去しなければいけないのではないか、幼かったころに、あの菜の花の小道で余計なことに気づく以前の自分に、戻らなければいけないのではないか。そのためには、何かを、誰かを消去する必要があるのではないか。人を消去する、つまり殺す必要があるのではないか。人ではなくてもいいから、動物とか、鳥とかを殺す必要があるのではないか。

そういった妄想が起こり、あなたはナイフを買ったりしました。ひどい時代でしたね。すでに二十三歳になっていました。遅すぎる、そう思っていた。年齢的にもう遅すぎる、早く誰かを、何かを殺さなければ、ずっとそう思っていたころ、何も書かれていない原稿用紙の端に、インクの染みか、煙草の灰ほどの小さな虫がいるのを見つけた。動いていなければ生物だとわからないような、本当に小さな虫。あなたは指で潰して殺そうとして、ふと、手を止め、その虫が原稿用紙の端から端へと移動するのを眺めました。この虫のことを書こう、そう思いましたね。この虫をどう描写すればいいだろう、どういう風に、この虫を小説に登場させたらいいだろう。すると突然、何かが起こりました。積み木の王国が、構築物として、容器として、目の前に現れるような気がした。まず容器の縁が見え、そのままじっと待っていると、ほんの少し内部も見えてきた。幼児のころに作り上げ、そのあと記憶のアイテムが、無数に、複雑に絡み合い、膨れあがった積み木の王国の一部が見えるような気がした。王国は、信号を発していた。この虫を描くときには、この虫のことを最初に書いてはいけない、そんな信号。虫は、二行目でなければならないという信号。あなたは、小説の一行目を、積み木の王国に導かれて、書いた」

「飛行機の音ではなかった」

2

「処女作の、最初の一行を書いてから、あなたは自分を覆っていた殻を破った」

母は、わたしの処女作を読んだことがない。作家としてデビューしたとき、怖くて読めなかったと言っていた。聞こえてくるのは母の声だが、母はどこにもいない。だが、わたし自身の記憶や想像が言葉になって抽出されているわけでもない。積み木の王国、そんな言葉を使ったことがないし、思い浮かべたこともない。

「あなたが、作家になってから書いた作品はかなり膨大で、それはね、音楽のプレイリストのようなものでした」

母が何を言っているのか、わからない。音楽のプレイリストというのは、iTunesのプレイリストのことだろうか。父が亡くなる二年ほど前、母にMacBookを買ってやり、メールのやりとりをはじめた。母は、一ヶ月ほどかけて、キーボードのタイピングと、メールソフトの使い方を覚え、数日ごとにメールをやりとりするようになった。だが、ＰＣに興味がなく、使い方を知らなかった父が、嫉妬して感情を害し、「お父さんが機嫌が悪いので、もうメールは止める」と、ほぼ一年後に、母から最後のメールが来た。母はメール以外にはＰＣに興味がなく、インターネットで何か調べたりすることも、音楽を聞いたりすることもなかった。iTunesが何なのかも知らないし、当然プレイリストも知らない。だから、母が言っていることは、わたしの記憶と想像の集積場から抽出されたものだ。

書いてきた小説が音楽のプレイリストのようなものだと、わたし自身がそんなことを思ったことはない。そもそも小説を音楽と結びつけたこともない。だが、記憶と想像の集積場、つまり積み木の王国には、場所によって、混濁したり、消えてしまった記憶の残骸のようなものがあるのかもしれない。わたしが、無自覚に、一瞬だけ思ったこと、記憶にもとどめなかったことが残っているということだろうか。


「そのプレイリストは、あなたにとって、自分の死に向かっていく道標だったんです」

母の声が、強い不安を引き起こした。

「いつだったか、いっしょに散歩に行ったときのことです。アジサイが終わるころでした」

母の声は、口調もトーンも変化がない。自分の死に向かって、という不穏な言葉が、それまでと同じ淡々とした言い方で伝わってきたので戸惑いが増し、どういう意味なのかもわからなくて、焦りとともに、不安に包まれた。

「枯れかけたアジサイを眺めながら、あなたは言ったんです」

そう言えば、母の声は、聞こえはじめてから、口調や抑揚やトーンが変わることはなかった。旧朝鮮からの引き揚げという激動期について語るときも、わたしの幼少期について懐かしい思い出を語るときも、同じように淡々としていた。怒りや悲しみや喜びなど、感情が表出することはなかった。もちろん人工的な音声などではない。間違いなく母の声だった。

「このアジサイは、もうすぐ枯れてしまう、あなたはそう言いました。来年、また新しい蕾が出て、新しい花が咲くけど、この花は、枯れて、消えてしまう」

枯れていくアジサイが、何かを象徴しているのか。


「あなたは、枯れていくアジサイに、自分を重ね合わせました。無自覚だったので、記憶には残っていないでしょう。しかも、死に関することだったので、すぐに思いを振り払ったのかもしれないですね。あなたは、しまい込んだ膨大な音楽から、海外の、ある国のもの、それも、特別に思い入れが深いもの、それでいてテンポがゆっくりしたもの、懐かしいもの、不安に陥ったときに聞いた古典音楽、家族といっしょに食後の団らんのときに聞いたもの、ホテルで女性といっしょに聞いたもの、そういった分類をして、リストを作っていました。音楽は、あなた自身が作ったものではなく、過去や現代の音楽家たちが作ったものですが、リストはあなた自身が選んだのです。あなた自身の人生に深く関わった音楽ばかりでした。食事をするところとか、買い物をするところ、それに運動をするところなど、人が大勢集まるところで、流れている音楽もありますね。そういった音楽とは、別の次元の音楽が、あなたのリストには並んでいたんです。外の風景と同化してしまった音楽とは違う。誰か他の人が選んで流している音楽とも違う、外から聞こえてくる音楽ではなく、あなたが選び取った音楽で、そのときそのときの、あなたが過ごした環境や人々と深い関わりがあり、そして、その順番というか、並べ方も、あなた自身が長い時間をかけて決めたものでした」

「ホテルの廊下を思い出してごらんなさい。音楽と小説を単純に比較しているわけではないのですよ。あなたは、あるときから、ホテルに滞在するとき、女性を遠ざけるようになった。それまでいろいろな女性といっしょに過ごしていたのに、あるときから、一人でいることを選ぶようになりました。道徳的な理由でもなく、女性の相手をしたり、女性にいろいろな要求をしたり、女性から要求されたりするのが面倒になったというわけでもありませんでしたね。理由は、あなた自身にもわからなかった。わかるはずがないんです。死に関することなので、あなたはわかろうとしなかった。それに、いつも混乱と不安がそばにありました。まだ、お医者様に相談する以前のことです。あなたは長い間、廊下にたたずみ、ライトを眺めて、どこにも行きたくないと思いました。それは生きていたくないということではなく、どこにも行きたくない、誰とも会いたくない、何もしたくないということだった。今から、そうですね、七年とか、八年とか、そのくらい前のこと、そしてそれは、そのあと何度も、何十回も、いや何千回も繰り返されました。あなたは、言葉を紡ぐ以外にない、そう思っていました。ずっとそうやって生きてきたのだと気づきました。だから、孤立感、抑うつ、憂うつ、不安、恐怖、そういったものに囲まれていて、それが当然で、言葉を紡ぐ以外には、廊下にたたずむことしかやることがない」

「何も変わっていないと思ったのでしたね。実際に、あのあなたの祖父母の家の、縁側で積み木の王国を作っていたころと、何も変わっていない。言葉だけは、あなたを裏切ることがなかったし、失望させることも、飽きさせることもなかった。二十三歳のとき、積み木の王国をのぞき込むことができた。内部が見えて、大小の、無数の積み木が見えた気がした。導かれるように、あなたは、最初の小説の、最初の一行を書いたのです。それ以来、数多くの小説を書いてきました。でも、それらはすべて、一行の文章、一つの言葉、一つの文字、それらの組み合わせから生まれたものでした。幼児のころは見分けがつかなかった一つ一つの積み木が、空の星よりも多く目の前に現れて、あなたはそれらを選び、順番と種類を決めて音楽のリストを作るように、組み合わせていきました。作品群です。作品群は、あなたを失望させることがなかったし、他の多くの人々にも受け入れられ、リスト群として残っていき、今も残っています。そういったことに、あなたは疲れたわけでも、飽きたわけでも、組み合わせることができなくなったわけでもなかった。逆ですね。幼いころから身近にあった孤立感、抑うつ、憂うつ、不安、恐怖とともに生きていくには、一つ一つ積み木を拾い上げ、それらを組み合わせていくしかないと、あなたは自覚していたし、他の何よりも大切で、かけがえのない、代わるもののないのだと、充分すぎるほどわかっていました」

「ただ、あなたの混乱と不安はしだいに強くなっていきました。積み木を選び取るのが苦痛になったわけではありませんね。一つの文字、一つの言葉、一行の文章を組み合わせていくことができなくなったわけでもありませんね。どんなにやっかいな混乱があるときでも、自分を失いそうになるくらい不安に揺らいでいるときでも、一つの文字、一つの言葉、一行の文章を組み合わせていくことはできたからです。作品群は、そのあとも、確実に増えていきました。あるとき、ライトを眺めながら廊下にたたずんでいて、あなたは不思議な安堵を覚えました。廊下は移動のためのもので、ずっとそこにいることはできない。本当はどこにも行かなくてもいいのではないだろうか。部屋に戻る必要はないのかもしれない。そのときです。その安堵は、何かに似ていると気づきました。それは、そうですね、あなたの父親が亡くなって、しばらくしてから、そんな時期だったのではないですか」

「あなたは、廊下にたたずんでいるとき、無意識のうちに、死を思うようになりました。自殺を考えるとか、そんなこととはまったく違います。死に向かっているんだという、ごく当たり前の思いです。すべての人は、生まれたときから死に向かって歩みます。死に向かって歩んでいるときの、道標のようなもの、それが作品群だと、そう思いましたね。そう思ったとき、わたしはあなたと、もう一度出会ったんです。今あなたが入り込んでいる奇妙な世界は、わたしとあなたが出会うために必要なものでした。覚えていますか。わたしは、朝鮮で見た百日草の話をしました。あなたが幼児のころの話もたくさんしました。覚えていますか。あなたがまだ幼児のころ、あなたの祖父母の家の近くの石段で、いっしょに座って、歌をうたいました。二人とも笑顔でした。あのとき以来、ずっとあなたも、そしてわたしも、死に向かって歩んでいます。わたしたちは、その途上で、再会すべきだったんです」

3

「わたしは、あなたと過ごした日々を思い出していた。再会したいと願い続けました。あなたは、母親であるわたしが、再会したいと願っていることを知っていました。死に向かって歩んでいることに二人とも気づいたときからです。あなたの父親が亡くなった、それがきっかけでした。音楽のリスト、作品群、それらが何を意味するか、あなたが気づいてからです。それまであなたは、幼児のときに積み木の王国を作るようにして作品を書いていました。死を意識していなかったというわけではなく、実際に死に向かって一歩ずつ進んでいるという実感を持つことがむずかしかったのでしょう。誰だって若いときはそうです。死は、あなたの作品群で、性的なことが主題となっている小説によく登場しました。でも、死へ向かっているという実感は、なかったように思います」

不思議な感覚に包まれた。母の声が皮膚を通してしみ入ってくるようだった。これまで母が何を言っているのか、知るはずのないことをなぜディテールも交えて語っているのか、わからないことが多かった。だが、今は違う。この世界で、母の声が聞こえはじめてから、こんなことははじめてだ。口調や抑揚やトーンは変わっていない。声や話し方が変わったわけではない。コンテンツが変わった。母が語っているのは、疑いようのない事実で、しかも、わたしが意識していないこと、もしくは記憶から削除したことが含まれていた。

「花がきれいだと思えるときは、どんなに不安があっても、精神が病んでいるということはないんだよ、あなたは、わたしたちが、ボンボン花と呼んだ可愛らしく、夏でも枯れずに、長く咲く小さな花を見ながら、言いましたね」

ボンボン花。球形の小さな花で、ボンボンキャンディに似ていて、夏から秋口まで、長い間、咲く。犬を連れた母との散歩の途中、いつも通る小道の脇に、百日草と隣り合わせで群生していた。ピンクと紫、それに赤など、数種の色があり、母とわたしは、吹き抜ける風でかすかに揺れる球形の花の前で必ず足を止めた。眺めていて飽きることがなかった。ボンボン花が、今、視界にくっきりと浮かび上がっている。焦点がぼけていないし、変形したり、歪んだりしていない。

「あなたが精神的に不安定になったあと、わたしも同じように不安定になりました」

母の声が続く。事実だった。記憶にも残っている。

「あなたの父親が亡くなる前です。原因を、覚えていますか。たぶん覚えていないでしょう。覚えていないのではなく、この世界にいるあなたはところどころ記憶がねじれているんです。過去のことをごまかしているというわけではありませんよ。あなたは、子どものころから変わらず、そういったことをしないのではなく、できなかった。過去をごまかすような人は小説は書けないでしょうし、幼児のときに積み木で王国を作ったりもできないでしょう」

いや、覚えてる、わたしは言葉を発していた。この世界に入ってから、言葉を発したことがあっただろうか。真理子がまだ存在していたとき、何か言葉を交わしたような気もするが、声は、発せられるのではなく、内部で反響する感じだった。

「何か、乗り物に乗りましょう」

母がそう言って、目の前にエスカレーターが現れた。下っている。下ってもいいのだろうか。

「下るか、上がるかは関係ありません。乗ればいいんです。移動するだけでいいんです。あなたは、故郷のデパートではじめてエスカレーターを見たとき、何十回と乗りました。まだエスカレーターが珍しかった時代で、一階から二階までしかなく、しかも上がりだけで下りはありませんでした。だからあなたは、一階から二階までエスカレーターに乗り、上がりきったあと、走って一階まで階段で下り、そしてまたエスカレーターに乗る、ということを繰り返しました。あのとき、わたしは、ずっとあなたのそばにいました」

移動すれば、何かが変わるのだろうか。この世界から出ることができるのだろうか、そう考えて、不安にとらわれた。この世界から出たとき、わたしはどこにいるのだろうか。どういう風景を見ることになるのだろうか。この世界から出ても、母の声を聞くことができるだろうか。

「そんなことは、考えなくてもいいんです」

ふいに、違和感を覚えた。これまでは、自然で、当然だと思っていたのだが、わたしが考えること、想像することが、母に伝わっているということが、急に不思議に思えた。母が姿を現したわけではないし、現実感が戻ってきたわけでもない。わたしはエスカレーターで下っているが、どこに向かっているのかもわからないし、どうして移動しているのかもわからない。ただ、明らかに違うことがある。これまで、この世界では、あらゆるものが、焦点がはっきりせず、変形したり、歪んでいたり、他の何かと重なっていたりした。このエスカレーターは違う。くっきりとして、しかも靴底を通して質感のようなものが伝わってくる。金属で、細かい溝がある。ふと手すりにつかまろうとしたが、不安になって止めた。手すりをつかむと、違う世界が現れる気がした。現実に戻るかもしれないと、どういうわけか怖くなったのだ。ずっと不安だったはずなのに、どうしてこの世界から出ることを怖れるのだろうか。

「わたしはずっとあなたのそばにいたかった」

母の声が聞こえて、身体が震えるのがわかった。身体の震えとか、あるいは周囲の温度とか、この世界に迷い込んでから、そんなことを意識したことはないと思う。震えを抑えるために、思わずエスカレーターの手すりをつかんだ。するとエスカレーターが視界から消えた。視界全体が暗転したのではなく、エスカレーターは、風船が破裂するように、あっという間に縮んで、形がなくなった。

「わたしがあなたのそばにいる、あなたがわたしのそばにいてくれる、以前は、そんなことを考えたことはありませんでした。あなたの祖父母の家の近くの石段に座って、あなたといっしょに童謡を歌っていたとき、あなたが積み木で遊ぶのを眺めているとき、あなたが何十回とエスカレーターに乗るとき、わたしはそばにいましたが、そばにいるのだと感じることはありませんでした。必要なかったんですね。母と子なのだから、そんなことは当たり前で、わたしたちがすぐそばに、いっしょにいるのだと意識したり、感じる必要がなかったんです。あなたが成長して、家を出て、離れていき、作家になったときも、あなたのそばにいたいとか、あなたにそばにいてほしいとか、そんなことを感じたり、考えたことはありませんでした」

視界は、ライトに変わっている。わたしは天井のライトを見上げている。どこのライトかわからない。定宿の廊下のライトだろうか。どこのライトかは関係ないと思った。エスカレーターと同じように、ライトもくっきりと見えて、焦点がぼけたり他の何かと重なったり、歪んだりしていない。でも、わたしは立ち止まって、ライトを見上げているだけで、移動していない。母は、乗り物に乗りましょう、移動しましょうと言った。

「あなたはさっきからずっと移動しています。乗り物に乗っています。ただ、それがどんな乗り物かわかっていないだけです」

　天井のライトは動かない。乗り物に乗っているのだろうか。移動していると母の声が伝えるが、そんな感覚はない。母は、わたしの疑問には応じずに、別のことを言った。

「あなたがそばにいてくれている、わたしがそう感じたのは、あなたの父親が亡くなったときです」

　わけのわからない感情が起こった。強い違和感。拒むことができないというあきらめ、何か異様なことがはじまるのかもしれないという恐れと不安、それに、忘れていた心地いい思い出が浮かび上がるような、かすかな安堵も混じっていた。

「あなたの父親が亡くなり、あなたは、故郷に戻ってきて、葬儀や告別式など、やらなければいけないことを淡々とやりましたね。喪主の挨拶も、わたしではなく、あなたがやり、どうしてこんなに冷静に話ができるのだろうと、みな感心していました。同時に、家族も親戚も、あなたがまったく泣かなかったことに気づきました。一滴の涙も見せなかったし、目が潤むことさえなかった。わたしは、そんなことは気にしませんでした。あなたの性格は誰よりも知っていました。やがてわたしたちは、あなたの父親の遺体とともに、火葬場に移動しました。最後の別れをするときも、もちろんあなたは泣いたりせず、あなたの父親の遺体は、火葬炉に入りました。一時間ちょっと？　もう少しでしょうか。待ちましたね。その間、家族、親戚が集まって、あなたの父親の思い出を話し、そこでも、泣く人がいました。あなたは、親戚が集まって話しているテーブルから、わたしを立たせ、少し離れたテーブルに連れて行ってくれました。久しぶりに会う親戚と話すのが苦痛なのだと、わかってくれました」

「そのあと、終わりましたと係りの人が告げて、わたしたちは、火葬炉のほうに歩いていきました。あなたは先頭で、そのすぐ後ろにわたしがいました。すると、あなたは急に立ち止まり、わたしのほうを向いて、他の人に聞こえないような小さな声で、お母さん、だいじょうぶ？　見ないほうがいいかもしれない、と言いました。あなたが何を言っているのか、どんな意味なのか、わかりませんでした。黙っていると、あなたは、幼児のころと変わらない感じで、言葉をぼかしたり、曖昧にしたりしないで、はっきりと言いました。この先の部屋で、お父さんはもう骨になってる、見る勇気がある？　わたしにそう聞いたんです。わたしは何も言えなくて、そのうち、わたしたちは、後ろにいる人たちに押されるようにして、その部屋に入っていきました。わたしは、倒れそうになりました。見ないほうがいいかもしれないとあなたが言った理由がわかりました。あなたは、わたしがよろけるのに気づいて支えてくれました。そのあと、わたしは、あなたの手を強く握ったんです。そのときです。あなたが、わたしのそばにいる、そう思えたんです」

4

あなたが、わたしのそばにいる、そう思えた、と母の言葉を何度か反復して、わたしは当惑した。そういった表現は聞いたことがないような気がして、また、母がそんなことを言ったことがないと思い返し、やがて意味のない音声の羅列のような感じがしてきて、単なる記号として刷り込まれていき、そうするうちに、誰の言葉だったのかも曖昧になった。そばにいる、そばにいる、そばにいる、意味がわからない。もう一度聞いて確かめたかったが、声は止んだ。わたしが把握できる事実は、母が実際に話しかけてきたわけではないということだけだ。記憶がよみがえっているだけかもしれない、かつて母から聞いたことを反芻しているだけかもしれない、ずっとそういう風に思ってきた。だが、母はここにいないという事実だけが浮かび上がり、わたしを包んだ。

「あなたの父親について、わたしはそれまで考えたことがなかった」

ふいに母の声が聞こえてきた。

「いい夫だったのか、いい父親だったか、いい人間だったか、わたしには今でもよくわかりません。たぶん、あなたもよくわからないはずです。おそらく、いい画家ではあったのかもしれない。でも他はわかりません。そんなことはどうでもよかったし、他の誰にとってもどうでもいいことではないかと思います。でも、かけがえのない人であり、男性だった。結婚したからそう思うのではなく、そう思ったから結婚しました。その人の身体がこの世から消えたときから、あなたが、わたしのそばにいるのか、いないのか、を考えるようになりました。ただ、誤解しないでね。あなたがそばにいるからうれしいとか、あなたがそばにいないから寂しいとか、そんな話ではありません。わたしが考えたのは、あなたがわたしのそばにいるかどうか、でした」

声が途切れ、消えた。不安になり、この世界が消滅するかも知れないという恐怖にとらわれ、母の声を聞きたいと思ったが、どれだけ待っても再開されることがなかった。これまでの母の言葉を思い出そうとする。父の葬儀の話の前に、確か母は、乗り物に乗りましょうと言った。すでに乗り物に乗っていて、移動しているのだと言ったが、どんな乗り物かは言わなかった。周囲にも、目の前にも、乗り物などない。そもそも、この世界には周囲がない。おそらくわたしの想像と記憶による視界があったのだが、今はそれもない。もうライトもどこにもないし、エスカレーターもない。暗闇かどうかもわからないし、視界があるのかどうかもわからないし、わたしが、目を閉じているのか、閉じていないのかもわからないし、存在しているのかどうかも不明で、恐怖が増した。

乗り物と移動、それらで何が生まれるのかを考えようと思った。ふいに、宮殿という言葉が浮かんだ。記念写真、宮殿、都市、わたしは作品の中で、それらを主人公に語らせた。移り変わる景色と記憶を混ぜ合わせるようにして、まず記念写真のような情景を作り上げる。そして、記念写真の中の人物をしゃべらせたり歌わせたり、歩かせたり、動かしてみる。すると、必ず巨大な宮殿のようなものになる。宮殿を完成させて、内部を見ると地球を雲の上から見ているような感じになる。一度、宮殿を爆破したこともある。自分が勝手に作った宮殿だから爆破しても、別にどうなったっていい。幻覚剤をやったときは宮殿ではなく、都市になった。

宮殿とは何か、それは問題ではない。宮殿が何によって生まれたか。乗り物と移動、移り変わる景色だ。窓から眺める風景は、前方に現れ、近づいてきて、一瞬、窓の輪郭に切り取られたあと、あっという間に遠ざかる。そういったことを繰り返し、そのときの自分の思いと、過ぎ去っていく風景と記憶を混ぜ合わせるようにして、自分の宮殿を作る、作品中に、そう書いた。宮殿が重要なのではなく、宮殿を生みだしたもの、つまり過ぎ去っていく風景が重要なのだ。風景が過ぎ去っていくためには、乗り物に乗る必要がある。

母といっしょに乗ったのは、バスだった。わたしの故郷には路面電車が走っていなくて、幼いころ母と二人で列車に乗った記憶はない。わたしたちは、バスに乗った。どこに向かったのだろうか。

「花が咲き乱れる場所です」

母の声が、かすかに、遠くで聞こえた。

「あのころ、わが家には、まだマイカーがなく、あなたの父親は、オートバイに乗っていました。当時としてはかなり大きなオートバイで、友だちから中古を安く譲ってもらい、乗り回していました。そのオートバイの後部には座席がなく、荷物を積むための、正方形の鉄格子のようなものがあるだけで、人は乗れなかった。そもそもオートバイに、三人が乗るのは無理です。でも、家族は三人。オートバイに乗るのはあなたの父親だけ。わたしたち家族は、別々に移動していました。あなたとわたしはバスでした。あなたの父親は、ぼくもバスでいっしょに行く、などとは絶対に言わない人でした。わたしは別にそんなことは気にとめていなかった。どうでもいいことだと思っていました。あなたの父親はそんな人間だったんです。目的地が同じでも、わたしとあなたをバスに乗せ、自分一人オートバイで移動する、それが良いことか、良いことではないのか、わかりません。ただ、そういう人だったんです」

記憶がよみがえる。母と、バスに乗り、並んで座っている。父親はどこにもいない。わたしと母がバスを待つ間、父親は、先にオートバイで出発する。バスと併走するわけでもない。常にそうやって、わたしたち家族は移動した。花が咲き乱れる場所？　どこだろうか。

「よく、有田の陶器市に行きました」

有田、わたしの故郷の近くの、陶磁器の産地だ。確か五月の連休に陶器市が開かれ、観光客も含め大勢の人で賑わった。わたしたち家族は、毎年必ず出向いた。わたしと母はバスで、父親はオートバイで出発し、陶器市が行われる街並みから少し離れた公園で落ち合った。公園に父親のオートバイがあるときも、オートバイが見えないときもあった。乗り合いバスよりオートバイのほうが早く到着する。どうせ遅く着くだろうと、父親は、一人で陶器市を眺めたあとに公園に来ることが多かった。ツツジで有名な公園で、陶器市のとき、満開になった。

「写真を撮ったことがあったでしょう」

父親はカメラも好きだったので、写真は撮ったかもしれない。

「いや、いつもはあなたの父親がカメラを持ち、シャッターを押すので、三人が写っているものはほとんどないんです。そのときは、どういうわけか、通りすがりの人に頼んで、三人で撮ってもらいました。その写真を見るたびに、わたしは、とても不思議な感覚になったんです。そんな感覚を持ったことがなかったので、それが何か、わからなかった。理由はわかりません。朝鮮で生まれ育ち、遠く離れた女学校に一人で通い、師範学校では家を出て寮に入り、混乱の中で日本に戻ってきて、あなたを生み、育てるために働きました。だからその感覚を持つような余裕というか、時間がなかったのかもしれません。それは、寂しいという感覚でした。わたしはそれまで、寂しさとは何か、知らなかったんです。でも、その、三人で写っている写真を見ると、その感覚に包まれました。そしてその感覚は、あなたの父親の葬儀で、あなたが手を握ってくれたときに感じたことと、正反対、まったく逆のものでした。不思議です。三人がいっしょに写っている写真を見るときに、わたしは、生まれてはじめて、寂しさを感じたんです」

寂しさ、母は、そう言った。どこからか母の声が聞こえたのではなく、母が、「言った」のだと、思い出した。はっきりした記憶の単純な再生、これまで、この世界で、そんなことはあまりなかった気がする。

父親が死んで、火葬場で母の手をとったとき母は強く握り返してきた。そして「あなたがすぐそばにいると思えた」と、母の声が、聞こえてきた。火葬場では、わたしも同じ思いを持った。「あなたがすぐそばにいると思えた」と、母がそう感じたことがわかった。だから、わたしは混乱した。「あなたがすぐそばにいると思えた」そんな声が聞こえてきたのはなぜか。意味が曖昧になり、言葉が記号になってしまった気がした。だが、何らかの外部要因があったのではない。意味が曖昧になり、言葉が記号になってしまったわけではなく、わたし自身が、意味を曖昧にして、言葉を記号にしたのだ。

混乱したのは、意味を理解したくなかったからだ。理解するのがいやで、言葉を分解した。なぜ、いやだったのか。母は、珍しく父親がいっしょに写った写真を見て生まれてはじめて寂しさを感じた、そう言った。なぜ寂しさを感じたのか、言わなかったし、おそらく自分でもわからなかったのだと思う。母の、父への思いはわからない。子どものころ、長期の出張で東京に行っていた父に対して母が書き送った手紙の最後を盗み見したことがある。「愛するあなたへ」と書かれていて、動悸がした。母は、父を愛していたのだろうか。そんな陳腐な言葉では何もわからない。感情を伴う思いは、自分自身にも把握できないことも多く、ときおり矛盾を含んでいて、言葉ではほとんどカバーできない。言葉より、エピソードが物語ることがある。木野峠の、山の中腹にあって、水道もガスもないアトリエに住んでいたとき、狭い坂道の下にある井戸に水を汲みに行ったのは母だった。水を充たしたバケツを持って坂道を上がるのは大変だったはずだ。若かったからできたと、母もそう言っていた。父親は、なぜ、力仕事の、水汲みをしなかったのか。

父親は、カメラが好きだったが、木野峠のアトリエで夜に撮られた写真は、覚えている限り、一枚だけだ。母とわたしがいっしょにベッドに横になっていて、カメラのほうを見ている。そこにカメラを構えた父親がいたのだろう。母は、わたしといっしょのとき必ず笑顔を見せてくれたが、その写真では珍しく、覚めた視線だった印象がある。木製の、父親の手づくりの二段ベッドで、わたしはまだ梯を上がることができなくて、いつも母とともに下段に寝た。父親が、梯を上がっていくのを見た記憶がない。梯でベッドから床に降りる父親を見た記憶もない。そのころは気にもしなかった。だが、あなたの父親はほとんど家に帰ってこなかった、母はそういうことも言った。

母の声が聞こえてこない。記憶がよみがえっているだけだ。わたしは今も、これまでさ迷っていた「あの世界」にいるのだろうか。現実に戻ってはいない。しかし、過剰な想像が現実を覆っているという感覚が希薄だ。イメージは静止画で、不鮮明で、粒子が粗いが、歪んだりしていないし、花やエスカレーターやライトと交錯もしていない。父親と母とわたしのスリーショットの写真が浮かび上がる。全体がまるで遅い夕暮れのように暗い。古くなって変色してしまったような色合いだ。確かに、父親がいっしょに写っている写真は珍しい。父は常に撮影者だった。あのころの二眼レフのカメラにセルフタイマーが付いていたかどうか、わからない。だがセルフタイマーがあっても、おそらく父親は使わなかっただろう。セルフタイマーをセットしたあと、急いで二人の間に入ってくる父親は想像できない。母は、珍しく父がいっしょの写真を見て、どうして、生まれてはじめて、寂しさを感じたのだろうか。父親の葬儀で手を握っているときの、あなたがすぐそばにいると思えたということの、正反対で、まったく逆の感覚だったというのはどういうことだろうか。寂しさとは、単に、傍にいてほしい人が傍にいない、そういうことではないような気がした。誰も自分を理解してくれない、自分は一人で、孤立している、そういったことだけでもない。

父親は、顔が、当時の映画俳優の誰かに似ていると言われていたらしくて、よく自慢していた。声が大きく、態度が明るく、よく喋り、みんなを和ませ、冗談を言って笑わせ、周囲に人気があったようだ。周囲とは、家族以外という意味だ。本人は、亭主関白とか、家族のボスとか、おれが大将とか、よくそんなことを言っていたが、気に入らないことがあったり、自分の思うとおりに事が運ばなかったり、意見を否定されたりすると、瞬時に逆上した。手を出すようなことはなかったが、大声で怒鳴りまくり、家族を萎縮させた。たとえば愛用の万年筆が机の上に見つからないとか、テレビのアナウンサーの言うことを批判しているときにわたしが聞いていなかったとか、話している途中で母が席を立って台所に行くとか、そんな他愛もないことで、怒鳴り声に変わった。それはいつも突然はじまるので、母もわたしも、ひどく気をつかい、びくびくしていた。父親は、怒鳴り声で家族を威圧することが、強さだと勘違いしていた。この人は、実は弱いからすぐに怒鳴るのだと、いつのころか、わたしは気づいた。思い通りにならないからと泣き出す幼児と同じだと思った。ただ、逆上している父親に対し、反抗的な言動を示すと、事態が長引くし、母が悲しそうな表情になるので、黙って怒鳴り声を聞いた。

スリーショットの写真を見て、生まれてはじめて寂しさを感じたという母の言葉を理解する、ヒントとなるようなことが、後年、わたしが小説家として自立し、五〇代の後半になったころ、起こった。その三ヶ月ほど前、母は、旧朝鮮時代からもっとも仲がよかったという弟を亡くした。与四郎という名だった。病名は大腸ガンだった。わたしは電話で慰めたが、力のない声で「あなたも気をつけなさい」と繰り返すだけだった。さらにその二ヶ月後、様子を知るために電話したとき、父親が出て、お母さんが弱っている、お前、話を聞いてやってくれ、そう言って、次のように続けた。

「与四郎君が亡くなって、お母さんは参っていたから、おれは、お母さんに、これまでよく怒鳴りつけたりして、悪かった、これからは決して怒鳴ったりしないし、優しくなるからな、そう言ったんだ」

そのあと母と話した。声が細く、小さかった。泣いているのかと思った。ものすごく不安で、どうしたらいいのかわからなくて、旧知の医院を訪れ、不安神経症だと診断されて、薬を処方された、そういうことを言った。医院は、父親のかかりつけで、内科だった。精神科や心療内科ではなかった。処方されたという薬剤を聞いたら、よく知られているかなり強い精神安定剤だった。メンタルと薬剤に詳しくない内科医は、安定剤を慎重に選ばない傾向があると聞いたことがある。

「刃物が怖い」

母がそう言って、わたしはびっくりした。ある時期、わたしも刃物が恐怖の対象になっていて、そのことをモチーフにした小説を書いた。正確には、刃物が怖いのではなく、自分は刃物で人を刺すかも知れない、きっと刺すだろう、と想像してしまうという恐怖だった。また父親に電話を替わると、お母さんの頼みで包丁やはさみや果物ナイフまで全部隠した、と言い、何とかしてくれと頼まれた。母に、こちらに来るように、信頼する先生に診てもらうから、そう言った。

わたしが信頼する心療内科医のクリニックに、母を連れて行った。この世界を、幻覚や幻想や夢ではなく、過剰な想像が現実を覆っているということだと指摘した若い心療内科医だ。母がカウンセリングを受けている間、わたしは、別室で待った。

「お母さまは、週に一回くらい、来ることができますか」

カウンセリング後、心療内科医にそう聞かれて、可能だと答えた。

「週一回、できれば二ヶ月ほどカウンセリングをする、ずっとこちらにいるわけにもいかないでしょうから、いったん九州に戻り、そのあとまた、こちらに来てもらい、また二ヶ月間、週一回のカウンセリングをする、それを、可能なら一年ほど続けたい、でも、心配しないでください、症状はそれほどシリアスではありません、薬は、今すぐに弱いものに代えると若干影響があるので、徐々に軽くしていきます」

母が傍にいたので詳しいことは話せなかった。あとでメールします、と心療内科医はそう言った。

帰りの車の中で、どんなことを話したのか、母に聞いた。刃物が怖いと訴えたが、刃物の話はほとんどしなかったらしい。でも、いい先生だった、優しくて、何でも話せて、不安はいずれゆっくりとなくなりますと言ってくれた、母がそう言って、かすかに微笑み、そのあと涙を流した。

どうして泣くのか、わたしは聞かなかった。しばらくして泣き止んだ母は、ありがとうね、とまたかすかに微笑んで、言った。

「刃物ではなくて、お父さんの話をたくさん聞かれた」


母の声が聞こえてくるわけではない。記憶を反芻しているだけだ。母と心療内科医を訪ねたときの情景が眼前にフルスクリーンで再現されているわけでもない。今、泡のように浮かんでいるのは、やはり若いころの母の写真で、暗く、悲しそうな目をしている。しかし、脳裏に浮かぶイメージとは、そもそもどんなものなのだろうか。脳の中で、記憶が宿っているポイントを探り、像を結ぶわけだから、その大きさも鮮明さも連続性も限定的だ。今、わたしは目を閉じてはいない。人は、現実を見ていても、記憶が宿るポイントから像を構成することはできる。あの歪んだエスカレーターや廊下のライト、ドアの向こうに見えた花弁など、あれは何だったのだろう。思い浮かべようとするがイメージがない。あの歪んで交錯した視界は単なる記憶の再生ではなかったのだ。視界が欲しいと思う。悲しそうな目をした母の写真は、ポツンと泡のように浮かんでいるのだが、その周囲には何もない。暗闇かどうかもわからない。

「刃物ではなくて、お父さんの話をたくさん聞かれた」

母は心療内科受診後、そう言った。

「刃物ではなくて、お父さんの話をたくさん聞かれた」

どういうわけか、母の言葉が繰り返される。

「刃物ではなくて、お父さんの話をたくさん聞かれた」

母はだいじょうぶでしょうか、というメールを心療内科医に出し、その返信を読んで愕然となった。

「お母さまは、刃物が怖いわけでもないですし、弟さんが亡くなったことも、まったく関係ありません。これからは怒鳴ったりしないし、優しくなるからと、お父さまがそう言った、今回の不安の源は、そのお父さまの言葉です」

6

心療内科医のメールは、いつも簡潔で、おもに結論だけが書かれ、説明が少ない。「だいじょうぶです」「不安は出ると思いますが対応できます」「乗り切れます」そんな感じだ。医師として多忙ということもあるし、細かい説明より短い結論のほうが真意が伝わるという確信がある。だが、母の刃物恐怖に対する見解に、わたしは強い違和感を持った。もっとも仲がよかった弟の死が原因だと思いこんでいたし、父親が関係しているとは思えなかった。父親が関係しているという指摘は、不快だった。そして、なぜ不快だったのかわからなかった。

何度もメールをした。その都度、短い返信が来た。

「母の不安は、もっとも仲がよかった弟の死によるものだと思うのですが、違うのでしょうか」

「違います」

「でも、親しい人の死によって、強い抑うつ感にとらわれる人は多いですよね」

「多いです。でもお母さまは違います」

「ぼくは、父親が、母の不安の源泉だとは思えません」

「そうですか」

「どうして『これからは優しくなるから』というのが不安の原因になるのかわかりません。『優しくなるから』と言われて、母はうれしかったのではないでしょうか」

「そういう気持ちも確かにあったかもしれません」

「だったら、なぜ不安の原因になったのか、まったくわかりません」

「関係性が変わるとお母さまが予感したからです」

「それで、どうして不安が生まれるのでしょうか」

「それまでと同じ対応ができないからです」

「刃物恐怖は、どうして起こったのでしょうか」

「お母さまには刃物への前提的な恐怖があります」

「それは、ひょっとして父に向けたものですか」

「お父さまを刺すかも知れないという意味でしたら、違います」

「誰を刺すということなのでしょうか」

「自分が誰かを刺すかも知れないというより、誰かが誰かを刺すというイメージが作る恐怖です」

「でも、母は、自分が誰かを刺すかも知れないと怖くなって、そのことを父に伝え、父に包丁やはさみなどを全部どこか目につかないところに隠してくれと頼んだらしいです」

「お母さまは、本当は、自分が誰かを刃物で刺したりすることはないと、自分でわかっています」

「わかっているのに、どうして不安や恐怖が起こるのでしょうか」

「想像です」

「どんな想像ですか」

「誰かが誰かを刺すというイメージが形作られています。そのせいです」

「母が父を刺すという可能性はないんですよね」

「ありません」

「今の母の不安は、かなり強いです」

「はい。強い不安が出ています」

「関係性が変わると予感すると不安状態になる、それまでと同じ対応ができないというだけで、あれほど強い不安が出るのが、理解できません」

「お父さまが、お母さまに何と言ったか、ぼくは、お母さまに聞きました。お母さまは正確に覚えていました」

「怒鳴ったりして悪かった、もう怒鳴ったりしない、優しくなるからな、父はそう言いました」

「お父さまは、これから態度を改める、変わると言ったわけです」

「でも、いい方向に変わるということですよね」

「いい、悪い、ではないのです」

「どういうことでしょうか」

「別人になると、宣言したのです」

母の声は聞こえてこない。わたしは心療内科医とやりとりしたメールの記憶を反芻している。

「別人になると、宣言した」という言葉が、何度も繰り返しよみがえる。別人のようになってしまったと感じてしまう、そういうことではないと心療内科医は付け加えた。わかりやすい例として、心療内科医の友人の話を紹介した。友人は優秀な医薬エンジニアで、非常に価値の高い化合物をいくつも開発したが、高圧的な性格で知られていたそうだ。四〇代半ば、ひどい頭痛を訴え、脳に腫瘍が見つかり、手術で命は取り留めた。しばらくして、心療内科医は、友人の妻から相談を受けた。手術後、友人の性格が変わってしまったらしい。信じられないくらい穏やかになって、まるで別人になってしまった、どう対応すればいいのだろうという相談だった。やがて慣れるから心配ないと答え、その通りになった。脳の手術を受けて性格が変わったという事実を、意識として受け止めることで、関係性の変化に対応できた。

「お父さまの場合は、違います」

性格を変えたのではなく、変えると宣言した。「自分は今から別人になる」という宣言は、意識では、受け止めることができない。関係性がどう変わるのか、わからない。すでに変わったのか、変わりつつあるのかもわからない。この人は努力しているのだろうか、気のせいかも知れないが笑顔が増えたような気がする、あれが優しさだろうか。母は、わからない。やがてあの笑顔は本当の笑顔だろうかという疑いが、意識ではなく、深層に生まれ、それが不安に形を変えて、まるで泡のように浮かび上がってくる。不安はあっと言う間に大きく、鋭くなり、耐えられなくなり、たった数日で、母は、父への不安を刃物への恐怖にすり替えた。

母の横顔が視界を覆っている。静止画で、見覚えのある写真だが、さっき見えていたのは、暗く、顔がどちらを向いているのかわからないものだった。今見えているのは全体が白く濁り、しかも目だけがクローズアップされている。視界が静止画に覆われていると、最初そう感じたが、これは視界とは言えないのではないか。わたしは白々とした映像を、実際に見ているのか、それとも記憶を探り、イメージを結んでいるのか。もうわからなくなってきた。猫がいるわたしの書斎、廊下の突き当たりにあるホテルの部屋、シェパードと散歩をする広い公園、そういった場所が、今ふいに目の前に開けたらどうなるのだろうと想像するが、書斎や、ホテルの部屋や広い公園は、今のわたしにとって単なる言葉で、思い浮かべることができない。過剰な想像が現実を覆っているという「あの世界」に今もいるのかどうか、はっきりしない。

わたしは生きているのだろうか、という疑問が浮かび、心臓の鼓動を確かめようとする。かすかな脈動は伝わってくる。だが、手を動かせない。心臓に触れることができない。目の前にかざして自分の両手を見たいが、できない。白く濁った母の横顔しか認識できない。ふいに、母が言ったことを思いだした。

「ツツジの前で撮った三人いっしょの写真を見て、生まれてはじめて寂しさを感じた」

心療内科医から聞いたこともよみがえった。

スリーショットで、父親は笑顔だった。母は、その笑顔を見て、この人は本当に笑いたくて笑っているのだろうかという信号を深層で感じ、それが寂しさという言葉に変換されたのではないか。信号が深層で言葉に変換される、そう口に出して呟こうとしたができない。口、唇、舌を感じることができない。手も動かせないし、顔を下に向けて足先を見ることもできない。立っているのかさえ定かではない。身体が消えてしまったかのようだ。

口を動かそうとしていて、違和感を覚えた。食事しているとき歯が何か硬い異物に当たったような、そんな感じだった。そして、その異物は冷たかった。氷だと思った。氷、氷、氷、反復する。母が、氷を運んでいたことを思い出した。イタリア製のきれいなグラスに氷を入れ、どこかに持っていく。父のところに持っていくのだ。

父親の死因は、持病となっていた心不全だった。病室で、眠っている時間が日一日と長くなり、やがて呼吸が停止した。文字通り、永遠の眠りにつくというような、静かな死だった。医師の判断と、母の希望もあり、さらなる延命措置は行われなかった。息絶える前、父は、ほんの一瞬だけ意識が戻り、わたしを枕元に呼び寄せ、何か言おうとした。しかし、声が出るわけもなく、聞き取れなかった。

最後の入院では、機能不全となった心臓のせいで肺に水が溜まり呼吸困難になっていた。赤煉瓦の塀がある総合病院のICUでは、二週間の気管挿管が必要だった。そのあとも、厳しく水分を制限され、一日に一つだけ氷を舐めることを医師が許可した。父親は、氷をなめるとき、本当にうれしそうだったと、母から聞いた。父親が亡くなって、母はわたしの家に同居するようになった。和室を母のために用意し、コンパクトな仏壇をセットした。母は、毎日起床すると、冷蔵庫から氷を取り出し、グラスに入れ、仏壇に供えた。口腔内の冷たい違和感は、あの氷なのかも知れないと思った瞬間、身体のどこかが砕け散ったような感覚に包まれ、自分が何かに気づいたことがわかった。ひどくいやな気づきの感覚で、しかも、それは層をなしていて、単一ではなかった。

わたし自身のことも思い出した。父が呼吸停止で死んだとき、ショックではあったが、逆でなくてよかった、母が残ってくれてよかったと思い、自己嫌悪にとらわれた。それほど大げさに感じることではないのかもしれない。そういった思いは、程度の差はあっても誰にでもあるのかもしれない。だがわたしは、母といっしょに犬の散歩に行くことを想像し、楽しみに思えてしまった。しかし、それくらいのこともたぶん異常ではないのだと思う。だが、層をなした気づきには、さらに決定的なことがいくつもあった。父が亡くなり、同居するようになって、しばらくすると母は、忘れられない言葉を残して、郷里に帰っていった。

7

「ここがわたしの家だ、わたしの家はここだと、そう思えるようになったとき、わたしはわたしではなくなる」

母が言ったことの意味がわからなかった。そして、わかったときには、すでに母は去っていこうとしていた。

わたしは独り暮らしだ。貧乏学生のころ、五歳年上の、かなり収入のある家具デザイナーと三年ほど付き合っていたが、彼女は、わたしが作家としてデビューして、しばらくすると、去っていった。わたしは引き留めもせず、話し合いのようなものもなかった。

「あなたはこれからいろいろな女と出会うよ」
それが彼女の最後の言葉だった。食事をおごってもらったり、安アパートに電話を引いてもらったり、カラーテレビを買ってもらったり、生活を援助してもらった。感謝していたし、きれいな人だったので、自分は結婚するつもりなんだろうなと思っていたのだが、別れた。人生における最大の失敗だったとあとになって気づいた。彼女の最後の言葉通り、いろいろな女と出会い、付き合ったが、女たちは、若くして成功した作家としてのわたしと出会い、付き合ったのだ。米軍基地の街で育ち、上京してからも何となく懐かしくて米軍基地の街に住み、デタラメな生活を続け、さまざまな問題を起こし、幻覚剤を大量に服用して警察に留置され、基地の街に住めなくなって、逃げるように東京西郊の街に移り、風呂もなく、トイレ共同の安アパートに住み、ほとんど大学にも行かず、単に小説らしきものを書いていた二十歳そこそこの自分と、出会い、付き合うことができた女は、あの家具デザイナー以外、どこを探してもいないということに気づかなかった。

彼女が去っていってから、女との付き合いは常に短いもので、誰かといっしょに住みたいとも思わなかったし、結婚など頭をよぎったこともなかった。いつも複数の女がいたが、家に呼ぶことはなく、必ずホテルで会うようにした。生活をともにすることなど考えられなかった。自宅は、書斎と寝室、書庫、それに浴室とトイレとダイニング、小さなキッチンがあり、リビングルームはない。客が来ることなどないからだ。庭はテラスのような形で、シェパードのために、それなりのスペースを用意してある。母の部屋は、書庫を仕切って畳を敷き、簡単な和室を作り、衣類用の棚、それにコンパクトな仏壇をセットした。

家具デザイナーとは、二度と会わなかったし、連絡もしなかった。寂しいという思いはなかったが、五〇代後半、精神的に不安定になって、若い心療内科医を紹介されて、最初のカウンセリングで、あなたはその家具デザイナーの女性を失ったことをずっと引きずっていますと指摘された。そして、わたし自身の思いと同じことも言われた。

「その年上の女性と別れたことが、人生最大の失敗だと認めるべきですね」

そのことを認めたら精神的な不安定さは薄らぐのだろうかと質問したら、すぐには理解しがたい返事が返ってきた。

「あなたは、自分が、精神的な不安定さを受け入れることができるというだけではなく、精神的に不安定な自分だけが本当の自分だということも、わかっているはずです」

黄金色に輝く銀杏の落ち葉、シェパードの画像が浮かんできた。静止画で、ピントがぼけてもいないし、歪んだりもしていない。色合いも鮮やかで、白っぽくかすんでもいない。この世界に迷い込んで、こんなに鮮明な静止画をイメージしたのは初めてかもしれない。だが、母の声は聞こえてこない。

わたしにとってシェパードとの散歩は、数少ない心安まる時間の象徴だ。紅葉した銀杏、季節は晩秋だろう。父親が亡くなったとき、母といっしょに犬の散歩に行って黄金色の落ち葉の上を歩くことができると思った記憶がある。今後は母と毎日散歩に行くことができるという喜びが生まれるのがわかった。父親の死で驚きと狼狽と衝撃はあったが、悲しみがあったかどうか、わからない。

母が、刃物恐怖になり、わたしが紹介した若い心療内科医のクリニックに通っていたときも、毎日いっしょに犬の散歩に行った。この世界に迷い込んで、母といっしょにシェパードとの散歩には行ったことがない、それに、父親が亡くなって同居はせず、すぐに施設に入った、そう思いこんでいた。散歩や同居を認めたくなかったわけではなく、そのあとに起こったことをイメージしたくなかったのだと思う。自宅の近くに、広々とした公園があった。外周に、舗装された狭い遊歩道があり、雑木林が残してあり、隅に小さな遊具があるだけで、草原はサッカーができるくらい広かった。雑木林にはボードウォークが造ってあり、夏の陽差しを避けて、木陰を母といっしょに歩くのは心地よかった。そして、いろいろな話をした。母は、旧朝鮮時代の話、引き揚げてきてからのことなど、犬といっしょに歩きながら、ぽつりぽつりと話してくれたのだった。しかし、父親のことは話題にならなかった。

母は佐世保の実家から、衣類や化粧品など身の回りのもの、それに昔の写真アルバムを持ってきた。写真は劣化しつつあったので、一枚ずつアルバムから剝がし、スキャンして保存した。木野峠のアトリエの、井戸の前で、わたしと母が見つめ合っている写真があった。わたしはその写真が好きだった。シェパードの静止画に代えて、その井戸端の写真を浮かび上がらせようとする。現実として静止画が目の前にあるわけではなく、自ら選択してイメージできるわけでもない。視界を覆う映像は、つねにふいに浮かんできた。この世界では自分でイメージを選べないと改めて思ったとき、何かが現れるような、奇妙で、恐ろしく、また懐かしい、気配のようなものを感じた。口の中の冷たい異物感がまだ残っている。同居した母が、毎朝、父親の仏壇に持っていった氷と関係があるのだろうと思うと、いやな感覚が強まっているのを感じ、恐怖と郷愁が混じり合ったような気配が、肥大化するのがわかった。この世界で、恐怖や不安、それに既視感は繰り返し味わったが、それらとは違う。何かが露わになってしまうという不穏な気配、自分が何かに気づいてしまうという切迫した感覚で、しかもそれらは対象が単一ではなく、層をなしていて、点でも線でも面でもなく立体的だった。

不穏な気配に気を取られている間、ふと気づくとシェパードと銀杏の画像が消えていき、木野峠の井戸端の静止画がゆっくりと現れてきた。だが何かが違う。全体が暗いトーンのモノクロ写真で、幼いわたしと母の間に石造りの井筒の一部が見える。わたしたちはお互いを見つめている。母の横顔は、輪郭やディテールがはっきりしているが、わたしは、何かの陰になっているわけではないのに、顔が判然としない。まるで消えかかっているようだ。不穏な気配に関係があるのだろうか。そしてどうしてわたしはこの井戸端の写真をイメージしたいと思ったのだろうか。同居していた母が去っていったことも影響しているのだろうか。

同居していた母の異変は、些細なことからはじまった。食事だ。わたしも母も起床時間が遅く、母はジュースを、わたしはエスプレッソを飲んだあと、シェパードと散歩に行き、昼食をとった。レトルトのカレーとか、素麵、そばとか簡単なものが多かった。夕食は、わたしが作ることもあれば、賄いのサービスを頼むこともあったし、寿司など出前を取ることもあった。母もたまに、わたしが幼いころ食べていた魚の煮付けや卵焼きを作ってくれたが、半年ほど経つと、いっさい料理をしなくなった。すでにかなりの高齢で、調理するのは疲れるし、キッチンに慣れていなくて使いづらいと、そんなことを言った。紅葉して散った銀杏が黄金色の絨毯のようになり、やがて冷たい北風が吹きはじめ、年が明け、梅や桜の季節が過ぎ、父親の一周忌が巡ってきたころ、母が、変わった。

ある夜、賄いサービスの女性が、夕食にウナギの蒲焼《かばや》きを出した。

「最近、お母さん、あまり元気がないようなので、栄養をつけてもらおうと思いました」

夕食時に、ときには昼食の際にも、わたしたちは軽くビールを飲んでいたが、年が明け、桜が満開になったころから、母は、まったく飲まなくなった。口数も減った。そして、ウナギの蒲焼きを目の前にして、奇妙な箸使いをはじめた。ウナギの皮の部分の焦げたところを、小さな汚れをピンセットでつまんで捨てるような感じで、箸先で剝ぎ取り、テーブルに敷いたティッシュペーパーに、こすりつけるようにして捨てはじめた。ティッシュペーパーに黒いドットが付着し、しだいに増えていく。ウナギは食べないの？　と聞くと、食べてるよ、と答えたが、ウナギそのものには手をつけず、焦げている部分を箸先でつまんで捨てるだけだった。賄いサービスの女性が何か言おうとしたが、わたしは母の異変を感じて不安になり、だいじょうぶと制して、今夜はもういいですと帰ってもらった。箸先で焦げた部分をこすりつけるので、ティッシュペーパーは皺が寄り、やがてあちこちが裂けて、黒いドットが増え続けた。どうしたの？　と聞くと、食べてはいけないところは捨てないと、と母は言った。ウナギそのものはまるまる残っていた。それがはじまりだった。

そのあと、母は犬との散歩を止めた。そして、グラスに氷を入れ、仏壇のある和室に、何度も運んだ。氷が少しでも溶け出すと、グラスを持ってキッチンに戻り、氷を捨て、新しい氷を入れて、また仏壇に行く。昼食に出したハムサンドを、そのままテラスに持っていって、シェパードの目の前で、食べなさいと捨てた。認知症を疑い、若い心療内科医に相談したが、違うと言われた。起床後には必ず新聞を読み、一人で近くのコンビニに行って菓子パンや弁当を買ってきて食べていたし、会話がなくなったわけではなかった。わたしが以前書いた作品を読み、あなたの小説は面白いねと言ったりした。だが、会話になっていないこともあった。お母さん、食事は、いっしょに食べよう、わたし一人で犬の散歩に行ったあとで、パスタを作り、そう言ったが、母は全然関係ないことを話しだした。

「あなたは、理想の息子だった。生まれてから、こうやって今に至るまで。頼りになるけど、どこか弱そうで放っておけない。長年、教師をやってきて、大勢の男子を見てきたからわかる。あなたみたいな子どもはいなかった。よく気がつくし、わたしが受け持った生徒で、あなたほど人の気持ちがわかる子はいなかった。ありがとう。ここがいつの間にか、わたしの家になった。居心地がよかった。小さいころから、あなたといっしょにいるのは楽しかったし、話をするのも好きだった。ここは、あなたの家で、また、わたしの家です。でも、わたしは、今、わたしのことをわたしだけで決めることができない。生まれてからずっと、朝鮮でも、佐世保でも、わたしは自分で決めてきた。自分で決められないわたしは、どうも、わたしではない、わたしとは違う」

そして、銀杏が紅葉をはじめたころ、母は自分で父の位牌と写真と衣類を段ボールに詰め、佐世保に戻って施設に入る、本当にありがとうと言い残し、去っていった。わたしは引き留めることができなかったし、話し合いもなかった。母の奇妙な言動で疲れていたのかも知れないが、こういうことが訪れるのがわかっていたような気がして、言葉が浮かんでこなかったのだ。タクシーに乗り込み、家を離れていくのを見送りながら、家具デザイナーのときと同じだなと思った。

そんなことを思い出していると、井戸端の、わたしと母の写真が、瞬くようなイメージとなり、何かが明らかになってしまうような、不穏な気配が強くなった。写真は、母の横顔だけが残り、わたしの顔は黒く塗りつぶされて消えてしまっていた。母の声が聞こえた。

「あなたは混乱し、覚醒している時間をひどく怖がるようになった。だが眠り続けるのも怖がった。死が怖いという意味ではなく、睡眠と覚醒の境界が曖昧なときだけ、かすかな安堵を得られるようになっていった」

8

「メンタルがやられてしまっている気がするんです」

母が去っていって、抑うつ感に耐えられなくなり、若い心療内科医に相談した。そんなことはありませんと言われた。

「ただ、最近、前より抑うつがきつく、眠剤の服用量が異様なんです」

「病気ではありません。他の人への配慮もできています。いなくなったお母さまのことが気がかりで、常にそのことを考えていますが、あえて自覚しないようにしているだけで、逃げようとはしていません。逃げる人は、忘れようとしますし、そんな問題は存在しないのだと自らを偽ります」

「ときどき、幻覚の中にいるような気がします。現実感がなく、想像と記憶の中にいるような感じなんです」

「何度も言うように、過剰な想像力が現実を覆う、ということだと思います。自分では気づいてないかもしれませんが、脳は常にフル回転しているんです。脳が休むのは、睡眠中だけですが、睡眠中にも脳が過活動しているときがあるのだと思います」

「そう言えば、よく夢を見るようになりました」

「最近は見ていなかったのですか。以前、夢をノートに書いていると聞きましたが」

「それは、これほど眠剤を必要としないころです。眠剤が増えていくにつれて夢はしだいに見なくなって、いつのころからか、まったく夢は見なくなりました」

「そうなんですか」

「でも、何週間か前から、何週間前なのかわかりませんが、何週間か前からです、夢を見るようになって、しかも眠剤を飲んで、眠りに落ちて、眠剤の血中濃度が最高になるころに夢を見るようになって、フラフラしながら何とか目覚めようとするんです。ホテルでも自宅でも同じです」

「どうして目覚めなければいけないんですか」

「最初のころは、これは悪夢だと、怖くなって目覚めていたんですが、そのうち悪夢ではないと気づきました。ごく普通の夢です。犬と散歩に行って、リードが外れてしまい、犬がどこかへ行ってしまって、名前を何度も呼んでいるとか、そんな感じです。普通なんです。その普通の夢がひどく怖いんです。今は、ありとあらゆるものが抑うつとか不安の対象になっているので、ごく普通の夢に出てくる普通のもの、普通のことなど、すべてがいやで、それで何とかして目覚めようとします」

「目覚めて、何をしますか」

「自分が目覚めていることを確かめます」

「確かめることができますか」

「はじめのうちはできました」


「あなたは混乱し、覚醒している時間をひどく怖がるようになった」

母の声が繰り返される。わたしは、何か抽象的な画像を見ている。臓器のように見えるが、花や葉がどこかに混じっているようでもある。

「だが眠り続けるのも怖がった。死が怖いという意味ではなく、睡眠と覚醒の境界が曖昧なときだけ、かすかな安堵を得られるようになっていった」

母はなぜ知っているのか。母が去っていってからのことだ。知っているわけがない。「睡眠と覚醒の境界」などと、母は言わない。わたしの記憶が母の声で再生されているのだ。記憶。ぞっとする言葉だ。経験や学習で記憶が定着する機能は人類のサバイバルと進化に役立ったらしい。その通りだと思う。だが、記憶として強く刻まれ、決して消えることがないのは、残像となった、失われたものの記憶だ。正確には「失われたもの」ではない。残像が存在しているので、それは常に「失われている」という現在形になる。今も、今後も、失われたままなのだ。ベッドに入り、目を閉じると、必ず記憶がよみがえる。消すことはできないし、記憶がイメージとなり、言葉がよみがえる。止めることができない。意識とかロジックは衣装のようなものだ。少し針を刺したくらいでは痛みはないし、寒さにも耐えることができる。だが、よみがえる記憶には抵抗できない。呼吸や発汗や血流を止めることができないのと同じだ。

「素人だけどね」

家具デザイナーは、その日、水色のレインコートを着ていた。季節は、桜が散ったころで、小雨が降っていて肌寒かった。銀座のデパートで、北欧の家具の展示会があるからと、二人で出かけた。昼に洋食屋でハヤシライスを食べ、そのあと、ふと立ち寄った楽器屋で、家具デザイナーはピアノに触れ、スタンダード・ジャズの有名なフレーズを弾いた。ピアノが弾けるのか、とわたしが言うと、「素人だけどね」と微笑んだ。とても短いエピソードだ。だが水色のレインコートと、その言葉、微笑みは、ベッドに入り目を閉じたあと、必ず再現された。耳の奥で聞こえ、目の前にいるかのように繰り返し現れた。ループ状に反復され、逃れようがなく、多少の酒や眠剤は役に立たなかった。母がいなくなったあと、その傾向がより強くなった。そういった記憶の反復を中断するには眠るしかなく、酒量も、眠剤の量も増えていった。しかし、酔いが残っているうちに眠剤を併せて飲むと頭に生ゴミが詰まっているような不快な気分で目覚めることが多く、酒は控えるようにしたが、逆比例して、眠剤の量、服用回数が増えていった。中途覚醒時は、やっかいだった。いったん逃亡に成功したすぐあと、再び捕らえられて以前と同じ狭い監禁室に戻される、そんな感じだった。

眠剤の量がしだいに増えていくのが不安で、薬を枕元から遠ざけ、書斎のテーブルの引き出しに仕舞うようにした。ホテルでも、ベッドサイドテーブルから、リビングにあるデスクに置くようにした。わずかに酔いが残った状態で、薬剤の血中濃度が二時間後に最大になるような短期型の眠剤を飲むのだが、皮肉なことに、なぜか常に二時間後に目覚めた。特別な理由はありません、と若い心療内科医は言った。

「病としての不眠症ではなく、本来は眠剤を必要としていないので、血中濃度に関係なく、意識が眠りを突き破るようにして、覚醒が起こるというだけです。単に記憶と想像が意識に上るのを鎮めるために眠剤を使っているだけなので、眠るための効果は発揮されにくいのです」

若い心療内科医が言ったこと、メールに書いてきてくれたことはすべて覚えている。心療内科医だけではなく、どうしてこんなことまで覚えているのだろうかと自分自身であきれるような、通りすがりの見知らぬ人がその同行者に言ったことや、そのとき見せた仕草や表情も記憶となって残る。そういった記憶は作家にとって武器だと思っていた。種類や重要度を問わず入ってくるデータをハードディスクにコピーするように、記憶、イメージ、誰かの声、仕草や表情などを、無自覚に、しかもアトランダムに、どこかにしまい込み、用途に応じて作品の一部として使う。どんなシチュエーションで、どんなイメージが必要になるかはわからないので可能な限り記憶を溜め込んでおく。そうしたほうがいいという意識的な判断ではなく、自動的に記憶は貯蔵される。作家になる前の自分もそうだった。おそらく子どものころからだ。無自覚にやっていた。いったい何のためにそんなことが必要だったのだろうと考えていると、母の声が聞こえてきた。

「ツミギイ」

臓器のように見える画像が変化している。全体が濁って暗くなり、まるでガン細胞に似た突起や、膿瘍、肉腫のようなものもある。母の声はその内部から発せられているようで、くぐもっていて聞き取りづらかった。

ツミギイ、何のことかわからない。やがて、ツミギ、と音節が短くなり、何度か繰り返されるうちに「ツミキ」になった。積み木だろうか。幼いころ、わたしが縁側で積み重ねて何かを形作ろうとしていたという積み木のことだろうか。母の声はどうして聞き取りづらくなったのか。ガン細胞や膿瘍に見える画像と何か関係があるのだろうか。幼いわたしにとって、積み木は、言葉と同じものだった。まだ意味が付着する前の言葉。抽象的で、未分化の細胞のようなもの。わたしはまず、たとえば駅や発電所や列車をイメージし、積み木を組み合わせ重ねることで具体化しようとした。誰も駅だとわからないが、幼いわたしにとっては紛れもなく駅だった。母に、これは駅だと伝え、そうだね、駅だね、という返答を得ることでカタルシスがあった。記憶を正確によみがえらせるために、長い間、イメージを反芻する。それで、積み木に形が生まれる。小説も、同じだった。アトランダムに保管されている記憶を検索し、長い時間をかけて必要なイメージを形作り、言葉を拾い上げ、組みあわせていく。

作品を書いているとき以外、記憶は、不安や恐怖や感傷や絶望と同義語だ。失われているものだけを浮かび上がらせる。

「素人だけどね」

ベッドで横になると、自動的に検索され、リアルな音声と姿形を伴って表出する。眠る以外に逃れる方法はない。母が去っていって二週間が経ったころ、眠剤を飲むためにデスクに行き、引き出しを開けたとき、紙切れに鉛筆で書かれたメモのような手紙を見つけた。しばらくしてから読んで欲しいと、母は引き出しに入れたのだろう。文面が裏返っていて、気づかなかった。

「本当にありがとう」

「心から感謝しています」

「では行ってきます」

三行目を見て、紙切れを持つ手が震えた。家を出るのだから、「では行ってきます」はそれほど不自然な表現ではない。だが、わたしは、「さようなら」などではなく「行ってきます」と記したのは、わたしの家を自分の家だと思っていたということだと、そういう風に解釈した。「行ってくる」のなら、機会があれば、あるいはその気になったら、そして時間が経てば戻ってくるのかもしれない、そういった意味合いを感じとってしまったのだ。


中途覚醒時、眠剤を取り出すために引き出しを開けるたびに、手紙の文面が目に入った。手紙を捨てることなどできなかったし、どこかに隠したくもなかった。どうしたらいいのかわからないと心療内科医に相談した。

「母が手紙を書いていって、手書きの母の文字がいつも目に入り、母の手紙なので捨てることなどできないので、混乱して動悸がしてきます。本当に、このまま、メンタルがダメになりそうです」

「ダメになることはありませんが、でも、ダブルになってしまいましたね。若いころ、離れていった家具デザイナーの女性と、お母さまが重なってしまいました。あなたは、お母さまが去っていってから、そのことを自覚していて、意識もしていました。なので、耐えられます」

「眠剤の量がひどく増えています」

「それはだいじょうぶです。いつか減っていくときがきます。目覚めているときと、眠っているときの、区別がつきますか」

「今は、まだ区別ができます」


だが、しばらくすると、目覚めたときベッドにいることに違和感を覚えるようになった。ベッドに入る前に眠剤を飲んだことは意識にある。しかしデスクからベッドに移動して横になったことが曖昧になっていて、怖くなった。途中トイレに行ったような気もするがはっきりしない。短期の記憶が飛んでいるのではないか、そう思った。それで、自宅でも、ホテルでも、メモをとるようにした。目覚めて、たとえば冷蔵庫からミネラルウォーターを出して飲んだときには、そのあたりにあった紙に、「水を飲む、午前五時ごろ」と記し、デスクの上に置く。メモは、忘備録のようなものになり、際限なく増えていった。

「午前十一時ごろ、一度起床」

「眠剤4錠服用」

「次回の目覚めには眠剤を飲まないこと」

「眠剤2錠服用」

「飲むかどうか迷うより飲んだほうがよい」

「制限しなければというストレスのほうが悪い」

「だが昼を過ぎたら飲まないこと」

「眠剤3錠服用、副作用を覚悟すること」

「起床したら多少のふらつきがあるがそれは普通のことだと考える」

「ふらつきがあっても犬の散歩に行くこと」

「歩くことができれば散歩に行くこと」

「散歩は重要」

「夢を怖がる必要はなく動悸はいずれ治まる」

「食べること。できればヨーグルトなどがよい」

「起床したら洗面所に」

「ヒゲを剃ること」

「身だしなみを気にすること」

「洗濯すること」

「洗濯済みの衣服を着ること」

「重要!!犬の散歩で顔見知りの人と会ったら必ず挨拶を」

「挨拶だけでよい」

「話す必要はないし笑顔もいらない」

「十四時前には起床」

「眠剤の副作用を怖れる必要はないが次は3錠以内に」

「十五時前には起床する」

「眠剤は2錠に限定」

「外が明るいうちに起床」

「起床後、誰かに電話」

「メールでもよいができれば電話」

「前に電話して気分が落ち着いた」
「以前よく電話していた人と話すこと」
「できれば誰かに会うこと」
「誰かと会うことを避けない」
「会うことで衰弱度がわかる」
「会ったときのその人の表情や態度を確かめる」
「無理して会う必要はない」
「動悸を我慢して人と会う必要はない」
「ホテルで会えばよい」
「ホテルは落ち着く」
「ホテルに泊まるのを止めてはいけない」
「だが無理してホテルに行く必要はない」
「週に一回でもいいのでホテルに行くこと」
「だがホテルがストレスになったら行く必要はない」
「ホテルも自宅も同じである」
「無理して誰かと会う必要も話す必要もない」
「他の人の反応を気にしないこと」
「他の人と会わないほうがよい」
「だが自分と向き合うだけの時間は避ける」
「誰かと会うこと」

「女のほうがよい」
「疲れない女を選ぶこと」
「気軽に会える女」
「気軽に会えてセックスする必要がない女」
「セックスしようと思う必要はない」
「セックスしようとしてダメでもよい」
「女である必要はない」
「セックスはしたくなったらしてもよい」
「だがしないほうがよい」
「今の自分を理解できる女がよい」
「今のおれを理解しようとしない女がよい」
「女と会うかどうかどちらでもよい」
「会うほうがよいと思わなくてもよい」
「だが誰かと会うこと」
「女と会い公園に行くこと」
「パブリックな場所に行くこと」
「無理して行かなくてもよい」
「電車に乗るのもよい」
「駅に行ってみるだけでもよい」
「ホテルから出る必要はない」

「何かを確かめようとしてはいけない」
「だが誰かに会ってどこかに行くべき」
「ホテルの廊下を歩くだけでもよい」
「ホテルの廊下の照明を眺めるだけでもよい」
「今までと同じようにホテルと自宅の両方の時間を作ること」
「ホテルへは行ったほうがよい」
「今すぐではないがホテルに泊まったほうがよい」
「先週もホテルに泊まったことを忘れないように」
「先週ホテルに泊まった」
「ホテルに泊まるためには予約が必要」
「だが無理して予約する必要はない」
「無理をしてはいけない」
「焦ってもいけない」
「だがホテルは予約すべきである」

やがてデスクはメモだらけになり、はみ出したメモが床に散らばり、いつ書いたメモなのかもわからなくなった。安堵は、寝ているのか、目覚めているのか曖昧な、朦朧とした、わずかな時間だけになった。歪んだツツジの画像が浮かんでくる。「有田の公園を思い出すね」と言いながら、犬といっしょに散歩に行って、母とツツジを眺めた。

母の声は聞こえてこない。母は、いなくなった。

9

　さらに夢を見る回数が増えた。ベッドに横になるたびに必ず見るようになった。しかも、これは夢だと、どこかでわかっている。悪夢ではない。多いのは、日常的な光景や出来事だ。たとえば、ホテルか自宅にいる、夕方だが、まだ陽が残っているはずなのに暗い、灯りがなく、窓が開いているかどうか不明で、「なんでこんなに暗いんだ」と周囲に訴えている、周囲にいる人たちの顔や表情はよくわからない、知り合いが混じっているような気がするが確かではない。そんな夢だが、ひどく不安になり、目覚めようとする。目覚めたときに、ベッドではなく、眠剤が入った引き出しがあるデスクに座っていることもあり、本当に目覚めたのか、夢の続きなのかがわからなくなる。

　目覚めてしばらくして、どんな夢だったか完全に忘れる場合と、鮮明に覚えている場合があり、そもそも夢だったかどうかがわからないということもあった。

「川か、海、どちらかわからないが、誰かが釣りをしていて、大物を釣る」

　よく覚えているのは、そんなシチュエーションの夢だ。たいてい海か川が出てきて、ホテルや旅館などが出てきた。しかも、定宿ではなく、知らない宿泊施設が多かった。誰かが、大物を釣り上げ、魚ではなく、ワニに見える。釣り船屋か、店舗か、宿屋のような建物を通って、大きな岩の向こう側に行こうと思う。建物の主人だと思われる男に「バカじゃないか」と言われる。「あそこは危険な生きものがいて危険だ。ワニのような生きものを見ただろう。あれより巨大で、危険な生物がいるんだ」そんなことを言われる。わたしは、「おれは、お前よりずっと頭がよくて、これまでそのことを、仕事などで、証明もしてきたつもりだ、バカとは何事だ」と怒る。しかし、大きな岩の向こう側に行くのを思いとどまり、別荘のような大きな建物に入ることにする。建物に入ったわたしは、どこかのクリニックの受付だと思われる女といっしょにベッドに入るが、衣服は脱がないようにしようと思う。女の顔が変形してきて、鼻や額や目が溶けてきたので、一人で部屋を出る。

建物の中に、プライベートシアターがある。ビデオではなく、フィルムが映写されるようになっているらしくて、客席数は少ないが、良質の椅子が使われている。かつて、ドイツなどの独裁者や宣伝相がプライベートに映画を見ていたような映写室だと思い、捕らえられて死刑になるかもしれないので、入っていかないほうが賢明だと判断する。女の顔が溶けていくのが止まったかも知れないし、元の顔に戻っているかも知れないと思い、部屋に戻ろうと廊下を歩き出す。部屋を探すのに手間取る。廊下の両側に並ぶ部屋には、大きなクリップのようなドアロックのアームが、表側に突き出ている。廊下の途中に、よく外国の古い建物の外側にある非常階段のような、梯にしか見えない階段があり、降りていく。どこに向かっている階段なのか途中でわからなくなる。

複数のドアロックアームを鮮明に覚えていて、何かを象徴しているのかも知れないと思った。今、自分はひょっとしたら自宅ではなく、ホテルにいるのかも知れないと周囲を見回すが、ドアロックのアーム以外何も見えない。夢の続きを見ているのか、目覚めて、夢に出てきたドアロックアームのことをイメージしているのかが曖昧になっている。手を伸ばして何かに触れようとするが、周囲には何もない。依然として母の声は聞こえてこない。

「素人だけどね」

言葉がふいによみがえる。他に数え切れない言葉を交わしたのに、なぜその台詞が繰り返されるのかわからない。たぶん何かを象徴しているのだろう。本当は、何を象徴しているのか、わかっている。家具デザイナーがピアノで弾いたのはジャズのごく短いフレーズだったが、長年練習してきた者だけが演奏できるタッチだと、すぐわかった。プロのピアニストではないが、かなり長くピアノをやってきて、今は家具をデザインするのが楽しくてしょうがないので弾く機会が減ってしまったから、こんなもの。そういったニュアンスが込められた台詞だった。照れがあり、あなたにちょっと聞かせたかったという思いもあり、家具デザイナーの性格、優しさ、美しかった容姿など、すべてを表していた。水色のレインコートの画像がフラッシュのように短く点滅して、そのあとすぐに消える。家具デザイナーともう何年会っていないのだろうという思いがわき上がり、本当はそんな疑問はどうでもよくて、本質的なことが次によみがえるとわかっている。絶望的で、どうしようもない事実が浮き上がるのがわかっている。もう何年会っていないのだろうというのは問題ではない、この先、もう会うことはない、どんなに時が流れても、もう会えない、事実は、それだけだ。事実は押し戻せないし、裏返しにもできない。潰されそうだといつも怖くなるが、実際にはすでに潰されている。

家具デザイナーの台詞の反響からは逃れることができない。眠るしかない。だが、もうかなりの量の眠剤を飲んでいるはずだ。どのくらい前にどのくらいの量を飲んだのか思い出せない。眠くならない。眠くなっているのかも知れないが、意識はある。ひょっとしたらもう眠っているのかも知れないと思って、さらに怖くなる。意識を他に向けることはできないが、疑問を取り出すことはできる。母の声はなぜ聞こえてこないのだろうか。いや、母の声は、これまでなぜ聞こえてきたのだろうか。わたし自身の記憶や想像の反芻であり、実際の母の声ではないのだが、どうして母の声として聞こえてきたのだろうか。何度繰り返し自問したかわからない疑問だが、浮かんでくる疑問は救いだ。この世界で、母の声はいつごろから聞こえるようになったのだろうかと思い出そうとする。思い出すことに意味があるのかどうかわからない。ただ、はっきりしているのは、この世界に迷い込む前は声は聞こえてこなかったということだ。大量のメモには、母のことは書いていない。家具デザイナーのことも書いていない。辛くて、書けなかった。

「猫と、架空の会話をしないこと」

タラという名前の猫を飼っていた。たぶん今も飼っている。書斎かどこかにいるはずだが、わからないし、見えない。過剰な想像が現実を覆うと心療内科医は言ったが、実は夢を見ているだけではないのか。ベッドにいるのではないかと、起き上がろうとするが、感覚的に直立しているのがわかる。横になってみようかと身体を傾けようとするができない。視界はずっとドアロックのアームのままだ。ただ、数がさっきより減った気がする。

睡眠と覚醒の境界が曖昧になってからも、猫や犬に餌と水を与えるのは忘れなかった。そういった日常的な動作が意識を支えるかも知れないと思っていた。猫や犬に最後に餌と水を与えてから、どのくらいの時間が経ったのだろうか。そしてわたしはいつこの世界に迷い込んだのだろうか。最初、ライトに何か、わけのわからないものが見えて、そのあとエスカレーターなどが奇妙な光を発して歪んだりした。この世界が現れたのはホテルの部屋で、窓際にライトがあった。そのとき、傍らに女がいた。真理子という名前だった。

「真理子と会い実在するか確認」

そんなメモを書いたことがある。真理子という女の顔は思い出すことができる。よくいっしょに食事をして、ホテルの部屋で映画を見て、イタリアに旅行に行った、わたしはそう思っているが、事実かどうか、今ははっきりしない。今いる場所が、現実なのか、夢なのか、心療内科医が言うように想像が現実を覆ってしまっているというわけのわからないところにいるのか、それとも夢と覚醒の境界にいるのかさえわからないのに、真理子という女とイタリアに旅行に行ったのが事実かどうか確かめることなどできない。真理子という女の顔を覚えているのかどうか、そのこともはっきりしない。真理子を思い出そうとして、何人かの女の顔が浮かんでくるかもしれない。それが同じ顔なのかどうか、わからないし、確かめられる自信がない。真理子という女性が実在するかどうかがとても重要だと心療内科医から聞いた記憶がある。記憶が揺らいだりしているが、病気ではないと心療内科医は言ったし、自分でもそう思う。揺らがない記憶があり、それは母から聞いた幼児のころのことだったり、木野峠のことだったり、親子三人でツツジが満開の有田の公園に行ったことだったり、歪んでいなくて、結合が強い分子のような、構造がある。構造としての記憶は、そのほとんどが母と、それに家具デザイナーが関わっている気がする。思い出したくない記憶だけが、確固とした構造を持つ。

真理子が実在するかどうか、どうすれば確かめることができるのか。方法は一つしかない。会うことだ。どうすれば会えるのだろうか。以前会ったときは、メールを出して、承諾の返事が来たはずだ。ポケットを探ってみようとするが、手が思うように動かない。今、ちゃんとしたポケットがあるズボンを穿いているかどうかもわからない。上に何を着ているかも不明だ。鏡があればと思うが、鏡に映る自分を見るのが怖い。この世界をさ迷っているとき、iPhone がぐにゃぐにゃになってしまったことがあった。あの iPhone はどこから取り出して、ぐにゃぐにゃになったあとどうしたのだろう。捨てた記憶はない。


「わたしはここにいます」

金属的な女の声が聞こえてきた。ドアロックのアームが喋ったような感じだった。

「あなたはホテルの部屋の中にいて、わたしはドアのすぐ向こう側にいます」

確かに、ドアロックのアームの位置から判断すると、わたしはドアの内側にいる。そしてドアは半開きになっているようだ。だがなぜ複数のドアロックのアームが見えるのだろうか。

「いくつかの部屋が組み合わさったところにいるんですよ」

誰の声なのか。母の声ではない。

「でも組み合わさった部屋の数は減っています」

確かにドアロックのアームの数は、最初より減っている気がする。複数の部屋が組み合わさったところ。そんな場所があるのか、この世界に迷い込んでからも、そんな場所にいた記憶もない。そんな夢も見たことがない。

「本当は、人はみな、複数の部屋が組み合わさった場所にいるんです。気がついていないだけです」

あなたは誰なんだ、声が出た。

「真理子さんの友人です。真理子さんに頼まれて、あなたに会いに来ました」

だから、誰なんだ、名前は何と言うんですか。真理子から連絡があったのかな。どうやってここに来ることができたんですか。

「ここに来るのは簡単ですよ。電車に乗り、そのあと歩いてこのホテルまで来て、部屋番号は知っていましたから。あなたがいつも泊まる部屋ですから」


ドアロックのアームが一つだけになっている。やはり内側からのアングルで、わたしは部屋の中にいることになる。女の声によると、今まで複数の部屋が組み合わさったところにいたらしい。一つの部屋に、つまり普通の部屋になったということだろうか。

「いくつもの部屋が組み合わさったところにいるのは大変でしょう」

複数の部屋が組み合わされたところって、意味がわからない。

「簡単に言うと、クラッシュしたところ」

部屋どうしがクラッシュなんかするわけがない。

「いや、クラッシュしているのは、そこにいる人」

クラッシュって、衝突ということだろうか。

「衝突って言うより、重なり合っているんです」

人が重なり合う、どんな意味なのかわからない。ただ、意味はわからないが、ニュアンスはつかむことができる。統一されていないということだ。精神の病ではないが、自分の居場所がはっきりしない、眠っているはずだが、見ているのが夢だとわかっている。しかし移動の記憶が希薄で、デスクの前にいたのは覚えているが、気づくとベッドにいる。目覚めても、まだ眠りについたままだという感覚が強く残っていて、夢の残骸のようなものが、ベッドサイドにある水の入ったグラスや、カーテンの隙間からわずかに差し込む外の光が壁に作る細長い抽象的なラインと重なっている。目覚めているのかどうか、起き上がって、ベッドから出て、どこか他の場所、たいていはデスクだが、そこに行ってみないとわからない。だが眠剤の作用が残っていて、起き上がるのはもちろん、目覚めているかどうかを確かめる気力が失われている。部屋ではなく、その場所にいる人がクラッシュしていて、そのせいでいくつかの部屋が重なった場所にいるという感覚が生まれる。女はそう言いたかったのだろう。

「部屋を出ますか」

声は聞こえるが、実際に喋っているとは思えない。わたしの想像が、女の声を作りだしているのだと思う。機械音のような、ロボット用に加工されたような声。

「どちらでもいいではないですか」

しばらく前からわたしは声を出していなかった。考えやイメージが伝わっているということは、女は、やはりわたし自身が作りだしたものなのだ。

「そんなことはどうでもいいではないですか」

そんなことはどうでもいい、というのはわたし自身から出ている言葉だ。

「真理子さんに会いたいのではないですか」

女は真理子の友人だと言った。真理子の友人に会ったことがあるだろうか。真理子が実在するかどうかもわからないのに、その友人に会ったことがあるかどうかわかるわけがない。

「実はですね」

女の声のトーンが変わった。人工的な音声が、自然な女の声になった。ただ誰の声なのかわからない。母親の声ではない。母親とはこんな会話はしない。母親のことは考えたくないし、イメージしたくない。

「真理子さん、いっしょにいるんですよ」

女の声が聞こえてくる直前、真理子が実在するかどうか確かめる必要があり、そのためには会うしかないと思った。女は、真理子がいっしょにいると言った。だが、女の声が聞こえてきた経緯を考えると、実体としての真理子だとは考えられない。

「それはどうでもいいのではないですか」

その通りかも知れない。実体ではないとわかると、真理子は実在しないということが確実になる。

「わたしたちドアの外にいます。出てきてください。あなたが部屋を出たことがわかれば、わたしは帰りますね。真理子さんを残して帰りますよ」

どうすれば部屋を出ることができるのだろう。

「簡単ですよ。歩き出せばいいんです」

足が動いた。足を踏み出し、前方へ移動しているのがわかる。ドアロックのアームを通り過ぎる。そこがドアの外なのかどうかわからないが、女がいた。

「お久しぶり、ですね」

真理子のように見える。

「公園に行って、電車に乗って、そして『シェルブール』に行きましょう」

終章「復活」

「シェルブール」、真理子は確かにそう言った。公園、電車、「シェルブール」。以前、この、わけのわからない世界に入る前の、序章のような感じで、真理子と、公園に行き、駅から電車に乗った。電車では、乗っている間に乗客の衣服がひどく昔のものに変わり、過去に向かう電車だと、真理子が説明した。真理子はああいうことを繰り返そうとしているのだろうか。あれは、すでに母が去っていったあとだった。わたしは、あのころすでに睡眠と覚醒の境界にいたのだと思う。

真理子が実在するかどうかが重要だと心療内科医は言った。真理子はすぐ前にいて、歩き出そうとしている。身体に触れてもいいだろうか。手を伸ばして肩の辺りに触れようとすると、どうしたんですか、とこちらを振り向いた。

「わたしは、ちゃんとここにいますよ」

そう言って、わたしの手を握り、身体を寄せてきた。ジャケットを通して、柔らかな感触が伝わり、鼓動が聞こえてきそうだった。髪からオレンジのような香りがした。最近、ちゃんとシャワーを使ったかなと気になった。この世界に入りこんでからは、歪んだエスカレーターや、ライトに浮かんだ画像を見るだけで、視界も定まらず、体も自由に動かせなかった。そもそもシャワーなどどこにもなかった。体や髪を洗えるわけがない。だが、睡眠と覚醒の境界が曖昧になってから、歯を磨くとか、ヒゲを剃るとか、シャワーを使うとか、下着を替えるとか、そういったことには注意を払うようにした。眠っているのか、意識があるのか、夢を見ているのか、曖昧になってから、清潔さや身だしなみだけは保たなければいけない、それを怠ると本当にメンタルが壊れてしまうという恐怖があった。だから、この世界に迷い込んでどのくらい時間が経つのかは不明だが、体や髪が臭うような状態ではないと思った。

「ハグしたのも久しぶり。うれしい」

真理子の身体を感じることができた。実在するのかも知れない。

「周囲を見てください」

ホテルの廊下が見える。なじみ深い、いつものホテルの廊下。ライトも、床の絨毯も、はっきりと見えて、しかもわたしは移動していた。これからどこへ向かうのだろう。さっき真理子は、公園に行き、電車に乗って、そして「シェルブール」へ行くと言っていた。

「公園に行くのかな」

普通に声が出たが、不思議なことに驚きはなかった。どういうわけか、ちゃんと声が出るとわかっていた。真理子の身体に触れ、何かが変わったと実感できたのだろうか。

「そうです。まず公園に行きましょう」

エレベーターに乗る。フランスのエアラインのクルーが乗っていて、目が合ったので、よい旅を、とフランス語で挨拶すると、微笑みが返ってきた。エレベーターの壁の一面が鏡になっていて、わたしは自分の姿を確かめた。青いストライプのシャツとオレンジ色のセーター、灰色のパンツと、踵の低い焦げ茶色の短靴、ちゃんと腕時計をして、無精ヒゲもないし、ポケットにはハンカチや財布があり、髪も整えられていた。いつもの衣服と、いつものわたしの顔だった。

ロビーは光に充ちていて、人々が行き交い、団体客が集まってガイドの説明を聞き、エスカレーターが上下に交差し、壁際のソファでは誰かを待っている人がスマートフォンをタップしてメールを確認していて、わたしは顔なじみのベルマンから、お出かけですか、お気をつけて、と声をかけられた。何もかもが元通りになっていると思った。玄関に向かい、公園まで続く歩道に出たとき、何か気になった。エレベーターでいっしょだったエアラインのクルーは制服だったが、ロビーの雰囲気と、人々の服装に季節感がなかったような気がした。半袖のTシャツだったのか、コートを着ていたのか、よく覚えていない。だが、どうでもいいと思えた。ひょっとしたら、あの世界を出たのかもしれない。真理子は実在した、実在していると考えていいのだろうか。

ホテルを出て、しばらく舗道を歩き、道路の上にかかった歩行者用の架橋を渡って公園内に入った。通り過ぎる人も、舗道でスケートボードに興じる若者も、ホームレスのブルーのシートも、以前と同じだ。広場にはいろいろな人たちがいた。バグパイプの練習をする中年のカップル、チアリーダーだろうか、振り付けの動きをそろえようと繰り返し跳びはねる女子高生らしいグループ、一輪車で走り回る数人の子ども、キャッチボールをしていた親子が、係員に「禁止されている」と注意されていた。広場を抜け、一面緑の林の中を進んだ。だが、こんなに簡単に、あの世界から出られるものだろうか。

「何を考えているんですか」

先を歩く真理子が振り向いて聞いた。ずっと、わけがわからない空間にいたんだ、そして、そこから抜け出せなかった、そう言うと、わたしに会おうと思ったからですよ、と真理子は微笑んだ。

「外に出ようと思わないで、わたしに会うことに気づいたので、自然に、通り抜けたんです。なぜかというと、わたしといっしょに入りこんだ世界じゃないですか。わたしといっしょだったら抜けられます」

以前、公園に来たときには、木洩れ日が差していたのに真理子に影がなかった。今はどうなのか、確かめようとするが、空は厚い雲に覆われているようで、真理子だけではなく、どこにも影はない。腕時計を見る。四時半だった。夕刻で、曇っていることもあって、影を確かめることができない。真理子はこれからどうするつもりなのだろうか。これからどこに行くのかな、と聞いた。駅まで行って、電車に乗るんです、そう答えた。電車。以前、真理子に会ったとき、いや、実際に会ったのかどうか判然としないが、少なくともわたし自身は会ったはずだと思っていて、そのとき、公園で、道ばたに錆びたブリキ製の玩具の電車が転がっていた。その玩具の電車を見ながら、電車はありますよ、と真理子はそう言ったのだった。そのあと、わたしが小さく縮んでしまった乗り物をイメージして恐怖を覚えることがあることを思い出し、そして、三本の光の束が浮かんできた。

三本の光の束を初めて見たのは、父親が造った小さなアトリエがある木野峠までの暗く細い道で、母に背負われているときだった。そのときわたしは、ここは生きている人が住む「この世」なのか、それとも死んだ人たちがいる「あの世」なのかと、母に聞こうとした。「この世」と「あの世」については、祖母から聞いた。祖父母の家の座敷、仏壇の手前での会話で、線香の匂いが漂い、戦死したという叔父の遺影が今にも動き出してこちらに迫ってくるように感じ、「この世」と「あの世」は明らかな別世界ではなく、それぞれが接触し、重なり合う部分があるのだろうと思った。

真っ暗で、周囲には人家もなく、人の気配がない坂道は、「この世」なのか「あの世」なのかわからないし、死者が住む世界かも知れないし、ひょっとしたら重なり合う場所かもしれないと想像して怖くなり、じっと母の背に身を委ねていると、うっすらと月明かりに照らされた草はらに出て、細く長い葉が風にそよいでいるのが目に入った。葉っぱは生きもので、生きものがある世界は「この世」に違いないと、手を伸ばして、葉を千切り、感触を確かめようとした。だがその葉はしなやかで千切ることができず、手の中を滑り、皮膚が切れてしまった。血が流れるのがわかり、痛みがあったが、母には何も言わなかった。葉で手を切ったと告げると、母は歩みを止めて、傷を確かめようとするだろう、この坂道の途中で立ち止まると、「あの世」が姿を現すかもしれない、そう思った。

この痛みは生きているということだ、そういう風に思ったとき、目の裏側に、スポットライトのような光を感じ、やがてそれは三本に増えた。三本の光の束に、しばらく前に死んだ愛犬が浮かんで、まだ愛犬が生きているかのような、はっきりとした感触が浮かび上がった。以来、三本の光の束は、不意に現れ、甘美な記憶や、恐怖や不安をよみがえらせた。今、どうして「この世」と「あの世」のことを思い出したのだろうか。ひょっとしたら真理子の、電車、という言葉に反応したのかも知れない。あのときは、ブリキの玩具の電車が道ばたに落ちていて、そのあと、乗客がすべて後ろ姿で、過去に向かっているという電車に乗ったのだった。またあの電車に乗るのだろうか。

「駅に着きました」

そう言って、真理子が、目の前の奇妙な建築物を示した。建設中なのか、取り壊した残骸なのか、駅とはかけ離れたイメージで、誰もいなかったし、構内にあるはずの売店やエスカレーターや改札口もなく、ホームがどこかもわからなくて、駅名を示すものも何もなかったが、入っていくうちに、たぶんこれは駅なのだろうと思った。記憶の中の駅とはまるで違ったが、本来駅とはこういうものだったと思えてきて、これ以外に駅というのはあり得ないと確信のようなものが芽生えてきたとき、巨大な壁が動き出し、扉が開いて、どこからか「発車します」というアナウンスが聞こえたような気がして、わたしたちはすでに電車内だと思われるところにいた。窓がなく、過ぎ去っているはずの景色も見えなかった。窓がないために暗く、ライトの灯りも弱く、シートがあるのかどうかもはっきりしなくて、他に客がいるのかどうかもわからない。ただ、吊り革のような輪が下がっていて、真理子はそれをつかみ、身体が小刻みに揺れていて、確かに電車なのだろう、電車以外に考えられないと思った。


「直行なんですよ」

どこに直行するのだろうか。

「『シェルブール』です」

「シェルブール」というのは、かつて六本木にあった馴染みの店だ。洋風懐石というカテゴリーで、ウエイティングバーがあって、ていねいに額装されたフランスの往年の女優カトリーヌ・ドヌーブの写真が飾られていた。店名はドヌーブ主演の有名な映画『シェルブールの雨傘』から付けられ、深夜二時まで営業していて、よく通った。客には映画や演劇関係の人も多く、一世を風靡した大女優がカウンターで一人、ポメロールの銘醸ワインを飲んでいたりした。確か真理子とはじめて会ったのも「シェルブール」だった。だが、閉店してしまって、今はもう存在しない。「シェルブール」に直行します、真理子はそう繰り返した。そう言えば、久しぶりに会って、公園に行き、乗客がみな後ろ姿で、その衣服が昔のものに変わっていった電車に乗った日にも、「シェルブール」は実はまだあるのだと言った。トモという名のシェフもいるし、亡くなったと噂で聞いたオーナーも店にいるということだった。そして、真理子は、かつての「シェルブール」とは違う店に、ここが「シェルブール」です、みんながいますと言って、入っていった。地下の店で、降りていく階段の天井や壁に小さなラベルのようなものがびっしりと張ってあった。わたしは、入らなかった。不吉な感じがしたからだ。入ってはいけないような、気味が悪い印象があって、疲れたから帰ると誘いを断った。

今から、「シェルブール」に行くらしい。しかも直行だと言った。だが、レストランに直行する電車があるわけがない。この空間は電車ではないのかもしれない。駅も奇妙だった。だがわたしは真理子に言われるまま、疑いを解き、駅以外にはあり得ないと思ってしまい、壁が動き出して、走り出した電車の中にいるのだと思いこんだ。「発車します」というアナウンスが聞こえた気がしたが、聞こえた気がしただけかもしれない。わたしは確かに、真理子の友人だという女の声に導かれるようにして、ホテルの部屋から出た。そして、彼女の身体に触れ、実在するのだと思った。あの感覚、真理子の身体の感覚が新鮮で、それまで閉じ込められていたわけのわからない世界から逃れることができたと思った。過剰な想像力が現実を覆ってしまう世界と心療内科医はそう表現したが、実際は、睡眠と覚醒の境界がぐちゃぐちゃになってしまっただけなのかもしれない。

　薄暗い中、やがて真理子の身体の揺れが止まり、電車が停車した感覚があって、油圧で扉が開く音が聞こえ、視界が明るくなった。


「着きました」

　わたしは地下への階段の降り口にいた。久しぶりに会ったとき、別れ際に真理子が、この階段を降りるとみんながいます、そう言って、降りて行った階段だった。今、すでに真理子は階段を下っている。だが、壁が歪んでいるような気がする。わたしは降りるのをためらった。この階段は、何度となく通ってよく知っている「シェルブール」の入り口ではない。真理子は、どこに連れて行こうとしているのか。わたしはまた、あのわけがわからない世界に戻るのではないか。ここも、睡眠と覚醒の境界が崩れてしまっただけの空間なのではないか。

「そんなことどうでもいいじゃない」

　ふいに男の声が聞こえた。わたしは、階段を降りてしまったのだろうか。目の前に液体が入ったグラスが差し出された。ドライシェリーの香りがした。

「ほら、いつものやつよ」

　聞き覚えのある女言葉で、「シェルブール」のオーナーだとわかった。わたしは、真理子が言う「シェルブール」に入ったのだろうか。オーナーは病気で死んだと聞いた。

「あれは嘘なんだよ」

　別の男の声が聞こえた。部屋の様子がよくわからない。

「ほら、だいたい、この人はいつもそんな感じ」

シェフのトモだろうか。「シェルブール」が閉店したあとタヒチで和食屋をはじめて、一度でいいから来てくれよという絵葉書が来た。

「タヒチからはとっくに戻ったんだよ。おれって、よく考えたら暑いところが苦手だったんだ」

確かにトモの語り口だった。だが、わたしは何も喋っていない。わたしの記憶や思いやイメージに対応して、彼らの声が聞こえる。

「コテージチーズ、フライしようか」

コテージチーズのフライはわたしの好物だった。そんなことを知っているのはトモとオーナーしかいない。この店は本当に「シェルブール」で、本当にオーナーとトモなのだろうか。わたしは周囲を見回して、カトリーヌ・ドヌーブの写真と、カンディンスキーの小品を探した。「シェルブール」のバーにはドヌーブの額装の写真があり、レストランにはカンディンスキーの小品が壁に掛かっていた。だが周囲がはっきりしない。どう対応すればいいのかわからず、グラスのドライシェリーを飲んだ。間違いなく、わたしが好んだ銘柄のシェリーだった。だが、店内の様子はわからないままだ。どこに壁があり、カウンターがあり、厨房があるのか、わからない。「シェルブール」はオープンキッチンになっていて、カウンター越しに厨房が見えて、食材が調理される香りと音が伝わってきた。この場所には、オーナーとトモの声以外、音がない。

「あと、さっきから、あの人、ずっと待ってるよ」

トモの声がして、何かを指して、その向こう側にテーブルと椅子があって、よう、元気か、久しぶりだな、というなじみ深い声が聞こえ、ベレー帽を被った老人が座っていた。父親だった。わたしはシェリーを注ぎ足してもらい、一気に飲み干した。ここは、睡眠と覚醒の境界が崩れた場所などではなく、死者が集まるところなのだろうか。不思議なことに、驚きや恐怖はなかった。

こういうことだったんだな、最悪のステージが用意されていたんだなと思った。

「こっちに来いよ、久しぶりに一杯やろう」

声、言葉遣い、口調、すべて父親のものだった。この場所から出なければいけない。ここは「シェルブール」ではない。死者が集まるところなのか、それはわからないし、どうでもいい。すべてが、睡眠と覚醒の境界が崩れた、わたし自身の想像なのかも知れないが、それもどうでもいい。重要なのは、ここから脱出することだ。地雷原を抜けるように、自分の足跡を辿るようにして、後ずさりした。背中が壁に当たったので、壁伝いに移動し、壁が途切れるところを探した。壁がなくなり、その後ろ側に階段があるのを確かめた。階段を上りきれば、脱出できる。外に出られるかどうかは不明だが、どんな恐ろしい場所に出ても、ここよりはまだいい。後ろ向きに、ゆっくりと階段を上がる。階段から眺めても、店の様子はわからない。オーナーも、トモも、そして真理子の姿も判然としない。人影のようなものがあるが、本当に人がいるのかどうかわからない。

「おい、待てよ、逃げるなよ」

父親の声がする。どうやらわたしを追ってきているようだ。離れようとしている人間を追いかけてくる、まさに父親だと思った。離れようとしている人間を引き留めることはできない。たとえ親子でも夫婦でも兄弟でも恋人同士でも、どれほど親しい間柄でも、他の人には、他の生き方があり、意に添わないことでも、認めなければいけない場合がある。それは、母から学んだ。母は教師として働いていたので、いっしょに過ごせる時間が短く、幼少時、寂しさを感じたこともあった。だが、それは母には大事な仕事があるからで、わたしといっしょに過ごすのがいやだからではないのだと、繰り返し刷り込まれた。母はそのことを言葉ではなく態度で示し続けた。わたしは、去っていこうとする家具デザイナーを引き留めなかったし、家を出ていく母を引き留めようとしなかった。わたしのことがいやになったわけでも、愛想を尽かしたわけではないこともわかっていた。他に、わたしにはわからない大事な理由があったのだ。父親は真逆だった。家長なのだから、家族は自分に従うべきだと信じ込んでいた。おそらく父親自身が、どんなに理不尽だと思っても誰かに従わなければいけない場合があるのだと刷り込まれながら生きてきたせいだろう。祖母の影響もあるだろうし、父親は学徒動員で旧陸軍に入ったので、時代のせいもあるだろう。だが、わたしは、幼いころから、そんな父親が容認できなかった。

「ちょっと待てよ、お前、あの病院で、最後におれがお前の耳元で、何か囁いたのを覚えているだろう」

父親は臨終を迎える直前、病室の枕元にわたしを呼び寄せ、何か言った。だが何と言ったのか、わからなかった。

「知りたいだろう」

わたしは黙っていた。

「知りたいだろう」

父親は繰り返す。わたしは返事をしない。

「お母さんに関することなんだ、知りたいだろう、お母さんを頼むぞ、そう言ったと思ってるかも知れないな。知りたいだろう、どうなんだ、知りたいのか、知りたくないのか、それだけでも、ちゃんと言え。はっきりと言うんだ」

わたしは、声が出るかどうか、確かめるために、いいや、とつぶやき、そして答えた。

「そんなことに、興味がないんだ」


後ずさりして階段を上がっていくと、父親はもう追ってこなかった。店内も見えなくなった。階段を上がりきると、濡れている路上に出た。雨が降ったのだろうか。周囲は、どこにでもあるような風景が広がっている。うどん屋や串揚げ屋、居酒屋、そして民家が道路の両側に並んでいて、看板の灯りも、店名を示すネオンも灯っている。だが、誰もいない。ふいに現れた真理子の友人という女の声に導かれるようにして、ホテルの部屋を出た。部屋の外に真理子がいて、体に触れると、匂いや体温が伝わり、実在しているのだと感じ、わけのわからない世界から抜け出したのかと思ったが、違った。今いる場所がどこなのか、わからない。風景は歪んだりしていないが、人影がない。木野峠の暗い道で、母に背負われているとき、「この世」と「あの世」のことを聞こうとして怖くなり、細長い葉をむしり取ろうとして、手を切った。あのとき、血が流れ、痛みを感じたが、自分が生きていることだけはわかった。手を切って血を流し痛みを感じればいいのかもしれない。だがナイフのようなものを持っていない。道路の向こう側に飲み物の自販機があった。ポケットにはちゃんとわたしの財布が入っていて、小銭入れから百円玉を二個取り出し、缶ジュースを買った。タブを開ける。ジュースを少し道路に流し、開いた切り口に指を入れて動かせば、切れて、血が流れると思った。

「そんなことをしてはいけない」

女の声が聞こえてきた。姿はどこにもない。母の声のような気もしたが、はっきりしない。

「その通りを出て、タクシーをつかまえなさい。そしてホテルに戻りなさい。戻れます。部屋にも入れます。ベッドに横になって、睡眠薬を飲んでもいいし、飲まなくてもいい。眠れなかったら、ずっと起きていればいいのです。外が明るくなったと感じたら、カーテンを開けなさい。そして窓から外を見るのです。光を感じるのではなく、外を見るのです。外を、見るのです」

　母の声だった。

「勝手に、離れて、悪かったね。しばらく滞在していっしょに犬の散歩に行くのと、いっしょに住み、ずっといっしょにいるのは違います。あなたは、ずっとわたしといっしょにいるのではなく、外で、外に出て、出会わなければいけません。作品の芽です。いろいろな作品の芽です。わたしはずっとあなたのことを見ていますし、思っています。今ではなくていいから、いつか会いましょう」

　タクシーは見つかるだろうか。ホテルに戻れるのだろうか。そして、わたしは現実に戻れるのだろうか。

「昔、積み木を組みあわせて、いろいろなものを作っていたときのことを思い出して。わたしが、あなたに聞いて、あなたが答えたことです」

　母と交わした会話の記憶は希薄だ。積み木に熱中していたからだと思う。母はなぜ積み木のことを話したのか。郷里の高齢者施設からの声が届くわけがないので、わたし自身が記憶と想像を反芻している。睡眠と覚醒の境界が崩れ、夢や想像や記憶が混濁した中で、母の言葉として聞こえてくるようにした。何かキーとなる風景や音や言葉があったはずだ。周囲の風景には母の言葉を喚起するようなものは見当たらない。指を切って血を流そうとしたことだろうか。指から流れる血と、痛みは、積み木とは結びつかない。タクシーをつかまえなさいという母の声に反応して、タクシーは見つかるだろうかと不安になった。昔、積み木でタクシーを作っただろうか。作っていない。わたしは、家などの建物や、タクシーやバスのような単独のものを作ることには興味を覚えなかった。街全体のような構造物を組み立てようとした。

タクシーのあと、ホテルに戻りなさいと母の声は言った。ホテル？　積み木ではホテルも作っていない。ホテルなど、郷里では見たことがなかった。見たことがないものを、積み木で組み立てようとしたことはない。街全体のような、子どもにしては抽象的なものでも、見たことがある建物やバス停や道路や川、木々や花畑などを組み合わせようとした。タクシーとホテルのあと、どんな自問をしたのか。そうだ、現実に戻れるだろうかと自問した。その直後に、母の声が積み木のことを思い出すようにと言った。積み木を作っていて、完成させたとき、それは何？　と、よく母は聞いた。何を作ったの？　それは現実にあるものなの？　と聞かれたことがあった。げんじつ、という言葉がわからなくて、母に尋ねた。

「げんじつというのは、ここに、この世の中に、実際に、本当に触れたり、見えたり、聞こえたりして、ちゃんとあるもの。この縁側だって、庭の柿の木などもそう。それに、畳、空、雲、下の道路を走っているバス、歩いている人たちもそう。それが、げんじつ」

それを聞いて、わたしはまず、だったら、と言って、続けた。「だったら、どうでもいい」確か、そう言った。母の声は、そのことを伝えようとしたのだ。げんじつ、という言葉を知らなかったころのことを思い出すようにと。

広い道路に出た。指を切る必要などないと思った。彼方からタクシーがこちらに走ってくる。タクシーが近づく。どこへ行きますか、とっくに死んだはずの運転手がそう聞くかも知れない。ホテルまでと告げよう。ホテルに辿りつけたら、部屋に入り、眠剤の封を開ける。飲むか、飲まないか、そのとき決めればいい。いずれにしろ、現実に戻れるかどうか、考える必要はない。現実とは何か、はっきりしない。はっきりしないものには意味がない。現実には、意味がないのだ。

初出　「新潮」二〇二〇年一月号　（村上龍メールマガジン
「ＪＭＭ」にて二〇一三年〜二〇一九年連載）

著者略歴

1952年長崎県佐世保市生まれ。武蔵野美術大学中退。大学在学中の76年『限りなく透明に近いブルー』で群像新人文学賞、芥川賞を受賞。81年『コインロッカー・ベイビーズ』で野間文芸新人賞、98年『イン ザ・ミソスープ』で読売文学賞、2000年『共生虫』で谷崎潤一郎賞、05年『半島を出よ』で毎日出版文化賞、野間文芸賞、11年『歌うクジラ』で毎日芸術賞を受賞。著書は『愛と幻想のファシズム』『五分後の世界』『13歳のハローワーク』など多数。

MISSING 失《うしな》われているもの

発　行……2020年 3 月20日

著　者……村上《むらかみ》 龍《りゅう》

発行者……佐藤隆信

発行所……株式会社新潮社

〒162-8711　東京都新宿区矢来町71

電話　編集部（03）3266-5411

読者係（03）3266-5111

https://www.shinchosha.co.jp

印刷所……大日本印刷株式会社

製本所……加藤製本株式会社

乱丁・落丁本は、ご面倒ですが小社読者係宛お送り下さい。
送料小社負担にてお取替えいたします。
価格はカバーに表示してあります。

ISBN978-4-10-393402-8　C0093